W0418533

F*** Eve,
mon père Noël
s'appelle Adam !

CARO M. LEENE

F*** Eve, mon père Noël s'appelle Adam !

ROMAN

&H

© 2021, HarperCollins France.

Tous droits réservés, y compris le droit de reproduction de tout ou partie de l'ouvrage, sous quelque forme que ce soit.

Toute représentation ou reproduction, par quelque procédé que ce soit, constituerait une contrefaçon sanctionnée par les articles 425 et suivants du Code pénal.

Cette œuvre est une œuvre de fiction. Les noms propres, les personnages, les lieux, les intrigues, sont soit le fruit de l'imagination de l'auteur, soit utilisés dans le cadre d'une œuvre de fiction. Toute ressemblance avec des personnes réelles, vivantes ou décédées, des entreprises, des événements ou des lieux, serait une pure coïncidence.

HARPERCOLLINS FRANCE
83-85, boulevard Vincent-Auriol, 75646 PARIS CEDEX 13.

www.harlequin.fr

ISBN 978-2-2804-6538-0 — ISSN 2271-0256

À mes bêta lectrices, Debo alias ma Chouchou et la Team de Dingues : Audrey, Julia et Débo. Merci les filles pour votre soutien sans faille !

Je ne désire rien du passé, je ne compte plus sur l'avenir. Le présent me suffit. Je suis un homme heureux, car j'ai renoncé au bonheur.

JULES RENARD

Prologue

Je soussigné, George Brown,

Né le 14 septembre 1949 à l'hôpital de Birmingham,

Domicilié au 12 Tower Road, Ripon (Yorkshire)

Lègue à mon petit-neveu, Adam Somerset,

Né le 6 mars 1990

La totalité de mes biens mobiliers et/ou immobiliers (en pleine propriété ou usufruit)

Fait à Ripon, le 25 juin 2010.

Signature

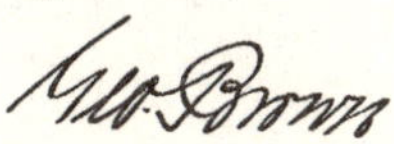

Cet exemplaire est unique et a été remis à Me Robert Shirley, notaire.

Chapitre 1

Londres, vendredi 6 novembre

Adam

« Sans attache. »

Nous avons tous un terme ou une expression qui nous définit.

Voilà la mienne.

Je m'étais juré de ne jamais revenir ici et d'ailleurs, au fond de moi, j'étais persuadé que l'occasion ne se représenterait pas. Je chasse les souvenirs désagréables qui, même après plus de dix ans, m'étouffent de chagrin et gare ma moto, une sublime Ducati V4 rouge et noir, devant l'étude notariale. La rue de Kensington se trouve dans l'un des quartiers les plus huppés de Londres. Les imposantes maisons victoriennes en enfilade annoncent clairement le niveau de vie aisé des habitants, rien à voir avec mon appartement situé à Camberwell, au sud de la ville. Sur la façade de la colossale bâtisse, une plaque en laiton doré informe l'aimable clientèle bourgeoise que Me Robert Shirley reçoit uniquement sur rendez-vous.

Mon casque sous le bras, je pénètre dans le hall où règne un calme olympien. J'ignore le regard surpris de la réceptionniste – mon style vestimentaire ne correspond visiblement pas à leur standing – et me dirige tout droit vers le bureau du notaire, en la saluant au passage. Être motard ne signifie pas nécessairement être impoli.

— Monsieur, excusez-moi ! Vous ne pouvez pas...

— Bob m'attend.

L'emploi volontaire du petit nom de son patron a pour effet immédiat de calmer ses ardeurs. Parfait, car je suis d'une humeur massacrante. J'imagine que cet entretien n'y est pas pour rien.

— Oh ! très bien, dans ce cas, allez-y, je vous en prie.

Je me retiens de commenter son soudain changement d'attitude et me contente de lui adresser un signe de tête poli. Ce vendredi clôture une semaine affreuse, mais je n'ai pas envie que cette réceptionniste en fasse les frais.

Je frappe à la porte et entre sans y avoir été invité. Le notaire, un homme d'une soixantaine d'années aux cheveux grisonnants, est assis derrière son bureau. Il lève la tête et quitte son fauteuil pour me serrer la main, faisant preuve d'une prestance sobre typique des anglais.

— Monsieur Somerset.

— Adam, le reprends-je en acceptant sa poignée de main ferme.

Son attitude exagérément obséquieuse n'a jamais eu aucun effet sur moi, même lorsqu'il a liquidé la succession de mes parents. J'avais beau avoir seulement dix-neuf ans, j'étais bien trop en colère pour me préoccuper des attitudes aristocratiques d'un type qui à mes yeux rendait réelle la mort des deux personnes les plus importantes de ma vie.

— Comment vas-tu ? demande-t-il.

Au cours des mois qui ont suivi le décès de mes parents, son masque s'est peu à peu fissuré, et il m'a avoué bien plus tard que ma rage et ma tristesse avaient fait écho à celles qu'il avait ressenties dans son enfance. Comme moi, il est orphelin, et même si chacun gère le deuil à sa façon, il savait que le chemin vers l'apaisement serait long. Lors de notre première rencontre, je me souviens avoir mis un bazar sans nom dans son bureau, envoyant valser l'épais dossier à sangles où était inscrit au marqueur rouge « SOMERSET ». La peur de vivre dans un monde sans mes parents m'aveuglait et m'empêchait d'être rationnel. Je ne voulais rien entendre, rien savoir de leurs dernières volontés, mais à force de patience, de gentillesse et de compassion Robert a fini par m'apprivoiser.

— Ça roule. Je viens de finir une mission pour un gros client, ça devrait m'assurer quelques mois de solvabilité.

— Tu m'en vois ravi. Toujours passionné par les engins de malheur à ce que je vois, dit-il en désignant mon casque.

— Toujours.

— Quel modèle possèdes-tu maintenant ?

— Tu m'as fait venir pour parler moto ?

Robert m'observe en silence pendant quelques secondes, me renvoyant au pire moment de ma vie.

— Sachant que mes parents sont morts et que je n'ai plus aucune famille, reprends-je, mis à part un vieil oncle bizarre, j'imagine qu'il s'agit de lui.

Il baisse les yeux vers l'enveloppe posée devant lui et, à la vue de sa mine déconfite, je devine que j'ai vu juste.

— Crise cardiaque.

— Ne fais pas cette tête, j'ai dû le voir trois fois en tout dans ma vie, en comptant l'enterrement de mes parents. C'est triste pour son entourage, mais ça ne va pas changer le cours de mon existence.

Lancer les hostilités est un moyen de garder le contrôle de mes émotions, et je lui suis reconnaissant de me laisser faire.

— Peut-être que si, dit-il calmement.

— Qu'est-ce que tu as à me dire ?

Il semble réfléchir aux mots à employer, comme si une annonce trop brutale de sa part pouvait réveiller la bête sauvage et blessée qui sommeille en moi.

— Aux yeux de la loi, tu es le seul héritier de George Brown. Ton grand-oncle n'était pas marié et n'avait, à ma connaissance, pas d'enfants. Enfin, d'après l'enquête préliminaire.

— Des amis ?

— Son testament devrait nous l'apprendre, mais il semble que cet homme était relativement seul.

J'acquiesce, l'invitant silencieusement à décacheter l'enveloppe.

— C'était ton client ?

— Oui. Il est venu me voir quelques mois après le décès de tes parents. Il souhaitait mettre ses affaires en ordre comme c'est souvent le cas lorsque ce genre de drame arrive.

— OK.

Je tente d'afficher une expression neutre alors qu'il me montre l'enveloppe scellée. Cette situation m'est familière même si à l'époque il avait pris soin, comme la loi l'y autorise, de lire le testament avant notre entretien.

— Tout va bien ?

— Oui, vas-y. Je voudrais en finir, la semaine a été longue.

Il opine, sort la feuille de l'enveloppe, la déplie puis la balaye rapidement des yeux avant de la reposer sur son bureau. De ce que je peux en voir, ça a l'air succinct, ce qui me semble plutôt rassurant. Toute cette histoire devrait être vite réglée. J'apprécie Robert, mais moins je le vois, mieux je me porte ! Disons qu'il n'est pas associé à la meilleure période de ma vie.

— Je soussigné, George Brown, né le 14 septembre 1949 à l'hôpital de Birmingham, domicilié au 12 Tower Road,

Ripon (Yorkshire) lègue à mon petit-neveu, Adam Somerset, né le 6 mars 1990 la totalité de mes biens mobiliers et/ou immobiliers (en pleine propriété ou usufruit). Fait à Ripon, le 25 juin 2010. George Brown.

Je retiens mon souffle alors qu'un long silence suit la fin de la lecture. Robert est le premier à prendre la parole.

— Je vais me renseigner, mais je pense que nous devrions convenir d'un nouveau rendez-vous.

— J'imagine que je n'ai pas vraiment le choix.

Dix jours plus tard, me voilà de retour dans son bureau. La scène a des airs de déjà-vu. La cheville posée sur le genou, je bats la mesure avec mes doigts en attendant patiemment le résultat de la petite enquête de Robert.

— Vingt-cinq mille livres, une maison de 70 m^2 au 12 Tower Road, Ripon dans le Yorshire, ainsi qu'une propriété à Hambleden dans la campagne londonienne.

— OK, je ne veux rien garder. Je préfère vendre les propriétés.

— Je comprends, seulement la propriété de Hambleden est actuellement en location. Je précise que le bail a été conclu pour une durée d'un an et prendra fin en août 2021.

— Le locataire sera peut-être intéressé par l'achat.

— J'en doute. Si j'ai bien compris, il s'agit d'un local commercial avec un appartement au-dessus. Ton oncle le louait à une jeune femme pour une somme ridiculement basse, un arrangement je suppose. Elle a déjà payé jusqu'à fin décembre.

— Sa compagne ?

— C'est peu probable. Déjà, elle a trente et un ans, ce qui ferait quarante ans d'écart.

— L'amour n'a pas d'âge… et certaines femmes sont vénales.

— Et puis, il y a presque quatre heures de route entre Ripon et Hambleden, ajoute-t-il en ignorant ma remarque sexiste.

— Est-ce que ça fait de moi un connard si je te dis que je m'en fous ?

— J'ai oublié de préciser qu'elle a une petite fille de six ans.

— Merveilleux.

— Écoute, Adam. Loin de moi l'idée de te dire ce que tu dois faire, mais tu pourrais peut-être aller sur place.

— Pour ?

— Te renseigner.

— Je t'ai déjà dit que je voulais vendre. Je ne veux pas d'attache et encore moins devenir propriétaire d'une baraque dans un bled paumé.

— C'est à seulement une heure et quart de Londres.

Je me pince l'arête du nez, agacé par la tournure de notre conversation.

— Je veux juste passer à autre chose. Je ne le connaissais même pas, bon sang !

Robert se care dans son fauteuil, les bras sur les accoudoirs, et m'observe en silence pendant si longtemps que j'en viens à être mal à l'aise.

— Tu veux que je te dise ? finit-il par dire.

— Non, mais vas-y.

— Cette attitude ne te ressemble pas. Si ton oncle avait un accord avec cette femme, tu pourrais au moins le respecter. Ça ne te coûterait pas grand-chose de prendre ta moto et de faire un aller-retour éclair. Après, tu décideras de ce que tu veux faire de cette propriété.

— Et si je refuse ?

— Tu baisseras dans mon estime.

L'avertissement est suffisamment sérieux pour me faire réfléchir. Je n'ai plus de famille et seulement quelques amis proches. Robert est certainement la personne qui se rapproche le plus d'une figure paternelle, même si je ne le vois qu'une fois par an et toujours à son initiative.

— Qu'est-ce qui t'empêche d'aller passer une petite semaine à la campagne ?

— Mon boulot.

— Tu es webdesigner. Ton boulot peut justement être fait de n'importe où. Tu te cherches des excuses. De quoi as-tu si peur ?

— Je n'ai pas peur.

— Parfait, alors c'est d'accord.

Il ouvre un dossier intitulé « George Brown » et me tend une feuille.

— Voici une liste de bed and breakfast, tous très bien notés. Si je peux me permettre, je te recommande celui de Maggie, les avis sont dithyrambiques et les clients ne tarissent pas d'éloges sur ses scones.

— C'est une blague ?

— Absolument pas. Je te laisse un mois pour prendre ta décision. En attendant, je vais m'occuper de la vente de Ripon.

Son ton assuré, teinté d'autorité, ne laisse place à aucune objection, et je me vois acquiescer bêtement alors que je sais, au fond de moi, que cette visite sera une perte de temps.

Chapitre 2

Hambleden, mercredi 25 novembre

Claire

6 h 30.

Le réveil est difficile.

« Hard » est même le premier mot qui me vient à l'esprit.

J'imagine que fixer le plafond une bonne partie de la nuit pour essayer de rationaliser ses angoisses n'aide pas à avoir un sommeil réparateur. Si seulement ce n'était qu'une insomnie passagère… Malheureusement, je suis presque certaine que malgré la journée harassante qui m'attend, je vais me retrouver exactement dans la même situation ce soir, c'est-à-dire : moi, les yeux grands ouverts telle une biche prise dans les phares d'une voiture. Je me force à inspirer pour réguler les battements affolés de mon cœur.

Alors que la chambre est toujours plongée dans le noir, j'allume mon portable en bâillant longuement.

Ta mère croit toujours qu'on fête Noël chez eux… Il serait temps de la prévenir. Bises. Andie.

Le message de mon adorable belle-sœur ajoute une couche de stress supplémentaire à ma journée.

C'est ma mission du jour. Promis ! Bises.

« En plus de toutes les autres », ai-je envie de préciser ! Déjà mon esprit carbure, assailli par la fameuse charge mentale, et liste les points à ne surtout pas oublier aujourd'hui :

1. Lancer une machine, sinon Colleen et moi allons nous balader sans culotte, ce qui, peu importe l'âge, fait très mauvais genre
2. Cuisiner une montagne de pancakes pour la vente de Noël de l'école qui servira à financer le spectacle de fin d'année
3. Plier les draps propres
4. Préparer le petit déjeuner (par chance Colleen adore les céréales, merci mon Dieu pour le gain de temps !)
5. La déposer à l'école en courant
6. Passer à la mairie pour payer la cantine
7. Évaluer le stock de farine, d'œufs et de sucre
8. Commander le sapin chez M. Wilson
9. Apporter les pots de confiture de framboises à Maggie (elle accompagne à merveille ses délicieux scones)
10. Décorer la boutique
11. Envoyer les factures à la comptable
12. Prévenir M. Brown qu'il y a un problème d'eau chaude
13. Rappeler maman
14. Acheter du lait, des sacs-poubelle et un paquet de cartes Pokémon (la fée des dents doit passer récupérer la dernière incisive tombée)
15. Récupérer Colleen à l'école
16. Faire les devoirs
17. Dîner
18. Lire une histoire à Colleen

19. Prendre un bain
20. Lire mon bouquin
21. Dormir
22. Arrêter de me prendre la tête

Les quatre derniers points sont illusoires et simplement là pour me donner du courage. Je ne désespère pas de venir un jour à bout d'une de mes interminables listes et de m'octroyer le droit de siroter un verre de vin, au milieu d'une montagne de mousse de bain parfumée à la rose.

Je suis mère célibataire depuis dix-huit mois.

Divorce compliqué.

Tromperie écœurante et douloureuse.

Famille aux premières loges pour le spectacle.

Humiliation cuisante.

Maman a déjà préparé son menu de Noël, arrête-la pendant qu'il en est encore temps :) Andie a beau être géniale (ne lui dis pas que je te l'ai dit), elle ne va pas pouvoir la contenir plus longtemps ! Bises. Josh.

Andie et lui sont connectés ! Je relis le message de mon frère, tentant d'ignorer la pointe de jalousie qui me lacère le cœur. Ma réaction immature et injuste me prend au dépourvu. Je ferme les yeux et respire profondément. Josh n'y est pour rien, je devrais plutôt me réjouir que l'un de nous ait retrouvé l'amour.

C'est Andie qui a donné naissance à ce monstre ! Je m'en occupe aujourd'hui :)

Josh et moi avons toujours été proches et avons traversé beaucoup d'épreuves dont une très glauque que, j'en suis certaine, personne ne nous envie. Mon ex-mari et son ex-fiancée ont eu une liaison. Surprise ! Sans que nous ayons rien vu venir, il les a trouvés en pleine partie de jambes en l'air sous la douche. Peut-on imaginer pire trahison, sérieusement ? Beaucoup de cris, de larmes et un divorce plus tard, j'essaye de reprendre ma vie en main, ou du moins de lui donner un sens. Être mère solo n'est pas la chose la plus horrible au monde, mais c'est sûrement une des plus épuisantes ! Ce n'est pas pour rien que des mamans parlent de job à plein temps. Dans mon malheur, le père de Colleen, Ben, s'occupe encore un peu de sa fille. Rien d'extraordinaire – un week-end sur deux, voire trois en fonction de son planning, et la moitié des vacances –, mais je m'estime chanceuse, car il aurait pu se comporter comme certains abrutis qui profitent de leur divorce pour vivre une seconde jeunesse. J'imagine donc que je ne m'en sors pas trop mal, même s'il est inutile de préciser que les jours sans mon bébé je n'aspire qu'à une chose : pleurer toutes les larmes de mon corps en attendant son retour. Mais comme personne n'a envie d'être le maillon faible et dépressif de son entourage, celui qu'on regarde avec pitié, je m'oblige à rester forte et je vais de l'avant.

Fais-moi signe si besoin. Josh.

Josh, lui, a retrouvé l'amour dans les bras d'Andie, une jeune femme que le destin a mise sur notre route il y a un an, à Noël. Enfin, pas tout à fait le destin, car c'est mon père qui lui avait confié une mission un peu particulière ! Colleen et moi nous étions installées chez mes parents le temps que le divorce soit prononcé, car j'avais besoin de panser mes blessures et d'être entourée. Pour préserver l'enfance de ma fille, mon père s'est mis en tête d'organiser une fête de Noël traditionnelle. Seul problème : nous n'avions jamais fêté Noël chez eux ! Mes parents ayant toujours été très occupés à cette période de l'année, mes frères et moi allions chez nos grands-parents, et ils nous rejoignaient pour mettre les pieds sous la table et ouvrir les cadeaux. Heureusement, Andie est arrivée dans nos vies et, pour notre plus grand bonheur, surtout celui de mon frère, elle ne nous a plus quittés. Cerise sur le gâteau : le premier Noël 100 % Mark et Rose Sullivan a été un véritable succès ! Enfin, une fois que mon frère s'est réconcilié avec Andie, car il avait été un véritable con avec elle. Mais ça, c'est une autre histoire !

L'alarme de mon réveil sonne de nouveau et met fin à ces souvenirs. D'un geste enthousiaste – je pratique la psychologie positive sur Colleen, mais également sur moi –, je sors de mon lit et file sans bruit dans la cuisine lancer une lessive et sortir l'assortiment de petits paquets de céréales. J'ai acheté ces modèles réduits, car j'en ai eu marre de me farcir la fin des paquets quand Colleen décidait soudain qu'elle ne les aimait plus alors que la semaine précédente elle les dévorait. Si j'avais eu le temps, j'aurais essayé de comprendre sa logique, mais le débat à propos de la différence entre les pétales de maïs et les grains de riz – dans les deux cas soufflés au sucre – était stérile et perdu d'avance.

Je sors un saladier pour les pancakes de l'école, me félicitant d'avoir opté pour une préparation toute faite. Je traque la moindre minute, en espérant que mises bout à bout elles formeront un infime gain de temps qui me permettra dans le meilleur des cas de faire une pause pipi avant 14 heures. Ma vie est géniale !

Une heure plus tard, alors que j'ai le pied en équilibre instable sur le bord de la baignoire, un rasoir dans la main et du shampoing plein les cheveux, Colleen entre comme une flèche dans la salle de bains et me fait sursauter. C'est aussi ça être parent : renoncer à toute forme d'intimité. Loin d'être gênée par ma nudité, elle scanne rapidement mon corps sans émettre le moindre commentaire puis croise ses petits bras potelés. Ma fille est un véritable tourbillon de joie de vivre, mais là mon sixième sens de maman tire la sonnette d'alarme. *Houston, on a un problème ! Je répète : Houston, on a un problème !*

— Bonjour, ma puce, tu es déjà réveillée ?

— Tu te souviens hier soir quand tu m'as demandé ce qui me tracassait et que je t'ai dit rien, eh bah ! c'était pas vrai.

Sans blague !

J'ai préféré me la jouer cool et me convaincre qu'elle m'en parlerait le moment venu. Attitude désinvolte que j'ai regrettée sur les coups de 3 heures du matin lorsque je me suis imaginé qu'elle voulait peut-être habiter avec son père, sans oser m'en parler. Nous, les mères, sommes imbattables pour inventer les pires scénarios.

— Oui, dis-je prudemment.

— Jamie Baxter n'arrête pas de dire à la récré que le Père Noël n'existe pas.

— Quoi ?

Un éclair de soulagement traverse ses yeux en entendant mon ton outré. OK, je plaide coupable ! Je mens à ma fille mais, à ma décharge, je ne suis pas encore prête à lui révéler la noirceur du monde. Elle n'a que six ans, et nous sommes à un mois de Noël. Colleen et moi adorons cette fête, je ne vais quand même pas laisser un petit morveux ruiner le meilleur moment de l'année.

— Je lui ai dit que s'il continuait, oncle Josh lui casserait la figure.

— Pardon ? Colleen, la violence ne règle jamais rien !

Je crois qu'elle est simplement venue m'avertir, car elle hausse les épaules et sort sans ajouter un mot, me donnant la vague impression d'être une de ces mères ringardes et dépassées. Je grogne ; tant pis, le rasage des jambes attendra. Nous devons avoir une petite explication elle et moi. Je n'ai pas envie d'ajouter à ma liste : « Convocation dans le bureau de la directrice ».

Chapitre 3

Hambleden, samedi 28 novembre

Adam

Il est à peine 17 heures lorsque je pénètre dans la rue principale de Hambleden. En plus d'être complètement paumé et entouré de champs, ce bled semble être hors du temps. Tout est calme et silencieux. Je m'attends presque à croiser une charrette remplie de ballots de paille conduite par des hommes avec leurs fourches.

Hier, j'ai finalement appelé le bed and breakfast de Maggie et réservé une chambre pour la semaine. Robert m'a laissé un mois de réflexion, mais j'ai l'espoir que faire preuve de bonne volonté réduira ma peine. Si cette histoire pouvait être réglée avant la fin de l'année, je me sentirais plus serein. Au téléphone, la joyeuse propriétaire s'est montrée beaucoup trop curieuse à mon goût, m'interrogeant sans gêne sur le motif de mon séjour. Ma réponse évasive l'a amenée à une conclusion pour le moins surprenante que j'ai renoncé à contredire : « Ah ! vous venez faire du repérage pour un film ! Ne vous inquiétez pas je ne dirai rien, on a l'habitude. » L'excuse était parfaite et m'évitait de donner la véritable raison de mon séjour. Sans que je sache pourquoi, j'étais certain que ma visite ne serait pas vue d'un très bon œil si je mentionnais mon intention de vendre la propriété.

D'après les indications de Robert, la propriété de George se trouve un peu plus haut à l'angle de cette rue. Prenant soin de ne pas faire vrombir mon moteur pour ne pas perturber la quiétude du village, je remonte l'artère centrale en roulant au pas. Les façades en brique et silex, les fenêtres blanches arrondies, les jardinières fleuries de chrysanthèmes et la route pavée forment un ensemble harmonieux très anglais qui donne le sentiment d'être dans une ville musée. Sans difficulté, je repère la devanture en bois vieillie, couleur anis, avec une inscription calligraphiée et élégante :

LES GOURMANDISES DE COLLEEN

Sur le trottoir, une petite fille assise me regarde passer avec curiosité. Mon visage doit refléter une expression similaire, car sa figure est couverte de peinture verte et sa tenue, pour le moins étrange. Elle porte une jupe à froufrous multicolore, une doudoune rose et une corne sur le haut de la tête, le tout agrémenté de bottes de pluie jaune et noire. Je suis loin d'être calé dans le domaine de la mode, en général un jean et un T-shirt uni me suffisent, mais son style avant-gardiste me laisse perplexe. Une centaine de mètres plus loin, je gare ma moto sur un petit parking en face de la mairie. Je me débarrasse de mon casque et me recoiffe alors qu'une dame vient déjà à ma rencontre. Je balaye la place des yeux : aucun doute, c'est le centre névralgique de Hambleden ! À côté du joli bâtiment, j'aperçois une minuscule épicerie fermée ainsi qu'un panneau indiquant la direction de l'école. La femme d'une soixantaine d'années m'interpelle avec bonne humeur.

— Bonjour, vous êtes le nouveau pensionnaire de Maggie ? Je suis Emily Thomas.

— Je vois que les nouvelles vont vite, dis-je en me forçant à sourire. Adam Somerset.

— C'est un petit village ! Le bed and breakfast se trouve à deux kilomètres au sud.

— Oui, je suis juste venu faire un tour pour voir le village en plein jour. C'est très joli.

Ma remarque semble la charmer, car son regard s'illumine de fierté.

— Un des plus beaux d'Angleterre.

Rien que ça !

— Je n'en doute pas.

— Surtout au moment de Noël. D'ici quelques jours, tout le village sera décoré et illuminé ! Et notre sapin… vous allez voir, le 1er décembre les habitants participent tous à sa décoration. J'espère que vous vous joindrez à nous.

Son enthousiasme est comme une énorme enseigne publicitaire clignotante indiquant la promotion du siècle à ne surtout pas louper, et je n'ai pas le courage de jouer le rabat-joie. Noël ne représente plus rien pour moi depuis la mort de mes parents, mais pour la majorité des gens c'est *la* fête de l'année.

— Pourquoi pas ?

Son sourire s'élargit, et la culpabilité vient s'ajouter à la honte provoquée par mon manque de sincérité. Nous sommes le 28 novembre, et j'espère bien que d'ici là j'aurai mis les voiles.

— J'ai besoin de faire quelques courses. Est-ce qu'il y a une supérette dans les parages ?

— Vous ne prendrez pas vos repas avec Maggie ? s'étonne-t-elle.

Certainement pas !

— Les petits déjeuners seulement. Maggie m'a expliqué qu'une cuisine commune était à disposition dans la dépendance où se trouvent les chambres d'hôtes.

— Ses scones sont les meilleures de la région.

— J'ai bien choisi alors !

— Vous n'aviez pas vraiment le choix ! C'est le seul bed and breakfast du coin, répond-elle en riant.

Sérieusement ? Maudit Robert ! Pourtant, si ma mémoire est bonne, la liste qu'il m'a tendue dans son cabinet comportait une dizaine de noms. J'avoue avoir suivi son conseil et appelé Maggie en premier, pressé de me débarrasser de cette tâche. J'acquiesce d'un air entendu, tout en me promettant d'éclaircir ce mystère plus tard. Ma naïveté me perdra !

— L'épicerie est ouverte tous les jours jusqu'à midi, sauf le dimanche. La première supérette est à une trentaine de kilomètre à l'ouest. Vous restez combien de temps ?

— Je ne sais pas encore.

— Oh ! Oui, bien sûr. Ça dépendra, j'imagine.

À entendre son ton de conspiratrice, j'en déduis que Maggie lui a donné la raison de ma visite. Je lui fais un clin d'œil entendu pour qu'elle pense être dans la confidence.

— Je ne vais donc rien avoir à manger ce soir ?

Elle me donne une tape amicale sur le bras comme si nous étions de vieux amis.

— Allez chez Claire, vous trouverez tout ce dont vous avez besoin, et sinon Maggie se fera un plaisir de vous avoir à dîner !

— Claire ?

— Oui, vous avez dû passer devant sa boutique, une

pâtisserie à la façade vert pâle, mais elle vend aussi des douceurs salées. Elle a ouvert il y a quelques mois. Une jeune londonienne adorable qui cuisine très bien. Elle a amené un peu de gaieté et de sang neuf à notre vieux village. Dites-lui que vous venez de ma part et demandez-lui de m'apporter un de ses délicieux muffins au citron ce soir. Bienvenue à Hambleden, Adam. J'espère que vous y trouverez ce que vous êtes venu chercher.

— Merci, Emily.

Elle me gratifie d'un sourire amusé et repart en direction de la mairie en chantonnant. Sans plus attendre, je me dirige vers la boutique de cette fameuse Claire qui doit être la mystérieuse locataire de mon oncle. Rien ne sert de tergiverser, autant se faire une opinion tout de suite. Avec un peu de chance, il me suffira d'une seule rencontre pour me conforter dans mon choix.

En arrivant, je constate que la gamine, une petite blondinette aux cheveux longs et ondulés, est toujours assise sur le trottoir, les bras croisés et le visage peinturluré. Elle semble être en train de bougonner, mais en entendant du bruit derrière elle, elle se retourne et m'observe. Ses yeux bleu-vert pétillent de malice.

— C'est toi qui étais sur la super belle moto ? demande-t-elle en désignant mon casque du menton.

Elle se lève et s'approche de moi.

— Oui. Je m'appelle Adam. Tu aimes les motos ?

Je ne sais pas vraiment pourquoi je me présente, car je ne compte pas m'éterniser mais cette gamine espiègle me paraît tout de suite très sympathique.

— Moi, c'est Colleen, précise-t-elle en me tendant la main avec sérieux. Jamie Baxter dit que les motos c'est que pour les garçons.

— Première nouvelle !

— Il est bête, répond-elle comme si c'était un fait connu de tous.

Je me garde bien de la contredire, car elle a sûrement raison. L'amour de la vitesse, la soif de liberté et la passion des grosses cylindrées n'ont rien à voir avec le fait d'être un homme.

— Sympa ta tenue. Tu t'habilles comme ça tous les jours ?

Ma question a le mérite de la faire rire, et j'ai presque le sentiment qu'elle est en train de se moquer de moi.

— Ça va pas ! Aujourd'hui c'était la kermesse de l'école, je voulais me déguiser en Hulk, mais c'était pas possible.

Je désigne son visage en plissant les yeux.

— Tu es toute verte pourtant.

— Oui, mais je n'avais pas le reste du déguisement alors Andie m'a proposé une autre solution.

— Andie ?

— Ma tante.

— Je vois, et donc tu es déguisée en quoi ?

Mon air dubitatif lui fait lever les yeux au ciel.

— En unihulkorn, dit-elle d'un ton blasé.

— Unihulkorn ?

— Une forme animale de Hulk, même si Jamie Baxter m'a traitée de « petit pois licorne ».

Le souvenir de l'insulte lui fait serrer les poings. Je la rassure :

— Tu l'as dit toi-même, ce garçon est bête. Tu peux me croire quand je te dis que tu fais un Hulk du tonnerre.

— En tout cas, il riait moins quand je lui ai botté les fesses.

Je ris de plus en plus fort, amusé par la tournure de notre conversation et la spontanéité de Colleen.

— Tu as bien fait de ne pas te laisser faire.

— Oui, sauf que maintenant je suis punie, précise-t-elle la mort dans l'âme.

Toute la misère du monde semble soudain s'être abattue sur ses petites épaules.

— J'imagine que c'est normal. Tes par…

— Ma mère veut que je m'excuse. Plutôt mourir !

J'éclate de rire. Je ne côtoie pas d'enfants alors je ne sais pas s'ils sont tous aussi amusants, mais mon petit doigt me dit que cette gamine est un véritable phénomène.

— Tu as quel âge ? dis-je intrigué par sa repartie et son franc-parler.

— Six ans.

— Colleen, arrête d'embêter le monsieur.

Une jolie voix cristalline, mais néanmoins ferme, nous interrompt. Curieux, je me retourne et découvre sur le seuil de la porte une charmante jeune femme d'une trentaine d'années avec la même chevelure or, ramassée en chignon sur le haut de la tête, des joues roses, des lèvres pleines et des yeux d'un bleu limpide. La maman, sans aucun doute. Je cligne des yeux, dérouté par son visage angélique.

— Excusez-la. Elle a tendance à être très bavarde.

— Pas de soucis.

— Tu as réfléchi ? ajoute-t-elle à l'intention de la petite fille.

— Il l'a mérité.

Sa mère croise les bras. Visiblement, la réponse ne lui convient pas.

— Très bien, je vois qu'on en est toujours au même point. Je t'ai pourtant dit que la violence ne résout rien.

— Il s'en remettra, maman, répond-elle en boudant.

Je masque un sourire, amusé par l'échange mère-fille. Même s'il n'a pas été nommé, Jamie Baxter est au cœur du problème et continue d'empoisonner la vie de Colleen.

— Colleen, fais attention, la punition pourrait s'allonger. C'est toi qui vois.

— Oncle Josh a dit que…

— Je me moque de ce que t'a dit ton oncle. On se passera de ses conseils.

Le fameux Josh risque de passer un sale quart d'heure. Je n'aimerais pas être à sa place, car Claire – j'imagine que c'est d'elle dont parlait Emily – n'a vraiment pas l'air contente. Soudain, je sens le poids du regard de Colleen peser sur moi.

— Adam aussi est d'accord, précise la fillette en me pointant de son pouce.

Minute ! Quoi ?

Toute l'attention de Claire est maintenant focalisée sur moi, et à voir les éclairs qui traversent ses prunelles je peux affirmer sans l'ombre d'une hésitation que, tout comme Josh, je ne vais pas m'en sortir indemne. Je lève les mains en signe d'apaisement, tout en maudissant Colleen en silence.

— J'ai simplement dit qu'elle ne devait pas se laisser faire, rien de plus.

Je tente un petit sourire pacificateur pour prouver ma bonne foi.

— Je viens de la part d'Emily Thomas, précisé-je.

D'où ça sort, ça ?

Pour ma défense, je n'ai pas envie de faire mauvaise impression et j'ai le sentiment que cette information jouera en ma faveur. Claire m'observe longuement puis lorsqu'elle doit considérer que je ne mens pas, elle s'adresse à nouveau à son mini-elle.

— On en reparlera ce soir.

La gamine hausse les épaules, peu convaincue, et se rassoit sur le trottoir en râlant. Claire me lance un regard dépité puis entre dans le magasin. Conscient que je marche déjà sur des œufs, je me retiens de réconforter la petite fille et entre dans la boutique, curieux de découvrir le local que George loue pour une bouchée de pain et d'en savoir plus sur cet étrange duo rafraîchissant.

Claire

Regarder la marchandise ne représente aucun risque, aucun danger. Cela n'engage à rien, surtout lorsqu'on est discrète. Seule règle : ne pas se faire prendre.

Si Andie savait que j'ai maté un mec, allant même jusqu'à m'attarder sur ses fesses, elle serait fière de moi. Depuis quelques semaines, elle a décidé de prendre ma vie sentimentale en main. Je ne suis pas sûre du bien-fondé de cette mission, mais ma belle-sœur est têtue et a soudain décrété que j'avais besoin d'un homme dans ma vie, non pas car je suis faible, mais parce que, selon elle, partager les bonheurs du quotidien à deux – trois, dans mon cas – est beaucoup plus sympa. Ça, c'est la version officielle, celle qu'elle me sert devant mes parents et mon frère ; en off, il s'agit plutôt de me rappeler à quel point le sexe est essentiel ! Elle s'est même permis de me donner quelques détails croustillants sur elle et mon frère, détails dont je me serais bien passée. Beurk ! Jusqu'à présent, j'ai refusé de m'inscrire sur un site de rencontres et, Londres n'étant pas la porte à côté, j'ai aussi pu décliner tous les rendez-vous qu'elle a essayé de m'arranger avec des copains de Josh. Merci, mais non merci ! Ce qui me fait penser à une chose : et si ce type était en fait un de ses coups tordus ? Andie a de la ressource et ne s'avoue jamais vaincue.

Je passe de l'autre côté du comptoir et observe le mec canon qui discutait dehors avec Colleen. Ses yeux noisette parcourent la boutique avec une évidente curiosité. La salle n'est pas très grande, mais grâce à ma famille nous en avons fait un espace chaleureux paré de couleurs acidulées et de meubles en bois. Andie a chiné une petite table en fer forgé avec les chaises assorties ainsi que des coussins vert pâle à fleurs violettes. Nous avons pu installer l'ensemble dans un coin de la boutique, permettant ainsi à quelques clients, des femmes essentiellement, de s'asseoir. Il n'est pas rare que je doive ajouter une ou deux chaises supplémentaires lorsqu'elles décident d'organiser un goûter entre copines.

Je continue mon petit matage prudent et m'attarde sur le physique avantageux de cet inconnu. Carrure sportive mise en valeur par une veste de moto noir et blanc, grande taille rehaussée par des boots en cuir, mâchoire carrée embellie d'une barbe de quelques jours et lèvres charnues, le tout enrobé dans un jean brut. Sans oublier, une nuque à se damner. Le combo parfait ! Même si le dernier point ferait glousser Andie. Nous avons un léger désaccord sur ce qui rend un homme sexy. Les mains et les fesses pour elle. La nuque et le sourire pour moi. Comme un fait exprès, lorsqu'il aperçoit le dessin de Colleen fraîchement encadré de la veille, son visage s'illumine d'un sourire ravageur, me donnant raison.

— C'est une guirlande lumineuse autour de Spiderman ? demande-t-il en s'approchant un peu plus près de l'œuvre d'art qui a occupé ma fille pendant des heures.

Les héros Marvel ont été soigneusement représentés avec des accessoires de Noël – bonnets, guirlandes, barbe blanche, etc. - ; Colleen s'en est donné à cœur joie, et le rendu est vraiment très amusant et décalé.

Il me faut quelques secondes pour comprendre qu'il me parle. Étonné par mon absence de réponse, il se retourne pour vérifier que je suis toujours là.

— Sur le dessin ? C'est bien une guirlande, non ?

— Oui, Colleen adore les héros, son préféré c'est…

— Hulk !

— C'est si évident ? dis-je en riant.

Il me lance un regard entendu en faisant un léger signe de tête vers l'extérieur. La nuit est en train de tomber, mais je distingue le profil boudeur et verdâtre de ma fille. Je lui envie son insouciance. J'aimerais tellement n'avoir qu'une simple punition de ma mère comme problème. Ces derniers jours, tout me semble compliqué. Mon propriétaire ne me rappelle pas, ma mère fait la tête car cette année Noël aura lieu chez moi, la machine à laver menace de rendre l'âme et mon banquier surveille mon compte comme le lait sur le feu. Bref, mon navire coule !

— Et vous ? demande-t-il.

— Quoi, moi ?

— Votre héros préféré ?

Je fais mine de réfléchir pour ne pas donner l'impression d'être une ado immature, mais je connais déjà la réponse ! C'est évident. Enfin, pas pour Andie... elle préfère Thor. J'ai même eu le droit à ses blagues salaces sur sa façon de magner le marteau ! Tout ça sous le regard ébahi de mon frère. Il faut dire que nous avions un léger coup dans le nez.

— Star-Lord.

Il plisse les yeux et me lance en souriant :

— À cause de Chris Pratt, je suppose.

Note pour plus tard : confirmer à Andie ma théorie. Le sourire des hommes, surtout celui qui laisse apparaître une petite fossette, est indéniablement leur atout charme n° 1. Je fonds. Finalement, peut-être que ma belle-sœur a raison : j'ai besoin d'un mec. Seulement, je ne suis pas certaine d'être prête à franchir ce cap.

— Possible, dis-je en haussant les épaules pour feindre l'indifférence.

Une de mes qualités, soit dit en passant. Depuis que mon

mari m'a trompée, je suis devenue une très bonne comédienne. L'expérience m'a douloureusement appris que les hommes ne méritent pas ma confiance. À cette pensée, je sens tout mon corps se crisper, mais je m'enjoins de ne rien en montrer et de retrouver la légèreté de notre conversation.

— Ça se défend ! Il est sexy, conclut-il.

Inconscient de mon tumulte, il reporte son attention sur le cadre, cherchant certainement l'objet de mes fantasmes. Je profite qu'il soit de dos pour mater ses fesses à nouveau, sauf que cette fois-ci il me prend en flagrant délit. Je m'efforce d'ignorer le rouge qui doit colorer mes joues ainsi que son petit sourire en coin indiquant que je me suis bien fait prendre en beauté et tente de sauver les apparences.

— Vous venez de la part d'Emily, c'est ça ? Vous aviez besoin de quelque chose ?

Son regard semble inspecter furtivement mes mains avant de revenir à mon visage. Est-ce qu'il vient de vérifier si j'avais une alliance ?

— Oui, effectivement. L'épicerie est fermée, mais elle m'a dit que vous ne me laisseriez pas mourir de faim. Ah ! et avant que j'oublie, elle aimerait que vous lui apportiez un muffin au citron ce soir.

Je m'exécute aussitôt, attrape un des gâteaux avec une pince et l'emballe dans un sachet en papier aux couleurs de la devanture de la boutique avant de lui désigner la vitrine.

— J'ai de la tourte aux légumes, des cupcakes aux courgettes et au fromage frais et un cake poivrons-feta. Tout est fait maison.

Il grimace et se passe la main sur l'arrière de la tête, ébouriffant ses cheveux.

— Je ne suis pas très légumes, précise-t-il comme pour s'excuser de sa réaction.

Je glousse devant son air dégouté qui me rappelle vaguement le petit monstre irrésistible assis dehors.

— Je vois, régime pâtes, pomme de terre et viande ?

— Il m'arrive parfois de faire une entorse pour une bonne pizza, mais le pizzaïolo n'a pas dû trouver le village !

— Vous êtes une version adulte de ma fille, alors !

— En plus viril, j'espère.

Son clin d'œil m'indique qu'il est en train de flirter, et pour la première fois depuis bien longtemps je n'ai pas envie de partir en courant. J'avoue que la sensation est même plutôt agréable. Je procède au même examen que lui et constate qu'il ne porte pas d'alliance. À moins qu'il l'ait enlevée. La petite Claire à l'intérieur de ma tête me fait les gros yeux, agacée par mon cynisme. Avoir été trompée ne donne pas foi en l'être humain. Évidemment, les hommes ne sont pas tous à mettre dans le même panier, mais les bannir de ma vie s'est révélé être la solution la plus sage et la plus prudente.

— Je dois pouvoir vous dépanner d'un paquet de pâtes. Enfin, si vous avez de quoi les cuisiner. Je me trompe peut-être, mais vous n'êtes pas de la région, si ?

— C'est assez vexant.

Je le regarde sans comprendre.

— Quoi ?

— Que vous ignoriez la remarque sur ma virilité.

Je pouffe, non pire, je glousse. Mon Dieu, moi, Claire Sullivan, je suis en train de glousser alors que je me suis promis de ne plus jamais laisser un homme me faire tourner la tête. J'ai soudain le sentiment d'avoir les joues en feu. Pourtant, contre toute attente, j'entre dans son jeu.

— Rassurez-vous. Vous n'avez aucun souci à vous faire de ce côté-là.

Je lutte pour ne pas baisser les yeux alors qu'il me dévisage et que le silence s'étire entre nous. Son examen terminé, il m'adresse un large sourire de satisfaction. Si une de mes amies me racontait une histoire pareille, je qualifierais le gars d'arrogant et je lui conseillerais de fuir. Seulement là, j'ai l'intime conviction que cet homme est gentil. Je ne sais pas d'où me vient cette certitude, mais je le sens. Je le sais.

— Je viens de Londres, je suis là pour quelques jours.

— Oh ! je viens de Londres moi aussi. Quel quartier ?

— Camberwell. Et vous ?

— Chelsea.

— Vous aviez des envies de nature ?

— Des envies de changement, plutôt. Mais, j'y pense, vous êtes le nouveau pensionnaire de Maggie ?

— Décidément, rien ne se passe ici sans que tous les habitants en soient informés !

Je ris. Je connais cette sensation, j'en ai fait les frais lors de mon emménagement, mais je me suis vite aperçue que dans l'ensemble il s'agissait surtout de bienveillance.

— Même si Hambleden a déjà servi de décor à plusieurs films, ce n'est pas courant vous savez. J'imagine donc que la durée de votre séjour dépendra de vos découvertes.

— Heureusement que Maggie était censée garder la raison de ma visite secrète.

— Règle n° 1 : ne jamais rien confier à Maggie si vous ne voulez pas que ça s'ébruite !

— Je note ! Même si je vous avouerai que je n'ai pas été tout à fait honnête avec elle. Mon séjour n'a rien à voir avec un quelconque repérage. Ça reste entre nous bien sûr.

Nouveau clin d'œil.

— Oh non ! dis-je déçue. Je me faisais une joie d'assister à la naissance d'un film.

— Comment Maggie est-elle arrivée à cette conclusion ?

— Quelques grands films ont été tournés ici, ce qui fait

la fierté des villageois. C'est d'ailleurs comme ça que j'ai atterri ici.

— Ah bon ? Racontez-moi, ça m'intéresse.

— *Sleepy Hollow*, le dernier remake d'*Avengers*. Il y a aussi…

— Non, je veux dire votre histoire.

Ma bouche s'arrondit de surprise face à son intérêt, mais je m'en réjouis.

— Andie, ma belle-sœur, a découvert, je ne sais pas comment, qu'une scène des *101 Dalmatiens* avait été tournée ici. Comme c'est le dessin animé préféré de mon mini-Hulk, elle a décidé qu'une virée entre filles s'imposait pour aller découvrir cet endroit. Nous avons donc réservé une nuit chez Maggie toutes les trois, et lors de notre balade dans le village je suis tombée sous le charme de cette boutique. Un papier était scotché sur la vitrine avec un numéro de téléphone. Andie et moi nous sommes tout de suite mises à rêver, à m'imaginer une vie ici, et sans que je comprenne ce que je faisais – l'impulsivité n'est pas un de mes traits de caractère –, j'appelais le numéro. Et me voici.

— Et vous voici, répète-t-il amusé. Juste comme ça ? Vous avez tout envoyé balader du jour au lendemain pour venir vous installer ici ? Votre conjoint l'a pris comment ?

Je redresse le menton et essaye de prendre une voix assurée.

— Disons qu'il a perdu le droit d'interférer dans ma vie à partir du moment où il m'a trompée.

Si ma révélation le surprend, il n'en laisse rien paraître et hoche la tête, compréhensif, mais alors qu'il s'apprête à répondre, Colleen nous interrompt de sa voix aiguë et surexcitée. Cela ne présage jamais rien de bon !

Adam

— Maman ! Maman ! Ça y est, ils sont là ! Ils sont là !

Colleen entre dans la boutique comme une furie et vient se poster à côté de moi, la peau rougie par la fraîcheur du soir. Dehors, la nuit est tombée, et les lampadaires illuminent la rue déserte. Sur le mur couleur taupe, derrière Claire, une horloge en forme de flocon avec un pendule représentant le Père Noël indique qu'il est presque 18 heures. Je me demande si elle a été sortie d'un carton spécial Noël pour l'occasion ou si elle reste accrochée là toute l'année. Mis à part cette touche kitch et le dessin hilarant de super-héros, le style de la boutique est très harmonieux. Chaleureux et agréable.

— On y va ? On y va ?

Colleen sautille sur place et bouge les bras dans tous les sens à la façon d'un pantin désarticulé alors que sa mère plisse les yeux, visiblement mécontente de son comportement. Je viens à peine de les rencontrer, mais je trouve leur dynamique très amusante. J'imagine que c'est en grande partie dû à la maturité de cette gamine. Chaque minute passée avec elle s'avère être pleine de surprises.

— Je suis avec un client, Colleen, attends cinq minutes.

Sans surprise, la réponse de sa mère ne lui convient pas et malgré mon murmure désolé, Unihulkorn me lance un regard désapprobateur avant de filer vers la porte en bougonnant. Je la suis des yeux, amusé, car je suis certain qu'elle ne va pas abandonner la partie aussi facilement. Alors qu'elle colle son nez contre la vitrine pour surveiller les alentours, sa mère la réprimande, mais elle l'ignore et s'adresse à moi avec ce qui doit être sa spontanéité habituelle :

— Est-ce que tu peux te dépêcher, s'il te plaît ? Sinon ils vont décider sans nous.

Claire laisse échapper un hoquet de surprise en même

temps que je m'esclaffe. *Faites que cette enfant ne perde jamais son naturel !*

— Colleen ! Mais qu'est-ce qui te prend ?

— Ce n'est pas gr…

Les joues écarlates et les yeux aussi ronds que des soucoupes, la jolie maman – célibataire, si j'ai bien compris - m'interrompt.

— Je suis vraiment, vraiment, *vraiment* désolée. Colleen, excuse-toi tout de suite ! Tu ne crois pas que tu en as déjà assez fait aujourd'hui ? Jamie Baxter, et maintenant ça ? Tu veux prolonger ta punition ?

— Jamie Baxter est un gros débile, réplique la fautive en nous rejoignant près du comptoir.

Me retenir de rire devient très difficile, car cette scène est surréaliste pour le solitaire que je suis.

— Ça n'excuse pas la violence dont tu as fait preuve dans la cour de l'école. Maintenant, à cause de toi, sa mère ne va plus me lâcher.

Cette fois, Colleen a la sagesse de se taire plutôt que d'attiser la colère de sa mère. En revanche, au lieu de faire profil bas, elle ne trouve rien de mieux à faire que de lui tenir tête en la regardant droit dans les yeux. L'enfance a beau être loin derrière moi, j'ai le vague souvenir qu'il vaut parfois mieux abandonner certains combats et se faire oublier. Colleen, elle, préfère choisir une option différente qui risque d'aggraver son cas et, par la même occasion, sa punition. Pendant ce qui me semble être une éternité, mère et fille se jaugent du regard, jusqu'au moment où je me racle la gorge pour leur rappeler ma présence. Le regard de la mini-rebelle se braque sur moi, et ses prunelles espiègles s'illuminent soudain d'un nouveau brin de malice annonciateur de problèmes. Oh oh ! mauvais signe ! Ne voulant pas me retrouver à nouveau au centre de leur conflit, je prends la parole et coupe court à toute tentative d'alliance de sa part.

— Aucun problème, vraiment, dis-je en souriant. J'ai déjà entendu bien pire. Si vous voulez mon avis, elle a même fait un effort en ajoutant une formule de politesse.

Claire m'adresse un léger signe de tête contrit, et alors que je la sens se détendre, l'apprenti Hulk jette de l'huile sur le feu.

— Tu vois, maman. En plus, Adam a raison, j'ai été polie, j'ai dit : « S'il te plaît. »

Bon sang, cette gamine a vraiment des tendances suicidaires !

Inconsciente de l'agacement de sa mère – enfin, j'ose l'espérer –, elle redresse le menton et bombe le torse. Si elle continue comme ça, il y a fort à parier que cette histoire finisse mal pour elle. Dans une vaine tentative, je lui donne un léger coup de coude pour qu'elle la boucle. Coup qu'elle me rend sans la moindre timidité. Témoin de notre échange foireux, Claire a les épaules qui s'affaissent dans un mouvement de dépit, puis elle ouvre la bouche et la referme plusieurs fois sans qu'aucun son en sorte. Je tente de camoufler un petit sourire et décide de voler au secours de la fillette vouée à une punition – une mort ! – certaine, car bien que je ne sois pas père, je sais que dépasser les bornes et tenir tête à un adulte tourne rarement en faveur des enfants.

— Si votre proposition tient toujours, je vais accepter le paquet de pâtes et vous libérer. Je ne voudrais pas vous mettre en retard.

— Très bien. Je… Je vais vous chercher ça à l'étage, répond-elle d'un air désolé. Je n'en ai pas pour longtemps. Je… Colleen, tu veux bien venir avec moi ?

— Non, je reste là. Je t'attends.

Sans plus de cérémonie, la fillette se dirige vers la vitrine d'un pas décidé et prend l'initiative de retourner l'écriteau afin de prévenir que la boutique est fermée.

— Tu es sûre ? insiste sa maman.

L'inquiétude de Claire est légitime : elle ne me connaît pas, et je comprends tout à fait que laisser sa fille seule avec un inconnu soit imprudent. Je sors alors les clés de ma moto et les lui tends pour la rassurer.

— Prenez-les, comme ça aucun risque que je m'enfuie avec votre fille.

Une étincelle d'amusement éclaire ses jolis yeux bleus, et je suis soulagé de découvrir que je ne lui fais pas si peur.

— Ce serait une très mauvaise idée, vous savez. Je suis sûre que vous me la ramèneriez en moins de temps qu'il n'en faut pour le dire !

Je grimace en me frottant l'arrière de la tête.

— C'est même une certitude. Je n'y connais absolument rien en matière de gamin, et Colleen a l'air… comment dire ?

Je jette un œil par-dessus mon épaule, cherchant le mot exact.

— Fascinante ? Étonnante ? Fatigante ? Épuisante ? énumère-t-elle. La liste est longue, vous n'avez pas idée !

Si la réponse de Claire m'amuse, la principale intéressée n'apprécie pas que sa maman se moque d'elle.

— Eh ! je vous entends ! C'est pas poli de parler de quelqu'un qui est dans la même pièce que vous.

Nous rions alors que Colleen nous fixe les bras croisés et le visage boudeur. Vexée que nous ne lui accordions pas d'intérêt, elle s'installe sur une chaise et reprend le coloriage d'un dessin.

— Unique, réponds-je en souriant. Oui, « unique » me paraît être l'adjectif approprié pour décrire Colleen.

Claire acquiesce en couvant sa fille d'un regard affectueux. En voyant son expression attendrie, je sens mon cœur se serrer : ma mère avait exactement la même. Je l'ai perdue il y a si longtemps que j'ai parfois l'impression d'avoir oublié son visage. Les années ont passé, mais la douleur liée au manque reste omniprésente. Est-ce normal pour un homme de trente ans d'aspirer à retrouver le parfum rassurant de sa mère, ses caresses et ses câlins ? Envahi par l'émotion, je déglutis et avale la boule qui commence à se former dans ma gorge. Inconsciente de mon malaise, Claire poursuit :

— Vous avez raison, si elle n'existait pas il faudrait l'inventer, mais je persiste : vous ne tiendriez pas plus d'une heure avec elle ! Elle ne ferait qu'une bouchée de vous.

Sa voix cristalline chasse les derniers vestiges de mes souvenirs doux-amers. Je me tourne vers elle et ancre mon regard au sien. Nous nous dévisageons pendant de longues secondes avant que Colleen mette fin à cet étrange moment.

— Maman, on peut y aller ?

Un feutre à la main, un autre à la bouche, elle nous fixe avec curiosité.

— Je file chercher les pâtes pour le monsieur.

— Adam. Adam Somerset.

Je lève les mains et précise :

— Autant que vous connaissiez mon nom, au cas où je ne serais pas digne de confiance. Vous pourrez toujours communiquer mon identité à la police.

J'attrape mon portefeuille dans la poche arrière de mon jean et lui montre ma carte d'identité. Un nouveau sourire apparaît et sublime son délicieux visage. Claire est très jolie, mais lorsqu'elle sourit elle est vraiment magnifique. Elle lance un regard à la dérobée vers sa fille et ajoute précipitamment :

— Claire Sullivan, juste au cas où vous auriez envie de le savoir.

— Vous avez raison, je mourais d'envie de connaître votre prénom, mais je n'osais pas vous le demander.

Je suis sous le charme, troublé par sa beauté, sa douceur et sa candeur. Lorsque Robert m'a parlé d'elle il y a plusieurs semaines, j'étais loin d'imaginer une telle femme.

— Pourtant vous n'avez pas l'air de quelqu'un de timide, reprend Claire.

— Mamaaaan, les pâtes !

Bon sang ! cette gamine ne peut pas nous oublier cinq minutes et me laisser draguer sa mère en paix ? Agacé, cette fois c'est moi qui lui lance un regard désapprobateur alors que l'objet de mon intérêt disparaît à l'arrière du magasin. J'entends une porte claquer puis des pas dans l'escalier. *Fichue gamine !*

Encore étonné par ce qui vient de se passer, je cligne des yeux pour essayer de retrouver la raison. Ma visite ne se déroule absolument pas comme prévu. J'étais censé venir me faire une idée rapide du local, pas discuter pendant une heure et me retrouver sous le charme de la locataire. Je me passe la main dans les cheveux et soupire.

— Ça va pas ? me lance Colleen.

Pas vraiment. Je m'approche d'elle pour examiner son dessin.

— Sympa, ta licorne Père Noël.

— C'est une licorne kawaii[1], c'est Andie qui m'a envoyé le modèle hier soir. Tu sais, maman a promis de m'emmener à la boutique la prochaine fois qu'on ira chez papi et mamie.

— La boutique ?

— De licornes, réplique-t-elle comme si c'était une évidence. Andie est allée voir et elle m'a dit qu'il y avait toute la collection de My Little Pony et aussi plein de boules de bain multicolores qui s'appellent des cacas de licorne, ajoute-elle hilare.

1. Adjectif japonais signifiant « mignon »

Je n'ai aucune idée de ce qu'elle raconte alors je me contente d'acquiescer. J'ai comme l'impression qu'elle est intarissable sur les licornes et Hulk. Deux sujets à éviter, donc !

— Alors, pourquoi es-tu si pressée de sortir ?

La moitié du corps avachi sur la table, elle continue son coloriage avec application, le bout de la langue à l'air libre.

— Le camion qui amène le sapin du village est arrivé. Ce soir, on doit voter pour choisir la couleur des décorations.

— La couleur ? Comment ça ?

Colleen se redresse, rebouche son feutre puis m'observe attentivement en balançant les pieds.

— Comment ça quoi ? demande-t-elle en croisant les bras dans une attitude très sérieuse.

— Un sapin n'est pas multicolore ?

— Andie dit qu'il n'y a pas de règle, on doit le décorer avec notre cœur, c'est tout.

Encore cette Andie !

— Et ton cœur te dit quoi ?

— Rouge et blanc. Le sapin *et* les couronnes de porte, souligne-t-elle en levant l'index. Ça va être trop beau ! J'ai hâte.

— Je n'en doute pas une minute.

— Tu seras là pour le sapin ?

— C'est peu probable, je ne vais pas rester très longtemps.

— Oh ! dommage, dit-elle l'air sincèrement déçue. Est-ce que je pourrai monter sur ta moto si tu reviens à la boutique ?

Sa façon de réfléchir me file le tournis. Ce n'est donc pas une légende, les gamins ont vraiment cette tendance à sauter du coq à l'âne avec une facilité déconcertante.

— Pourquoi pas, mais…

— Certainement pas ! intervient Claire qui est de retour.

— Mais mamaaann.

— C'est non négociable.

Claire me tend mon repas du soir, essoufflée, son manteau dans l'autre main.

— Vous avez fait vite.

— J'habite juste au-dessus et puis je ne pouvais pas laisser le magasin sans surveillance, explique-t-elle.

— Merci, dis-je en agitant le paquet de macaronis. Je vous dois combien ?

— Oh ! rien, cadeau de la maison ! Pour excuser l'impolitesse du petit monstre.

Colleen saute de son promontoire et va ouvrir la porte, sans un mot. Je crois que nous arrivons au bout de sa patience. Claire me lance un regard entendu.

— Oh ! attendez une minute, j'allais oublier le muffin pour Emily. Et, j'y pense, vous avez déjà les clés de chez Maggie ?

— Non, je suis venu directement ici.

— Dans ce cas-là, venez plutôt avec nous. Maggie sera au comité des fêtes où nous nous rendons. Si vous allez chez elle à cette heure-ci, vous risquez de vous retrouver à la porte. Dieu sait que ces réunions peuvent-être longues !

— Très bien, alors je vous suis, dis-je en sortant de la boutique.

— Par contre, je décline toute responsabilité quant aux événements de ce soir.

— Comment ça ?

— Ce comité est peu commun, vous allez voir. Colleen, attends-nous s'il te plaît et reste bien sur le trottoir, dit-elle en fermant la porte du magasin à clé.

Mais la fillette est déjà en train de remonter la rue en courant et en chantant *Petit Papa Noël* à tue-tête.

— Ah bon ? Vous m'intriguez. Dites-m'en un peu plus.

— Je préfère vous laisser la surprise.

Un adorable gloussement s'échappe de ses lèvres. Je les

fixe une demi-seconde de trop, car lorsque je relève les yeux, Claire est en train de m'observer et, malgré le peu de lumière, je vois ses joues prendre cette teinte rosée parfaite. Ma nouvelle couleur préférée !

— Il fait un de ces froids, dit-elle en frissonnant. Il paraît qu'il va neiger cette semaine.

Pour illustrer ses propos, elle remonte son écharpe sur son nez, camouflant au passage sa jolie bouche, et enfile le bonnet assorti. Je la regarde, amusé. On dirait une poupée.

— Quoi ? J'aime bien mettre un bonnet pour avoir chaud à la tête, se justifie-t-elle. Je sais que ça peut paraître enf…

— Vous êtes ravissante, dis-je avec un clin d'œil.

Mon compliment est sorti tout seul, et alors que je m'attends à ce qu'elle soit gênée, elle réplique :

— Vous n'êtes pas mal non plus !

Le bas de son visage est masqué par la laine multicolore de son écharpe, mais ses yeux la trahissent. Elle sourit, j'en suis persuadé. Alors que tous les warnings se mettent à clignoter dans ma tête pour m'alerter sur le danger de ce flirt, je sens mon cœur se réchauffer doucement. Et la sensation est grisante. Excitante, et surtout inédite.

Chapitre 4

Claire

— Qu'est-ce que c'est que ce truc ? lâche Adam, interloqué, lorsque Stuart weber, le maire de Hambleden, un adorable homme de soixante-dix-huit ans, lui tend un bonnet de Père Noël.

Nous sommes arrivés à l'entrée de la petite salle des fêtes du village. Colleen, bien trop excitée pour marcher à notre rythme – sans sautiller –, nous a devancés d'une dizaine de minutes. Elle avait tellement peur d'être en retard que je l'ai autorisée à partir devant. Je voulais aussi éviter une crise de larmes ! Comme sa tante, ma fille adore Noël. Ces réunions hebdomadaires sont donc d'une importance capitale pour elle. Et pour être honnête, j'avais aussi envie de profiter de la compagnie d'Adam sans être interrompue toutes les cinq minutes. Notre conversation est fluide et naturelle, et j'avoue que sa façon de me regarder ne me laisse pas indifférente. Ce flirt innocent et inattendu est très plaisant et, même si je n'envisage pas de prendre la moindre initiative, je trouve agréable de me comporter pour une fois comme une femme et non comme une maman. Colleen est la prunelle de mes yeux et passera toujours avant tout et tout le monde, mais comme l'a souligné Andie à plusieurs reprises : ce n'est pas une raison pour s'oublier !

Je reporte mon attention sur Adam. Sa présence ici donne matière à réflexion. Et si c'était un coup tordu de ma future belle-sœur ? Parce que soyons réaliste un instant : que viendrait faire un mec aussi canon dans les parages ? Hambleden n'a rien d'un lieu tendance. Et puis, il ne m'a pas révélé la vraie raison de son séjour. Preuve qu'il y a quelque chose de louche.

— Je vous avais prévenu ! lui dis-je en riant malgré mes doutes.

Il plisse les yeux, prêt à répondre, mais est interrompu par une voix aiguë, proche de l'hystérie.

— Argent et rose ? C'est une plaisanterie ?

Je me retourne vers les portes de service, situées derrière nous. Elles sont fermées, mais cela ne nous empêche pas d'être aux premières loges de cette discussion animée. Je m'adresse à Stuart et plaisante :

— A priori, Maggie est arrivée ! Ce n'est pas contraire au règlement d'essayer de rallier les autres membres à sa cause ?

Il hoche la tête alors que la suite de la conversation nous parvient.

— Hors de question ! Écoute, Sarah, moi vivante, jamais Hambleden n'aura un sapin décoré avec cette couleur ! Rose ? Non, mais on aura tout vu ! Tu as cru que c'était un sapin de Barbie ? Elle est peut-être très bien roulée, mais elle n'a pas encore fait tourner la tête du Père Noël, je te le dis, moi. Et pourquoi pas violet, pendant qu'on y est ? Je rêve ! Je te préviens, si le comité vote pour ta proposition, je te ferai vivre un véritable enfer. Et je n'en ai rien à faire que tu sois la femme de Stue.

Ce dernier me regarde en secouant la tête, atterré par cette dispute.

— Nous nous doutions que ce comité serait le plus épineux de l'année, dit-il d'un air sérieux. Ça commence fort.

Adam se racle la gorge pour attirer mon attention.

— Je crois que je vais plutôt vous attendre dehors, ce sera mieux. Pourriez-vous prévenir Maggie que je suis là pour les clés ?

— Oh ! mais vous êtes son nouveau pensionnaire, le monsieur du cinéma ? demande soudain le maire qui n'a pas perdu une miette de notre échange.

— Décidément ! Tout le village a-t-il été informé de mon arrivée ?

— Maggie est très bavarde. Charmante, mais bavarde.

— Charmante ? Nous sommes bien en train de parler de la femme qui a menacé quelqu'un pour la couleur d'un sapin ?

— Ne vous fiez pas aux apparences ! interviens-je.

— Claire a raison. Allez, dépêchez-vous d'entrer, nous allons bientôt commencer. En plus, il fait un froid épouvantable dehors, je crois qu'ils annoncent de la neige pour la fin de semaine. Mais avant, n'oubliez pas de mettre votre bonnet. Oh ! Claire, tiens, Colleen a laissé ça pour toi.

Je récupère son serre-tête licorne et le range dans mon sac en même temps que mon écharpe et mon bonnet.

— Nous sommes les derniers ?

Stuart replace ses lunettes sur son nez pour étudier une liste de noms consciencieusement cochés.

— Non, nous attendons encore William, Johnson, Megan et les Miller, mais ils ne devraient plus tarder.

— Super !

J'enfile mon bonnet de Père Noël et fais un signe de tête entendu à Adam pour qu'il m'imite.

— Est-ce que j'ai le choix ?

— Absolument pas. Souvenez-vous, vous avez accepté de me suivre sans rechigner.

— Oui, et si ma mémoire est bonne vous avez décliné toute responsabilité. Est-ce que je me suis fait avoir ?

Je hausse un sourcil, amusée par son expression dépitée.

— La réponse se trouve derrière ces portes.

Après avoir déposé son casque de moto, il se transforme à son tour en lutin du Père Noël.

— Je suis ridicule, c'est ça ? demande-t-il alors que je glousse.

Mon rire redouble. Il lève les yeux au ciel et grogne :

— Comment perdre tout son sex-appeal en deux secondes !

— Mais pas du tout, je vous ai déjà dit que…

— Mamaaannn !

Nous sursautons au son de la voix stridente de Colleen. Je cligne des yeux, étourdie par l'audace dont j'allais faire preuve. *Qu'est-ce qui me prend ?*

— Une minute, chérie ! Je te rejoins.

L'intervention de ma fille agit comme un électrochoc et a le mérite de me ramener sur Terre. Et sur cette planète, il n'y a pas de mec comme Adam. Plus j'y pense, plus je soupçonne Andie de l'avoir missionné pour… Je me fige. Oh ! mon Dieu ! je ne veux même pas penser à ce qu'elle a pu imaginer. Je secoue la tête pour chasser les flashs torrides qui m'assaillent. Je dois absolument en avoir le cœur net.

— Tout va bien ? demande Adam, suspicieux. Vous êtes toute rouge. Vous vous sentez bien ?

— Est-ce que vous connaissez Andie ?

— Andie ? répète-t-il en levant un sourcil. La tante de Colleen, vous voulez dire ?

Je croise les bras et hoche la tête.

— Cette Andie-là, oui.

Ma précision déclenche son hilarité. Son rire rauque et

suave empli le petit espace dans lequel nous nous trouvons, mais je reste de marbre. Stuart, ravi d'être aux premières loges, semble très intéressé. Quel village de commères ! J'attire Adam dans un coin du hall à la recherche d'un peu d'intimité. Il me suit sans sourciller avant d'appuyer l'épaule contre le mur, le bas des jambes croisés dans une attitude très détendue.

— Pourquoi ?

— Vous n'avez pas répondu.

Il penche légèrement la tête pour m'observer.

— Je devrais ?

— Je connais sa persévérance. Elle est très maligne !

— Excusez-moi, mais je ne comprends pas un traître mot de ce que vous racontez.

— Contentez-vous de répondre, s'il vous plaît.

Le silence s'étire entre nous alors qu'il fait mine de réfléchir.

— Non.

— Non, vous ne voulez pas répondre ou non, vous ne la connaissez pas ? Je sais ! Vous travaillez chez Optic's avec Josh, c'est ça ?

— Josh ?

— Mon frère.

— Je suis désolé, mais cette conversation n'a aucun sens pour moi ! Je suis webdesigner donc, non je ne bosse pas avec votre frère, enfin pas à ma connaissance en tout cas. Et non, je ne connais pas Andie et, entre nous, j'ai comme l'impression que ce n'est pas plus mal.

— C'est quand même bizarre qu'un type de votre genre débarque comme par magie sur le seuil de ma boutique. Franchement, j'habite ici depuis plusieurs mois et…

— Un type dans mon genre ?

Ses pupilles s'illuminent de fierté. Il est canon et il le sait, alors autant l'admettre.

— Oui, dans votre genre. Vous êtes jeune et plutôt pas mal…

— Plutôt ?

— C'est bien ce que je pensais, dis-je en levant les yeux au ciel. Tout à l'heure, vous avez laissé entendre que vous étiez timide, mais vous ne l'êtes pas du tout !

— Nous devrions peut-être demander l'avis d'Andie. Qu'en pensez-vous ?

— Aaah ! vous voyez, vous admettez ! Je vais la tuer !

Il abandonne sa posture et lève les mains devant moi en signe d'apaisement, un large sourire plaqué sur le visage.

— Je plaisante ! Je vous promets que…

Mais je ne l'écoute déjà plus, distraite par mon téléphone qui sonne au fond de mon sac. *Comme par hasard !*

— Justin Bieber ? commente-t-il, narquois.

Je souris, c'est la sonnerie d'Andie. Le choix de cette chanson est une longue histoire que je n'ai absolument pas envie de raconter maintenant. Au prix d'un effort considérable, je finis par attraper mon portable et décroche sans plus attendre. *Appel vidéo : parfait.*

— Salut Andie, dis-je en plaçant l'écran devant mon visage. Tu tombes à pic, on était justement en train de parler de toi !

— De moi ? Oh ! génial ce bonnet de Père Noël, tu es trop belle ! J'avais promis à Colleen d'appeler pour connaître les couleurs choisies. Dis-moi qu'elle a obtenu gain de cause !

— Ils ont pris du retard, rien n'est encore décidé. La réunion n'a même pas commencé.

Je jette un œil vers Adam, hors caméra. Il a repris sa posture et se contente de m'observer, le visage impassible. Je décide de mettre les pieds dans le plat.

— Tu n'as rien à me dire, Andie ?

Mon ton accusateur la fait grimacer, et elle affiche un air

gêné, signe qu'elle me cache quelque chose. *J'en étais sûre ! Appelez-moi Claire Holmes.*

— Accouche !

— Avant que tu t'énerves, je voudrais plaider ma cause, commence-t-elle.

— Je t'en prie.

— Je te jure que sur le moment ça m'a semblé être une bonne idée, même si j'imagine que tu ne vois pas forcément les choses de cette manière. Je te l'accorde, ça peut être un peu encombrant, *mais* s'il ne te plaît pas, tu peux le renvoyer ou le mettre à la cave, je le récupérerai quand je viendrai en décembre.

À la cave ?

— Josh n'appréciera pas, mais je pense pouvoir le convaincre de le garder. Il me suffira de choisir un moment où il ne peut pas dire non !

Les yeux brillants d'espièglerie, elle glousse, fière de son allusion sexuelle.

— Andie !

— Pardon, pardon, dit-elle essayant de retenir son rire. Josh m'avait prévenue que ça n'allait pas te plaire, mais…

— Tu parles ! Qu'est-ce qui t'a pris ?

— Mais il ira tellement bien devant ta boutique ! Je t'enverrai une photo pour te donner des idées d'accessoires.

Elle marque une pause pour reprendre son souffle.

— En plus, il est rouge, donc assorti aux décorations du village. Enfin, si le rouge est la couleur retenue, bien évidemment, sinon on pourra toujours faire un échange. Sur le site, il y avait d'autres coloris, mais ils étaient moins sympas.

Coloris ?

J'ose un regard vers Adam. Il a les bras croisés et écoute très attentivement notre discussion.

— Il n'est pas si grand que ça, précise Andie.

Pas loin d'un mètre quatre-vingt-cinq, pensé-je.

— Je suis sûre que le carton t'a paru énorme, mais à mon avis c'est juste parce qu'il est super bien emballé. Sur le site, ils indiquaient une hauteur d'un mètre vingt. Franchement, ça va apporter une super touche d'originalité à ta boutique.

Mon regard va et vient entre Adam et l'écran du téléphone. C'est officiel, ma belle-sœur est complètement folle.

— T'es bourrée, Andie ?

— Pourquoi tu n'arrêtes pas de regarder par-dessus ton téléphone ? demande-elle au même moment. Oh ! tu l'as installé, c'est ça ? Montre-moi, je te dirai ce que j'en pense.

— Mais de quoi tu parles, bon sang ? dis-je d'un ton agacé. Je ne suis même pas à la boutique, nous sommes à la salle des fêtes.

Andie a un mouvement de recul. Je ne suis pas une habituée des sautes d'humeur, mais là, elle met ma patience à rude épreuve.

— Je parle du renne. Et toi ?

— Du renne ? Il n'y a aucun renne ici. Qu'est-ce que tu racontes ?

— Mais si tu ne l'as pas reçu, de quoi, toi, tu es en train de parler ?

Je soupire. Cette fille va me rendre folle !

— Je te parle d'Adam.

— Adam ?

C'est le moment que Josh choisit pour apparaître à l'écran. Il colle un baiser rapide sur la bouche de sa fiancée avant de me faire un signe de la main.

— Salut, sœurette, qui est Adam ?

— Demande à Andie !

Il pivote vers elle, mais elle hausse les épaules en faisant la moue. Quelle comédienne !

— Attends, je vais te rafraîchir la mémoire ! dis-je.

Persuadée d'avoir raison, j'inverse la caméra afin qu'Adam apparaisse dans leur champ de vision. Son expression est un mélange d'amusement et de gêne. Il lève lentement la main à son tour pour les saluer, mais reste silencieux. Toujours derrière sa petite table d'accueil un peu en retrait, Stuart observe notre manège avec un grand intérêt. Je suis sûre qu'il prend des notes pour ne rien oublier et tout raconter plus tard à Maggie et à Emily. *Génial, je vais encore être la cible de leurs commérages !*

— Désolée, Claire, mais je ne sais pas qui est cet homme. Par contre, il est charmant.

Andie sourit de toutes ses dents alors que Josh lui lance un regard jaloux. Comprenant son erreur – mon frère est plutôt du genre possessif –, elle se dépêche de le rassurer.

— Pas autant que toi, chéri, t'inquiète !

— J'espère !

Adam finit par sortir de sa torpeur et vient se placer à côté de moi, face à la caméra.

— Bonsoir. Pour une raison obscure, Claire a l'air de penser que vous m'avez envoyé ici dans un but bien précis.

— Qui serait ? lâche Josh, perplexe.

Il se tourne alors vers Andie.

— Tu n'as quand même pas osé ? Tu as vraiment envoyé un mec pour draguer ma sœur ?

— Mais pas du tout ! se défend-elle. Je lui ai seulement envoyé cet adorable renne que j'ai repéré à la jardinerie.

— Quoi ? Je croyais qu'on s'était mis d'accord sur ce sujet. Tu n'étais pas censée l'acheter, et encore moins lui faire livrer.

— Mais l'idée était géniale Josh, et puis…

— C'est moi ou ils sont dingues ? murmure Adam, amusé.

— Ils le sont ! intervient Stuart qui s'est discrètement

rapproché de nous. Quand Claire a emménagé ici, Andie est allée frapper à toutes les portes pour demander aux habitants si le légendaire cinquième Beatle avait vécu à Hambleden.

La mâchoire d'Adam se décroche à la mention de cette anecdote. À la décharge d'Andie, c'est Josh qui lui avait fait une blague.

À l'écran de mon téléphone, Andie et Josh se chamaillent en chuchotant, sous le regard ahuri de Stuart. Je me frotte les yeux de ma main libre, embarrassée. Cette conversation est en train de devenir du grand n'importe quoi. Adam, lui, semble s'amuser de la situation.

— Je pense qu'il est maintenant clair que je ne connais ni votre belle-sœur ni votre frère.

Je hoche la tête, le visage en feu.

— Andie, je te rappelle.

Sans attendre sa réponse, je mets fin à l'appel. Dans quel pétrin me suis-je fourrée ? Dépassée par les événements, j'ose à peine lever la tête pour le regarder dans les yeux. Stuart a daigné reprendre son poste, nous accordant un peu d'intimité. Je donnerais tout pour disparaître.

Adam m'attrape le bras pour me faire pivoter vers lui. J'inspire profondément avant de relever la tête et prends les devants.

— Écoutez, je tiens à m'excuser. Comme vous l'avez sûrement compris, c'est un regrettable quiproquo. Vous devez me prendre pour une folle.

Gênée, je me passe la main sur le visage et tente de me soustraire à son regard.

— Je ne sais même pas quoi dire tellement je me sens ridicule.

— Rafraîchissante.

— Pardon ? dis-je en levant les yeux.

— Vous êtes ravissante et rafraîchissante. Et je peux

vous dire une chose : je ne viens peut-être pas de la part d'Andie, mais si elle me l'avait demandé je n'aurais pas hésité une seconde !

Il enrichit son compliment d'un clin d'œil, et je me sens rougir. Je camoufle le sourire qui naît sur mes lèvres avant de hocher la tête.

— Vous ne me prenez pas pour une folle alors ?

— Pas du tout ! Bon, maintenant que cette question est réglée, si on y allait ? Je crois que vous avez des couleurs à choisir, et moi, des clés à récupérer !

Adam

♫ Jingle bell, jingle bell, jingle bell rock
Jingle bells chime in jingle bell time
Dancin' and prancin' in Jingle Bell Square
In the frosty air ♫

Pincez-moi, je rêve.

Nous sommes sur le pas de la porte, et j'ai le sentiment d'avoir été projeté dans un monde parallèle. Je jette un œil par-dessus mon épaule et vois Stuart disparaître à mesure que les portes se referment avec lenteur. Il me gratifie d'un sourire et d'un signe de main amical.

En acceptant la proposition de Claire, je ne sais pas à quoi je m'attendais, mais certainement pas à ça. Je reporte mon attention sur la salle qui grouille de monde. Des cartons remplis de décorations trônent sur des tables entourées de petits groupes très attentifs. Certaines guirlandes sont dépliées et mesurées avant d'être soigneusement enroulées et rangées. Dans chaque équipe, il semble y avoir une personne chargée de noter les observations sur une feuille.

— Il y a une page par couleur, me renseigne Claire à qui mon étonnement n'a pas échappé. Ils vérifient que les guirlandes ne sont pas détériorées et si elles peuvent être désignées couleurs principales ou secondaires.

Je me vois bêtement hocher la tête alors que son explication sonne plutôt comme un dialecte chinois ancien.

Soudain, mon odorat est sollicité par de délicieux effluves de vin chaud. La cannelle a toujours été mon péché mignon ! *Enfin un truc sympa !* Au fond de la salle, je repère un buffet derrière lequel un assistant du Père Noël s'occupe de servir des verres à quelques personnes. À côté, une cinquantaine de chaises sont alignées en cinq rangées devant un pupitre décoré de fausse neige et d'étoiles vertes et rouges. *Quelle horreur !* De saison, certes – Noël est dans moins d'un mois –, mais de mauvais goût. Évidemment, je me garde bien de faire la moindre remarque de peur de vexer quelqu'un. Pour parfaire ce tableau original, une âme charitable a eu la brillante idée de nous passer des célèbres tubes de Noël plus ou moins ringards.

— Je vous préviens, si le prochain titre est le truc douceâtre de Mariah Carey, je ne réponds plus de rien.

Le rire mélodieux de Claire se fraye un chemin jusqu'à mes oreilles, relayant au second plan la voix de George Michael et son éternel *Last Christmas*. Heureusement, cette chanson est courte et, si je ne m'abuse, le chanteur entame le dernier couplet. *Merci, mon Dieu !*

— Vous n'y échapperez pas ! C'est moi qui ai préparé la playlist, répond-elle fièrement.

Merveilleux !

Avec bonne humeur et une dose d'espièglerie, elle se met à fredonner les paroles inoubliables du sex-symbol légendaire alors que nous enchaînons déjà sur un nouveau titre, tout aussi dangereux pour mes tympans.

— Récapitulons : Justin Bieber, Bobby Helms, George Michael, et maintenant Sugar Queen. Il nous...

— Ce n'est pas George Michael, mais Wham !

Son ton outré me donne envie de l'asticoter.

— C'est du pareil au même !

— Bien sûr que non ! Et qui est Sugar Queen ?

Je roule des yeux, faisant mine d'être déçu par sa question, et désigne mon oreille de l'index pour qu'elle écoute la chanson qui va, à coup sûr, me rester en tête toute la soirée.

— La mythique Mariah Carey, enfin ! Tout le monde sait que c'est la reine des mélodies niaises et dégoulinantes d'amour. En d'autres termes, Sugar Queen. Ce surnom colle parfaitement à sa réputation de diva, vous ne trouvez pas ?

— N'importe quoi !

— Je suis curieux de savoir ce que vous nous avez réservé pour la suite. Les Spice Girls ?

Je marque une légère pause avant de m'écrier :

— Oh non ! je sais ! Le gosse Beckham ! Si je m'en souviens bien, il a sorti une chanson de Noël ridicule il y a quelques années.

Elle me tire la langue sans chercher à se défendre puis balaye la salle des yeux, certainement à la recherche de Maggie pour mon histoire de clés. Est-ce que c'est grave si j'espère qu'elle ne la trouve pas ? Pour une raison inexplicable, j'apprécie sa présence et surtout cette complicité naturelle qui s'établit doucement entre nous. Je ne résiste d'ailleurs pas à l'envie de l'embêter, juste pour le plaisir de voir son regard s'animer, et ce qu'il s'agisse d'agacement ou de malice.

— Attendez ! Vous ne cherchez même pas à nier ? dis-je en faisant référence à ma dernière supposition.

Elle se tourne vers moi, un grand sourire aux lèvres. Sublime.

— Réponse dans quelques minutes !

Elle se tient devant moi, son bonnet de Père Noël vissé

sur la tête, les joues roses et ses grands yeux bleus brillants, pleins de curiosité. Les battements de mon cœur s'accélèrent face à tant de charme. Si j'ai conscience que flirter avec cette femme est une mauvaise idée, mon cœur lui ne semble pas du tout – mais alors pas du tout – prêt à passer son chemin. Intérieurement, je lui hurle que nous ne la connaissons que depuis quelques heures. Mon téléphone vibre au même moment dans la poche arrière de mon jean, m'offrant une porte de sortie appréciée. Malheureusement, le soulagement est fugace, car ce n'est autre que Robert qui cherche à me joindre. Le rappel à l'ordre est cruel, et ma bonne humeur douchée instantanément. Mon sourire et la légèreté de notre échange s'évanouissent à la seconde où je prends conscience de toutes les conséquences néfastes de ce flirt. Agacé par mon comportement irresponsable, je ne décroche pas et me promets de le rappeler plus tard. Claire, qui a remarqué mon changement d'attitude, garde le silence, malmenant nerveusement ses doigts vierges de tout bijou. Je n'ai pas de style de femme prédéfini, mais avant cette minute précise si on m'avait posé la question, j'aurais eu tendance à répondre que je préfère les femmes sûres d'elles. Seulement là, devant tant de douceur, d'innocence et de timidité, je sens mon désir prendre un virage à 180 degrés. Si les circonstances étaient différentes, je l'aurais déjà invitée à sortir. Bien qu'ici les possibilités paraissent plutôt limitées.

— Alors, où est Maggie ? dis-je avant de tenter quelque chose de stupide.

Le changement de sujet abrupt et mon ton sec la font cligner des yeux, comme si ma question venait de faire éclater la bulle magique dans laquelle nous nous trouvions. Mais très vite, Claire reprend ses esprits, s'éloigne sans un mot et parcourt la salle du regard. Tandis qu'elle est dos à moi, sur la pointe des pieds, je ne résiste pas à l'envie de caresser des yeux ce corps interdit… et beaucoup trop emmitouflé. Dommage ! Bien évidemment, comme l'univers semble s'acharner sur ma pauvre personne, Claire se retourne au moment exact où mes yeux sont braqués sur ses fesses, ou plutôt sur le bas de son manteau. Je hausse les épaules sans chercher à me justifier et pousse même le vice jusqu'à esquisser un sourire. Elle fronce les sourcils, cherchant probablement une bonne repartie.

— Claire, tu es là !

Ma locataire fait volte-face, oubliant par la même occasion mon écart de conduite, et salue une mamie énergique, habillée d'un pull rouge avec des pompons blancs, suivie de près par Emily.

— Tu es bien accompagnée, dis-moi !

La vieille dame me tend la main et la serre avec vigueur.

— Joli pull ! fais-je en guise de salutation.

— Monsieur Somerset, je suppose ? On ne parle que de votre arrivée dans le village ! Je suis Maggie, enchantée. Tu avais raison Emily, dit-elle en s'adressant à son amie. Il est charmant.

Son ton appréciateur, loin de me mettre à l'aise, me fait sourire. J'ai le sentiment d'avoir atterri dans un village hors du commun où chaque habitant a un trait de personnalité étonnant.

— Claire a bien fait de vous amener ici. J'ai cherché à vous joindre à plusieurs reprises pour vous prévenir, mais sans succès. Est-ce que vous êtes pressé ?

— Pas spécialement.

— Parfait. De toute façon, maintenant, il fait trop sombre pour faire le moindre repérage, précise-t-elle d'un ton plus bas.

Pour un peu, elle pourrait presque – je dis bien « presque » – me faire croire qu'elle n'a divulgué à personne la supposée raison de ma visite. D'ailleurs, Claire me lance un regard entendu, réveillant mon rythme cardiaque. Je ne me lasse pas de cette complicité naissante.

— Cela vous ennuierait-il de prêter main-forte aux hommes dehors ? reprend Maggie. Ils ont quelques difficultés avec l'installation du sapin. Aux dernières nouvelles, il était bancal.

Elle désigne une porte vitrée dans le fond de la salle donnant sur une cour. Curieux, j'acquiesce et la gratifie en souriant d'un signe de tête poli.

— Mesdames.

J'ai à peine tourné les talons que je les entends glousser puis assaillir Claire de questions à mon sujet. Malheureusement leurs indiscrétions sont étouffées par cette satanée Mariah Carey qui entame à tue-tête son dernier refrain.

Une demi-heure plus tard, je suis de retour. Je comprends mieux l'excitation de Colleen, car le sapin qui trône sur la place de la mairie doit atteindre cinq mètres de haut. Contre toute attente, je regrette de ne pas pouvoir assister à la fête qui aura lieu dans quelques jours pour le décorer. Peut-être que je pourrais décaler mon départ au 2 décembre…

À l'intérieur, l'ambiance n'a pas changé, et c'est maintenant au tour de Taylor Swift de hurler à la mort son amour inconditionnel pour Noël. Claire et moi devons vraiment avoir une conversation sur ses goûts musicaux douteux ! Alors que je la cherche des yeux, Stephen, un des gars que je viens d'aider, me donne une grande tape dans le dos et m'invite à prendre la direction du buffet pour boire un verre de vin chaud. Proposition alléchante, surtout lorsque je repère Claire dans la file d'attente.

— Vous arrivez pile au bon moment, dit-elle en me tendant un verre. Tu m'en donnes un autre, Lenny ?

Je la remercie et trempe mes lèvres avec plaisir dans le liquide chaud et revigorant.

— Vous avez l'air d'apprécier ! ajoute-t-elle en humant son verre.

— J'adore la cannelle.

— Oh ! moi aussi ! C'est le parfum des souvenirs.

Sa remarque rêveuse ne peut pas sonner plus juste. Mon père était le spécialiste n° 1 du vin chaud. Chaque hiver, nous invitions les voisins dans le jardin, et il sortait son réchaud pour les régaler, pendant que ma mère leur servait une large tranche d'un succulent pain d'épice. Je souris. Je n'ai pas pensé à ces moments heureux depuis des années. Soudain, alors que je me sens envahi par la mélancolie, des petits doigts chauds se glissent dans ma main. Je baisse les yeux et découvre Colleen à côté de moi. Elle m'adresse un large sourire sans se soucier le moins du monde de sa bouche édentée. J'avais oublié à quel point on est ridicule quand il nous manque les dents de devant. Elle me fait signe de me baisser et place les mains autour de sa bouche, sous le regard curieux de Claire. *Attention, c'est l'heure du grand secret !*

— Est-ce que tu serais d'accord pour voter tout à l'heure ? chuchote-t-elle dans mon oreille. Maman a dit que tu n'allais pas rester mais est-ce que, s'il te plaît, tu pourrais attendre un peu pour m'aider ?

J'hésite. La voix de la raison me martèle qu'il serait plus sage d'aller me reposer au calme chez Maggie, car s'éterniser ici c'est prendre le risque de continuer ce petit jeu avec Claire. Seulement Colleen ne semble pas de cet avis et, une fois sa requête faite, elle s'écarte et joint les mains en une prière silencieuse.

Cette gamine est unique !

Je me redresse avec sérieux sans quitter des yeux ses pupilles espiègles. Sa difficulté à contenir son excitation et à rester immobile la rend craquante. Alors que je tente de lui résister, son visage verdâtre et amical s'illumine d'un grand sourire qui réduit à néant ma faible volonté. Bon sang ! De toute façon, pour être honnête, je cherche une excuse pour rester depuis que je suis arrivé ici. On dirait bien que Colleen vient de me la servir sur un plateau d'argent.

— C'est d'accord.

Au comble du bonheur, la petite fille laisse exploser sa joie en frappant ses mains avant de courir vers Maggie, sous le regard circonspect de sa mère.

Claire

— Bleu et argent, c'est à la fois sobre et moderne.

— Vert et rouge. Les couleurs traditionnelles, répète Lauren, la directrice de l'école. Tra-di-tion-nelles. En plus, je trouve que…

— Mais non ! Blanc, juste blanc, intervient une femme au premier rang. Le rouge, c'est la couleur des pommes. On veut du changement et pas…

— Je vous assure que l'autre jour, dans *Elle & déco*, il y avait la photo d'un sapin rose, et c'était sublime ! crie Sarah. C'est délicat et très romantique.

— Ferme-la, Sarah ! Si tu as besoin de romantisme, demande à Stue de te faire un dîner aux chandelles ou de t'offrir un bouquet de fleurs. Aux dernières nouvelles, la fête romantique de l'année c'est la Saint-Valentin, pas Noël ! Tu auras tout le loisir de décorer ta maison de cœurs roses à cette période.

Depuis une vingtaine de minutes, les membres du comité se chamaillent et s'égosillent. C'est à celui qui parlera le plus fort. Nous n'en sommes pas encore venus aux mains, mais ça pourrait bien être la prochaine étape. Les idées fusent dans tous les sens, chaque intervenant se comportant de manière immature et impolie. Colleen, debout sur sa chaise, les mains sur les hanches, tente de faire entendre sa voix. Malheureusement le chahut est tel que c'est impossible. À ma droite, Adam, lui, assiste en silence à ce spectacle, bouche bée, pendant que Stuart, son bonnet de travers sur la tête, essaye de ramener tout ce petit monde à la raison, appelant au calme et au respect. Sur mes genoux, mon téléphone vibre et annonce l'arrivée d'une notification. Andie participe à la réunion grâce à une application vidéo et se paye ma tête depuis que les échanges, dignes d'une cour de récréation, ont commencé. Nous utilisons le chat pour discuter en toute discrétion.

> Prends les devants, Claire, sinon vous êtes encore là dans une heure ! Profites-en au passage pour orienter ton téléphone vers Adam, car le plafond n'a franchement rien d'intéressant. Du peu que j'en ai vu, ce mec a l'air très appétissant !

Imaginer qu'Andie lâcherait l'affaire était utopique, et je la soupçonne même de s'être débarrassée de mon frère pour mener son interrogatoire en toute tranquillité. Josh est du genre protecteur. Par chance, lorsqu'elle m'a rappelée, après la débâcle de tout à l'heure, Adam était dehors en pleine installation du sapin. Ma belle-sœur, avec son enthousiasme habituel, voulait tout savoir, sauf que je n'avais pas grand-chose à lui raconter mis à part qu'il venait de Londres, s'était pointé à la boutique par hasard et que j'avais le sentiment que le feeling passait bien entre nous.

— *Tu peux être plus précise ? me demande-t-elle.*

— *À quel sujet ?*

— *Le feeling qu'il y a entre vous.*

— C'est dur à expliquer. Nos discussions sont naturelles, et on dirait qu'il me regarde comme si j'étais jolie.

— Bien sûr qu'il te regarde comme si tu étais jolie. Eve n'a qu'à bien se tenir !

— Eve ?

— Eve, d'Adam et Eve !

— Tu racontes n'importe quoi, dis-je en riant.

— Pas du tout. Tu es canon, Claire ! Je n'arrête pas de te le dire. Il est franchement temps de remonter en selle, et par selle j'entends…

— Stop, Andie ! Mon Dieu, garde tes idées salaces pour toi. Je le connais depuis seulement deux heures.

— Et alors ?

— Alors, rien. Il est mignon, mais ça s'arrête là.

— Tu sais, la première fois que j'ai vu ton frère, je…

— Tu lui as fait un doigt d'honneur. N'essaye pas d'enjoliver l'histoire de votre rencontre ! Je n'ai pas l'intention de coucher avec ce mec, un point c'est tout.

— Claire…

— Andie…

Elle soupire mais finit par abandonner.

Elle sait que ma séparation a été douloureuse et que j'y ai laissé des plumes. J'ai rencontré Andie pendant mon divorce alors que je séjournais chez mes parents, et même si elle n'a pas été directement témoin de ce fiasco honteux, elle a été une oreille attentive et un vrai soutien. Andie a cette faculté à écouter et à comprendre sans jamais juger. Malgré ses propres failles et l'absence de sa famille, elle reste toujours positive. Elle aspire au bonheur et le sème partout autour d'elle. Mon frère est un sacré veinard d'avoir réussi à conquérir son cœur solitaire.

— OK, mais je te préviens : je n'ai pas dit mon dernier mot, ajoute-t-elle.

— *Je m'en doute. J'espère qu'Adam aura quitté Hambleden quand tu repasseras à l'attaque.*

Plusieurs sifflements aigus me font sursauter et me ramènent à la réalité. À côté de moi, Adam s'est levé, le pouce et l'index coincés entre sa langue et son palais.

— On peut se calmer cinq minutes ? dit-il d'une voix grave.

Le silence est immédiat. Même Colleen, d'ordinaire peu impressionnable, se rassoit docilement en tailleur sur sa chaise. Seule la vibration de mon téléphone vient perturber cette accalmie inattendue.

Oriente ton écran, je veux le voir !

Cette fois, je ne me fais pas prier et tente de lui offrir le meilleur angle de vue.

Miam !

Je glousse en lisant son commentaire avant d'écrire à toute vitesse.

Josh va te tuer.

— Loin de moi l'idée de vous dire ce que vous avez à faire, reprend Adam, mais peut-être que chacun à votre tour, vous pourriez aller défendre votre point de vue au pupitre à côté de Stuart.

Aucun risque. Il est parti faire un squash ;)

Quelques murmures commencent à s'élever dans notre petite assemblée sans que j'arrive à distinguer si les participants donnent leur assentiment ou protestent. Adam, qui ne semble pas intimidé le moins du monde, continue d'une voix ferme.

— Si chacun pouvait s'exprimer, ce serait plus constructif. Il y a des enfants dans ce comité il me semble, on pourrait leur montrer le bon exemple.

Claire, tu dois absolument te faire ce gars ! Il est super sexy.

Je tape ma réponse à la vitesse de l'éclair, ne voulant pas perdre une miette du spectacle.

Et comment tu t'y prendrais, madame Je-sais-tout ?

J'ai du mal à retenir mon sourire lorsque je vois les points indiquant la rédaction d'un message s'agiter et ses yeux pétiller d'excitation.

Tu es donc intéressée ?

Sa question mérite réflexion. J'hésite, consciente que si je réponds de manière positive, elle est capable de débarquer chez moi dans les deux heures qui suivent pour mettre en place un plan d'attaque ultra-élaboré. Un nouveau message arrive avant même que je sois passée aux aveux. Elle s'agite face à la caméra, un grand sourire aux lèvres, et les points de suspension caractéristiques réapparaissent.

Ne panique surtout pas, mais il est en train de lire nos messages. Salut, Adam !

Je lâche mon portable de surprise, en même temps que mon visage se vide de son sang et que la conversation vidéo se coupe. Je reste figée, le regard braqué droit devant moi, sans oser tourner la tête. *Quelle honte !* Si je prie les dieux de toutes les religions, est-ce que l'un d'entre eux m'aidera à disparaître ? Sur sa chaise, Colleen, inconsciente de ma gêne, me secoue le bras. J'avoue que cette diversion tombe à point nommé. À cet instant, elle pourrait me demander n'importe quoi, je dirais oui sans hésitation dans le simple espoir d'échapper à la situation. Je serais même prête à accepter de repeindre sa chambre en vert en l'honneur de son héros préféré, si cela pouvait me sauver de ce moment humiliant !

— Maman, je peux aller parler devant tout le monde ?

Tu es d'accord ? demande-t-elle en tirant sur la manche de mon pull.

Je n'ai pas honte de sauter sur l'occasion pour sauver le peu d'amour-propre qu'il me reste et, sans attendre, je lève la main comme une hystérique dans le but d'attirer l'attention de Stuart.

— Colleen aimerait commencer si c'est possible et, bien sûr, si tout le monde est d'accord.

Les battements de mon cœur résonnent si fort que je n'entends pas la réponse de Stuart, mais plusieurs hochements de têtes encourageants suffisent à me faire comprendre que Colleen peut ouvrir le bal. Toujours atterrée d'avoir été prise en flagrant délit, je me concentre sur les mouvements de ma fille alors que je sens le regard d'Adam peser sur moi. Qu'est-ce que je suis censée faire maintenant ? M'excuser ? Partir en courant ? Faire comme si de rien n'était ? Étant donné mes capacités sportives pitoyables et mon talent d'actrice, la dernière solution semble être la plus prometteuse. Je suis si bonne comédienne que mon entourage est persuadé que j'ai remonté la pente depuis la rupture. La vérité est beaucoup moins reluisante. La trahison a été violente et même si, comme tous les couples, nous avions des hauts et des bas, je n'avais jamais pensé qu'un jour Ben me tromperait, encore moins avec la petite amie de mon frère. Je ne pensais pas non plus partir vivre à la campagne, mais j'y ai finalement trouvé mon salut. J'avais besoin de m'éloigner de ma famille envahissante et du père de Colleen pour me reconstruire.

Je chasse ces souvenirs amers, refusant de gâcher la soirée, et je reporte mon attention sur le centre de mon univers. Ma fille s'avance vers Stuart d'une démarche assurée, une guirlande rouge et blanche enroulée autour du cou façon boa. Au premier rang, Lenny se lève et installe sa chaise derrière le pupitre avant de l'aider à grimper dessus pour être à la bonne hauteur. Une fois perchée, Colleen inspire profondément, balaye l'assistance des yeux et croise mon regard empli de fierté. L'espace d'une seconde, nous avons cette conversation silencieuse, celle où je lui dis que je l'aime et que je la soutiendrai toute ma vie. Nous nous sourions tendrement, puis je lui fais un signe de tête discret, et elle se lance.

— Ma tante dit qu'un sapin se décore avec le cœur. C'est mon premier sapin à Hambleden, et j'aimerais qu'il soit rouge et blanc, aux couleurs du Père Noël. Je crois que c'est la personne la plus gentille du monde vu les cadeaux qu'il nous apporte, alors ça serait une façon de lui dire merci. Je pense qu'il serait très content. D'habitude c'est toujours lui qui nous fait plaisir, alors peut-être que cette fois c'est à notre tour de faire quelque chose pour lui. Merci.

Je me lève et l'applaudis, regrettant qu'Andie n'ait pas entendu son discours. Lorsqu'elle revient, je m'empresse de la prendre dans mes bras pour lui faire un énorme câlin. Maggie, assise au premier rang, se retourne et lève son pouce pour la féliciter.

— Je n'aurais pas dit mieux ! Tu es la meilleure, ma petite !

Ensuite, quatre autres personnes se succèdent pour défendre leur choix, dont Sarah et son sapin rose, puis Stuart propose un vote à main levée. Après trois tours de salle et un début de crêpage de chignon, les résultats sont enfin annoncés.

— Nous avons une égalité. Le sapin rouge et blanc et le sapin rouge et vert ont dix-neuf voix chacun.

La salle s'anime dans un joyeux brouhaha, et je soupire en comprenant que nous allons devoir voter une quatrième fois. Cette soirée est interminable.

— S'il vous plaît ! Je voudrais dire quelque chose.

À nouveau, Adam attire toute l'attention sur lui en se levant avec assurance. Comment fait-il pour être si à l'aise alors qu'il ne connaît personne ? J'ai horreur de prendre la parole en public, et encore plus devant des inconnus. Mais lui arbore une attitude très détendue, les mains dans les poches, la voix claire et posée.

— J'aimerais participer au vote. Je ne l'ai pas fait lors des tours précédents, mais…

— Vous n'êtes pas du village, l'interrompt Sarah avec une moue dédaigneuse.

— Je loge chez Maggie pour la semaine, cela devrait me donner le droit de voter. Qu'en pensez-vous ? continue-t-il, se payant même le luxe de demander son avis à l'assemblée.

— Parfaitement, l'appuie Maggie.

Le sourire de connivence qu'elle échange avec Colleen m'indique que c'est un coup monté. Soudain, je comprends mieux les cachotteries de ma fille tout à l'heure. Je secoue la tête, amusée : ce type est en passe de devenir son nouveau héros et de rejoindre ainsi le club très privé composé de son père – sans commentaire –, de Josh et de Hulk.

Stuart, pressé de clore ce débat sans fin, hoche la tête vigoureusement, et ce malgré les récriminations de sa femme qui hurle au complot sous les rires moqueurs de Maggie et d'Emily. Il n'y a pas d'âge pour jouer les pestes !

— Très bien, merci, déclare Adam. Après avoir écouté avec intérêt chaque participant, j'ai décidé de donner ma voix au sapin rouge…

Il marque volontairement une pause alors que la salle retient son souffle. Enfin, surtout Colleen et Maggie ! Puis ses lèvres s'entrouvrent pour mettre fin au suspense insoutenable :

— … et blanc !

Colleen m'escalade pour sauter dans les bras de son héros. Adam l'attrape au vol, et elle colle son petit corps potelé contre lui sans s'inquiéter de le barbouiller de maquillage vert. Il éclate de rire et lui rend son étreinte alors que le camp du rouge et blanc l'encercle déjà pour le remercier d'avoir fait pencher la balance en leur faveur. J'observe cette joyeuse effervescence sans oser me mêler à la liesse générale, encore trop embarrassée par mon échange peu discret avec Andie.

Une demi-heure plus tard, la salle est presque rangée, et la plupart des gens sont rentrés chez eux. Adam, très serviable, finit d'empiler les chaises dans un coin. Le voyant seul, je décide de prendre mon courage à deux mains et d'aller lui parler. Depuis la fin du vote, je l'ai soigneusement évité, mais j'ai conscience que cette attitude n'est pas très mature. Je suis une adulte et, à ce titre, je dois assumer mes actes. Je voudrais aussi le remercier d'avoir voté pour la proposition de Colleen. Sans lui, elle aurait fini en larmes.

— Salut, dis-je en arrivant dans son dos.

— Salut.

Son ton neutre met à mal mes bonnes résolutions, et soudain je n'ai plus du tout envie d'évoquer l'incident du téléphone. Je me contente donc d'aller à l'essentiel.

— Je voulais vous remercier.

— Pour ? répond-il intrigué.

— Votre vote. Ça comptait beaucoup pour Colleen.

— Pas de souci.

Il observe la pièce en silence, si bien que je finis par penser qu'il attend quelque chose. Les mots d'Andie se bousculent dans ma tête, et je sens mon cœur s'emballer. Et si ma belle-sœur avait raison ? Et si je lui plaisais ?

— Le rouge était la couleur préférée de mon père, et le blanc celle de ma mère, dit-il d'une voix faible. J'imagine que j'y ai vu un signe.

Son aveu teinté de tristesse me prend par surprise. Je

remarque l'emploi du passé. Je ne devrais pas me montrer indiscrète, mais la question m'échappe :

— « Était » ?

— Était. Ils sont morts il y a longtemps.

Il hausse les épaules dans une vaine tentative de camoufler son émotion pendant que dans ma tête la voix d'Andie se déchaîne et me hurle de foncer pour le réconforter. Maintenant ou jamais !

— Ça vous dirait de venir fêter la victoire de Colleen à la maison ?

Son étonnement manifeste fait immédiatement disparaître toute trace de tristesse de son visage, mais accentue ma nervosité et mes doutes. Ses yeux se posent sur mes mains tremblantes, que je me dépêche de cacher derrière mon dos. Satané manque de confiance en soi !

— Promis, je ne vous cuisinerai pas de légumes, dis-je, espérant détendre l'atmosphère et faire passer mon invitation pour une proposition innocente.

L'expression sérieuse et attentive qu'il affiche me donne envie de partir en courant et de m'enfermer à double tour chez moi pour ne jamais en ressortir. Qu'est-ce qui m'a pris d'être aussi entreprenante ? Je ne le connais même pas. Comme si un mec dans son genre pouvait être intéressé par une mère célibataire.

Un silence gênant s'étire entre nous, et même si je suis un peu rouillée – je n'ai invité aucun mec à sortir depuis Ben, et donc mes vingt et un ans –, je devine que ce n'est pas très bon signe.

— Merci pour l'invitation, mais je crois que je vais rentrer.

Aïe !

Je cligne des yeux, retenant avec peine une grimace. Mon cœur descend de plusieurs étages pour aller se loger au creux de mon estomac. Le rejet est vraiment un sentiment difficile à encaisser. « Tu as survécu à bien pire ! » me souffle ma conscience. Et c'est vrai ! Malgré tout, je ne peux ignorer la honte qui colore mes joues. Sourire est un véritable exploit, mais je me force à paraître détachée. Seulement, il semble que mon talent de comédienne ait décidé de m'abandonner à cet instant précis, et c'est d'une voix tremblante que je prends la parole :

— Bonne soirée, alors.

Adam

Accepter son invitation est tentant. Dîner chez Claire n'engage à rien, surtout avec la présence de sa fille, et ça aurait le mérite d'effacer le voile de doute et de tristesse qui a éteint son regard lumineux. Je vois bien qu'elle s'efforce de ne pas montrer sa déception, mais c'est une mauvaise comédienne. Alors qu'elle s'éloigne, je m'apprête à la retenir en criant un « D'accord, attendez-moi », mais Robert choisit ce moment délicat pour m'envoyer un message.

> Bonjour, Adam, je viens aux nouvelles concernant le local de Hambleden. As-tu pu te faire une idée ? Bien à toi. Robert.

Je relis ses mots plusieurs fois puis lève les yeux : Claire et Colleen sont à l'entrée de la salle en train de saluer Stuart, Sarah et Maggie. La petite fille encercle la taille de sa mère avec une expression d'adoration. Son geste me rappelle à quel point j'aimais ma mère. Le jour où Colleen perdra la sienne, son chagrin sera incommensurable. Aimer entraîne inévitablement de la souffrance. Jamais je ne revivrai une telle épreuve. Et ce avec personne.

Oui, tu peux lancer les démarches pour la vente au plus vite.

Rien n'a changé, je ne veux pas d'attache, ni aujourd'hui ni demain. Claire est quelqu'un de bien, et sa fille est une chouette gamine, mais ce n'est pas suffisant pour faire taire mes démons. La vente du magasin sera un choc mais elles rebondiront, et je suis sûr qu'elles trouveront du réconfort auprès de leur famille. Elles ont l'air d'être très bien entourées. Cette fameuse Andie, bien qu'excentrique, m'a fait une bonne impression.

Très bien, si c'est ce que tu veux. Je m'occupe de les mettre à la porte.

La réponse sèche de Robert me prend au dépourvu et accentue le malaise que je m'évertue à ignorer. Il a tort, ce n'est pas ce que je veux, mais je ne souhaite pas non plus garder la boutique. Pour survivre à la mort de mes parents, j'ai eu besoin de liberté, de vivre sans chaînes. Au fil des années, cette appétence n'a fait que se renforcer. Je suis devenu un phobique de l'engagement et des relations en général, car je sais qu'elles peuvent s'arrêter du jour au lendemain. Peu importe la psychologie inversée qu'emploie mon vieil ami, sa tentative est vouée à l'échec. Cependant, je me promets de le contacter plus tard. J'imagine que nous pouvons accorder un délai à Claire pour qu'elle ait le temps de se retourner.

Chapitre 5

Dimanche 29 novembre

Après une courte nuit cauchemardesque peuplée de fantômes, je monte sur ma moto et erre toute la journée dans la campagne sans but précis. J'ai besoin de me changer les idées, et la fuite est le seul moyen efficace. À mon retour, je ne résiste pas à l'envie de faire un détour par la boutique. Malgré l'heure tardive, Claire et Colleen sont devant la vitrine, occupées à contempler un renne rouge. Le fameux cadeau d'Andie. *Quelle horreur !* Le bruit du moteur attire leur attention, et Colleen, qui a retrouvé un visage vierge de toute peinture verte, se met à sautiller en me faisant de grands signes de la main. Claire, plus calme, reste en retrait, avant de détourner le regard. Mes mains raffermissent leur prise sur les poignées, sa réaction me peine. Je sais que je l'ai blessée en déclinant son invitation hier, mais prendre le risque de nous rapprocher ne serait une bonne idée ni pour elle ni pour moi. J'hésite à m'arrêter afin d'éclaircir la situation et me ravise au dernier moment. C'est inutile. Je pars demain, je ne la reverrai jamais.

Le lendemain matin, lorsque j'entre dans la cuisine, Maggie m'accueille de sa voix chantante.

— Vous avez vu ? Il neige ! Et nous ne sommes que le 30 novembre. La météo a annoncé un hiver particulièrement rude cette année. On dirait que pour une fois ils ne se sont pas trompés !

Une délicieuse odeur de scones mélangée au parfum du café flotte dans la pièce et ravit déjà mon estomac, d'ordinaire peu affamé à cette heure matinale. Je jette un œil vers la baie vitrée et constate qu'une multitude de petits flocons drapent la campagne environnante d'une fine couche blanche.

— Effectivement, dis-je en grimaçant.

— Ne faites pas cette tête ! La neige amène toujours son lot de surprises. Personnellement, j'adore ça, dit-elle en s'essuyant les mains sur son tablier à carreaux.

— Moto et routes enneigées ne font pas vraiment bon ménage.

— Vous n'avez qu'à rester une journée de plus. Vous êtes le bienvenu ici, vous savez ! Le café est chaud, je viens juste de le faire, et les scones sortent du four, servez-vous.

Depuis mon arrivée, Maggie semble n'avoir que cette idée en tête : retarder mon départ. Selon elle, je ne peux pas manquer les festivités des prochains jours. Cette femme est très têtue, et sa passion pour Noël sans limites. Pour ne pas l'attrister, je ne lui ai pas avoué que depuis la mort de mes parents je fais l'impasse sur cette tradition. Pour moi, Noël se résume à rendre visite en fin d'après-midi à Robert et à sa femme, Pearl, avec des chocolats Cadbury et une bouteille de whisky. J'ai été bien élevé !

Je me sers un café et prends le temps de regarder autour de moi. Décorée d'abat-jour en tissu et d'une bibliothèque intégrée débordant de livres de recettes, la cuisine de mon hôte est un lieu chaleureux et accueillant. Sur le large plan de travail en pierre trônent des ustensiles et plats en tout genre. Maggie semble avoir deux passions, enfin plutôt trois, même si je pense qu'elle nierait la dernière. La cuisine, Noël et les ragots ! D'ailleurs, un sapin majestueux décoré de guirlandes d'étoiles et de pommes de pin saupoudrées de poussière blanche artificielle a fait son apparition entre hier et aujourd'hui.

— Joli sapin ! Je croyais que vous militiez pour le rouge et blanc ?

Pendant quelques secondes, elle se perd dans la contemplation de l'arbre illuminé, un sourire tendre au coin des lèvres.

— Mon Edmond l'aimait marron et blanc avec des guirlandes lumineuses. Je suis une vieille dame, que voulez-vous, j'ai mes habitudes. Cette année, ça a fait dix ans que cette fichue crise cardiaque l'a emporté.

Ses yeux brillent de nostalgie. Se souvenir des êtres chers n'est jamais facile. Je la comprends, et c'est d'ailleurs pour cette raison que j'essaye d'y penser le moins souvent. Ma famille me manque, bien sûr, mais m'accrocher à nos moments heureux ne les fera pas revenir. Avec le temps, j'ai compris que vivre dans le passé ne servait qu'à amplifier la douleur.

D'expérience, je sais que les mots sont inutiles pour apaiser le chagrin, alors je me contente de lui presser délicatement l'épaule. Elle pose sa main fripée sur la mienne et la tapote doucement avant de la serrer comme si nous partagions un lourd secret. Comme si elle avait deviné que j'ai moi aussi vécu la perte d'un être cher. Nous échangeons un long regard chargé de non-dits, puis elle allume la radio et reprend sa vaisselle. Respectant son silence, je m'installe autour de la table massive en chêne, typique des maisons de campagne – mes grands-parents avaient la même –, et attrape un scone tiède. Je le hume, l'eau à la bouche, puis consulte l'assortiment de confitures à la recherche de ma préférée, mais elle est introuvable. J'hésite un instant à choisir le miel car il a l'air délicieux, mais je me ravise. Après tout, c'est mon dernier petit déjeuner ici alors autant en profiter !

— Dites Maggie, vous n'avez plus de confiture de framboises ?

— Oh ! non, mais Claire ne devrait pas tarder. Je lui ai demandé de m'en apporter deux pots après avoir déposé Colleen à l'école. Je ne pensais pas que vous seriez si matinal.

Voilà qui s'annonce gênant.

— Tenez, justement, la voilà !

Je tourne la tête et vois Claire traverser le jardin en courant, les joues rosies par le froid, un panier à la main. Des boucles blondes s'échappent de son bonnet et virevoltent dans tous les sens, lui donnant des allures de poupée. Maggie l'attend sur le pas de la porte, un grand sourire aux lèvres, sa tristesse envolée. Je soupçonne que l'arrivée de Claire et Colleen à Hambleden a été une véritable bouffée d'air pur pour ce petit village tranquille.

— Comment vas-tu ? Entre vite avant de te transformer en bonhomme de neige. Je te prépare un thé. Mandarine-groseille, ça te va ?

Claire frappe ses bottes fourrées sur le palier. Elle ne m'a pas encore remarqué.

— Oh oui ! avec plaisir ! Tenez, avant que j'oublie, les pots de confiture. Je vous ai aussi apporté quatre muffins aux framboises tout frais. Colleen les adore, j'y ai glissé un carré de chocolat blanc au milieu. Le résultat est absolument divin, enfin selon Colleen !

— Tu ne pouvais pas mieux tomber, Adam réclamait justement ta confiture ! Tu sais que c'est sa préférée. Il a dévoré la moitié d'un pot depuis son arrivée. Il faut dire qu'elle se marie tellement bien avec mes scones. Tous mes pensionnaires en raffolent.

À la seconde où Maggie mentionne mon prénom, Claire se fige, et sa bonne humeur disparaît. Soudain, elle n'a plus l'air d'avoir envie de s'éterniser. Plus du tout même.

— Oh ! mince, j'avais oublié, j'ai un truc important à faire. Bonjour, Adam, lance-t-elle en évitant mon regard. Désolée, Maggie, je… je ne peux pas rester. Une prochaine fois, d'accord ?

Sa réaction surprend mon hôte.

— Tu es sûre ? Tu as l'air frigorifiée.

— Oui, ce matin l'eau chaude a encore fait des siennes. J'ai du mal à me réchauffer depuis ma douche, c'est tout.

— Tu n'as toujours pas réussi à avoir M. Brown ?

Je me crispe en entendant le nom de mon oncle. Aux aguets, le cœur battant et le regard braqué sur la panière de scones, j'écoute.

— Non, il ne me rappelle toujours pas. Je ne comprends pas.

— C'est bizarre, ça ne lui ressemble pas. Il a toujours été très disponible. Depuis quand essayes-tu de le joindre ?

— Trois semaines. Je vais profiter d'avoir un peu de temps ce matin pour le rappeler.

— Peut-être qu'Adam peut jeter un œil ?

Je hausse un sourcil interrogateur et suspicieux vers Maggie. Elle se tient entre nous, le visage impassible, son auréole invisible bien en place. À d'autres ! Claire se balance d'un pied sur l'autre, gênée. Elle ouvre la bouche puis la referme, et ses yeux se posent partout sauf sur moi. Je peux presque entendre son cœur battre. Je secoue la tête, interdisant à mes pensées de prendre cette direction dangereuse.

— Merci, Maggie, mais je vais plutôt appeler un plombier. Ça sera aussi rapide.

— Et beaucoup plus cher.

Claire se contente de botter en touche en embrassant la vieille dame sur la joue. Au même moment, nos regards s'accrochent, mais elle détourne le sien aussitôt. Je sens mon cœur se serrer sou l'effet de la de déception.

— À demain, Maggie. Au revoir, Adam, bon retour, lance-t-elle depuis le pas de la porte.

« Bon retour » ? C'est tout ? Même pas un petit « Ravie de vous avoir rencontré » ou « C'était sympa de passer la soirée avec vous » ? Ah non ! j'oubliais ! J'ai refusé son invitation… Abruti !

— Tout va bien ?

Maggie s'est assise en face de moi et m'observe, curieuse. Je regarde la porte fermée, prenant conscience que, un, je n'ai même pas eu le temps de répondre à Claire et, deux, je ne la reverrai plus. Plus jamais. Pourquoi est-ce que ça m'affecte autant ? J'ai passé à peine quelques heures avec elle.

Maggie s'adosse à sa chaise et croise les bras sous sa poitrine, emprisonnant le sautoir en argent qu'elle ne quitte jamais. Un médaillon avec une photo en noir et blanc d'elle et de son mari.

— Vous êtes sous le charme ? demande-t-elle amusée, le regard brillant de joie.

— Je ne compte pas rester.

— Ça ne répond pas à ma question. Je vous ai dit que la neige apportait toujours son lot de surprises. Pour vous, il s'agit peut-être de Claire.

— Ce genre de choses, c'est pour les enfants, dis-je en attrapant un scone que je tartine de confiture.

— Goûtez ses muffins, ils sont délicieux. Si après ça vous décidez quand même de rentrer à Londres, c'est que vous n'avez rien compris.

— Je dois vraiment partir aujourd'hui.

— Vous avez dit vous-même que moto et routes enneigées ne faisaient pas bon ménage. Hambleden sous la neige a toujours été magnifique. Si vous restez, vous verrez les lieux que vous avez déjà repérés sous un jour nouveau. Ça peut être intéressant pour votre travail, non ?

Je lève les yeux au ciel, feignant d'être agacé alors que je sens que Maggie est en train de me convaincre. Enfin, pas au sujet du repérage évidemment !

— D'ailleurs, avez-vous trouvé ce que vous cherchiez ? Je suis curieuse ! Si Edmond était là, il serait tellement heureux de discuter avec vous. Il adorait le cinéma. Grâce à vous, c'est comme s'il était un peu parmi nous.

Je n'aurais pas dû lui mentir. Je devrais être honnête avec Maggie, lui expliquer que je suis en réalité webdesigner, mais je n'en ai pas le courage. Son ton enjoué et les étoiles qui dansent dans ses yeux me dissuadent de lui dire la vérité.

— Quel était son film préféré ?

— *Sleepy Hollow* avec Johnny Depp, évidemment ! Certaines scènes ont été tournées chez nous, vous imaginez ?

— Ma préférence va à Christina Ricci !

— Si vous voulez mon avis, Claire est bien plus jolie.

J'éclate de rire. Cette femme ne lâche jamais rien, c'est une certitude.

— Ne cherchez pas à jouer les entremetteuses.

Elle me lance un regard plein de défi. Edmond a dû passer de sacrés moments avec elle.

— Vous restez, alors ?

Je pose les coudes sur la table et cale le menton sur mes poings.

— Seulement si on regarde ce film. Ça fait une éternité que je ne l'ai pas vu !

— Marché conclu, dit-elle en se servant une tasse de thé fumante. Demain, vous pourrez peut-être aller acheter une brioche chez Claire et, mine de rien, essayer de réparer sa chaudière.

— Et pourquoi pas aujourd'hui ?

— Elle va penser que c'est un coup monté.

— Mais c'en est un !

— Donc vous restez pour elle ? demande-t-elle en jouant avec son collier.

— Je reste pour la décoration du sapin ! Il paraît que c'est l'événement à ne pas louper.

Elle frappe dans ses mains, ravie de m'avoir fait céder. Je crois même qu'elle envoie un petit signe discret vers le ciel comme si son mari l'avait aidé.

— Vous ne le regretterez pas !

Ça, j'en suis moins sûr, mais je me garde bien de plomber l'ambiance. Après tout, deux petits jours n'ont jamais changé le cours d'une vie.

Chapitre 6

Mardi 1er décembre
Décoration du village

Claire

Je passe la matinée à l'extérieur de la boutique à essayer de fixer au-dessus de la vitrine une guirlande en sapin naturel, ornée de nœuds rouges et blancs. Dans quelques heures, toutes les fenêtres de la rue principale seront décorées à l'identique. Le rendu sera sublime.

Je lève les yeux vers le ciel, chargé de nuages. Il ne neige plus, mais la météo a annoncé de nouvelles chutes en fin d'après-midi. Colleen est ravie à l'idée de décorer le sapin municipal couvert de véritables flocons. Secrètement, elle espère aussi pouvoir faire un bonhomme de neige dans notre petite cour. Elle a déjà mis une carotte de côté pour le nez.

En équilibre instable et les muscles bandés par l'effort, je soupire, regrettant d'avoir décliné l'aide de Lenny. *Allez ! J'ai presque fini !* L'escabeau tremble dangereusement lorsque je me mets sur la pointe des pieds et étire le bras au maximum. À bout de souffle, je pose la main sur le mur en pierre pour me stabiliser. Après quelques secondes, je fais une nouvelle tentative qui, cette fois, porte ses fruits. Miracle ! J'ai réussi et sans m'étaler de tout mon long sur le bitume.

— Oh ! c'est trop beau, maman !

Le cœur battant, je descends avec précaution et recule de quelques pas pour admirer le résultat. Colleen a raison : c'est magnifique !

— Et si on envoyait une photo à Andie, ma puce ? Mets-toi devant, s'il te plaît.

Sans se faire prier – Colleen adore les photos – elle se place à côté du renne rouge, un bras autour de son cou, comme s'ils étaient les meilleurs amis du monde.

— 1, 2, 3, cheese !

Son sourire édenté et ses doigts levés qui forment l'intemporel V de la victoire rendent la photo unique.

— Vous voulez que je vous prenne ?

Emily, les bras chargés d'un carton, quitte le trottoir d'en face et traverse la route au petit trot.

— Merci, Emily. C'est très gentil de votre part.

— Tu parles, ça vous fera un super souvenir. Votre premier Noël dans le village ! Il faudra faire encadrer cette photo, dit-elle en déposant son chargement à terre, et en donner un exemplaire à Maggie pour l'album de la ville.

— Nous allons retarder votre livraison.

Les jolies couronnes en rotin habillées de lierre givré et de baies rouges sauvages qui nous ont occupées pendant toute la semaine attendent d'être distribuées.

— Quelques minutes d'attente n'ont jamais tué personne. D'ailleurs, tu as bien eu ta couronne ?

Je lui désigne le sol à côté de l'entrée du magasin, où la décoration attend d'être installée.

— Parfait ! Allez les filles, devant la vitrine et faites-moi votre plus joli sourire !

Colleen me saute dans les bras, et nous posons fièrement

devant la boutique, heureuses. Au même moment, Lenny, au volant de son chariot élévateur, nous klaxonne, suivi de près par une estafette d'employés communaux chargés d'installer les guirlandes, les stalactites et les rideaux de lumière qui illumineront toutes les façades à la nuit tombée.

Il n'y a jamais eu autant de monde dans la rue qu'en ce 1er décembre ! D'ordinaire si calme, Hambleden semble aujourd'hui animé d'une folle effervescence. Les habitants s'activent pour embellir le village, et les enfants ont même été dispensés d'aller à l'école. Toutes les petites mains sont réquisitionnées ! Une chose est sûre : ici, Noël n'est pas pris à la légère.

La première fois que Maggie nous a montré l'album photos de Noël des vingt dernières années, j'ai été abasourdie. Au fil des années, les couleurs ont évolué, les décorations se sont perfectionnées et modernisées, les enfants ont vieilli, certains habitants sont décédés, mais une chose merveilleuse a perduré : le bonheur sur les visages. Depuis, Colleen est intarissable sur l'histoire des Noëls de Hambleden. Elle connaît par cœur toutes les petites anecdotes que Maggie lui a racontées, et je suis persuadée que si je lui donnais une année au hasard, elle serait capable de me citer la couleur de l'étoile et le nom de la personne qui l'a placée en haut sapin. Même Andie, célèbre pour son amour extravagant et un poil excessif de Noël, a été impressionnée par tant d'années de traditions.

— *Un village pareil existe vraiment ? me demande-t-elle les yeux brillants d'envie.*

— *Oui ! Ils ont un programme de festivités de dingue, et le village entier est décoré par les habitants. Tout le monde participe. J'ai vu des photos des années précédentes, et c'est magnifique. Ils ont même un comité chargé de gérer l'intendance et d'organiser les événements. Colleen est folle de joie, surtout que Maggie lui a dit que les enfants avaient le droit de participer aux réunions. Et toi qui raffoles des calendriers de l'Avent, tu n'as pas encore entendu le meilleur !*

— Quoi ?

— Ils en ont un géant, constitué de vingt-quatre casiers en métal, rouges, verts, blancs, argent et or dans lesquels sont déposés des paniers garnis. Les thèmes sont divers : Gourmandise, Beauté, Culture. Tous les habitants sont inscrits, et chaque jour il y a un tirage au sort pour désigner le gagnant.

— Mais c'est génial ! Chéri, tu entends ça ?

— Si tu veux aller vivre là-bas, c'est sans moi ! grogne Josh.

Andie me regarde d'un air dépité puis me fait un clin d'œil, l'air de dire : « C'est ce qu'on verra. » Seulement, pour une fois, elle n'obtient pas gain de cause, car quelques semaines plus tard ils emménageront tous les deux dans une magnifique maison d'un quartier cossu de Londres !

Après le déjeuner, alors que Colleen prépare des guirlandes en papier crépon qui viendront embellir l'intérieur de la boutique, je décide de rappeler mon propriétaire. Le signal sonore caractéristique du répondeur m'annonce que c'est à mon tour de parler. Cela ne sera jamais que le dixième message !

— Bonjour, monsieur Brown, c'est à nouveau Claire. Claire Sullivan. Je commence à m'inquiéter, j'espère que vous allez bien. La chaudière devient de plus en plus capricieuse, je vais être obligée de faire intervenir quelqu'un. J'ai conscience que ça va engendrer des frais, mais nous sommes en plein hiver, et je ne veux pas prendre le risque que ma fille tombe malade. Il n'y aurait que moi, ça serait différent… Enfin bref, rappelez-moi dès que vous pouvez s'il vous plaît.

Je raccroche puis fixe mon écran de téléphone, incapable de me départir du malaise que son silence suscite. Quelque chose cloche. M. Brown a toujours été aux petits soins avec moi, ce n'est pas son genre de ne pas rappeler.

— Colleen, je monte chercher un truc là-haut. Tu m'appelles si un client arrive.

Je grimpe les marches quatre à quatre et file dans ma chambre où je range la paperasse liée à la location du magasin. Avec un peu de chance, je vais trouver le numéro d'une personne à contacter en cas d'urgence. Malheureusement, mis à part les coordonnées d'un notaire, je ne trouve rien d'intéressant. Je les note toutefois sur un post-it, me promettant de l'appeler si je n'ai pas de nouvelle de M. Brown d'ici une semaine.

En redescendant, des bruits de voix étouffés me parviennent. Je râle intérieurement, Colleen était censée me prévenir si un client arrivait. Je m'apprête à la réprimander, mais je ravale ma remarque à la minute où je la découvre en grande conversation avec Adam. Que fait-il ici ? Je croyais qu'il devait rentrer à Londres hier. Je me fais discrète pour les observer et sens revenir au galop le sentiment de honte au souvenir de ma stupide invitation. *Mon Dieu ! il m'a humiliée en beauté.*

— Mais non, ce n'est pas difficile ! Toi aussi, tu pourrais y arriver, le rassure Colleen.

— Je t'assure, je ne sais pas dessiner.

— Maman dit que tant qu'on n'essaye pas, on ne peut pas dire qu'on n'y arrive pas.

Appuyée contre le mur, je souris.

— Attends, je vais t'aider. Choisis un pochoir.

Je me penche et la vois désigner l'assortiment de pochoirs en carton que je lui ai fabriqués sur les conseils d'Andie. Sapin, étoile, bonhomme de neige, traîneau, Père Noël et renne.

— Celui-là.

Curieuse, je me mets sur la pointe des pieds pour tenter d'apercevoir le pochoir choisi, mais la large carrure d'Adam cache la table.

— D'accord, reprend Colleen. Alors maintenant, tu dois prendre ta feuille et la plier. Non, pas comme ça. Comme ça !

— Il est très joli ce papier rouge à pois blancs, je vois que vous aviez tout prévu.

— On l'a acheté hier soir. Maman voulait attendre d'être sûre pour les couleurs même si, moi, je savais qu'on allait gagner.

— C'est passé in extremis quand même.

— In ex-quoi ?

— De justesse, si tu préfères. C'est mon vote qui t'a fait gagner.

— Oui, je sais, c'est pour ça que je t'avais demandé de m'aider.

— Je me trompe ou tu as toujours réponse à tout ?

Son rire si communicatif et joyeux résonne dans la boutique.

— Andie me dit ça aussi.

— Ça faisait longtemps que je n'avais pas entendu parler d'elle, tiens.

— Tu la connais ?

— Je l'ai seulement vue en visio sur le téléphone de ta maman. D'ailleurs, est-ce qu'elle est là ? demande-t-il en se tournant.

Son regard rencontre le mien, et je me plaque contre le mur une seconde trop tard. Génial ! Est-ce que je suis toujours obligée de m'humilier en sa présence ? Je ferme les yeux, très fort, priant pour me trouver n'importe où sauf ici. Mais je sais bien que c'est inutile et que tôt ou tard je devrai l'affronter. J'inspire et expire longuement puis me résous à abandonner ma cachette.

— Bonjour, Adam.

Je me poste derrière le comptoir et remets en place les panières de muffins et de brioches comme si la situation était parfaitement normale.

— Bonjour, Claire.

Son ton amusé ne laisse place à aucune ambiguïté, il m'a bien prise en flagrant délit d'espionnage.

— Qu'est-ce que je peux faire pour vous ?

— Je suis venu voir si vous aviez besoin d'aide pour votre chaudière.

— Vous n'étiez pas censé rentrer à Londres ?

— La neige a contrecarré mes plans.

Je jette un œil par la fenêtre à la route totalement déneigée, et hausse un sourcil. Il se frotte l'arrière de la tête et semble tout à coup gêné.

— Je plaide coupable, Maggie m'a convaincu de rester pour la décoration du sapin.

— Ouuuaaaiiis ! hurle Colleen en levant le point en l'air. Est-ce que tu pourras monter dans le chariot élévateur avec moi pour aller accrocher des boules sur les plus hautes branches ? On n'a le droit que si on est accompagné d'un adulte, et maman a peur.

— Pas de problème ! Ça devrait être dans mes cordes. Enfin, si ta maman est d'accord, ajoute-t-il à mon intention.

— Maman, s'il te plaît, s'il te plaît, s'il te plaît !

— OK, mais vous ferez bien attention.

— Promis, maman ! T'es la meilleure.

— Évidemment ! Allez, continue tes guirlandes pour qu'on puisse finir la décoration du magasin avant de partir.

— Parce que ce n'est pas terminé ? lance Adam en faisant

un tour sur lui-même. On se croirait déjà dans l'atelier du Père Noël !

Il contemple les décorations et s'attarde sur chaque détail. J'essaye de voir la pièce à travers ses yeux et de deviner ce qu'il en pense. J'y suis peut-être allée un peu fort. Pour ma défense, j'ai été influencée par l'enthousiasme général – surtout celui d'Andie – lorsque Maggie m'a appris que la Mairie décernait un prix spécial pour la boutique ou la maison la mieux décorée du village. Ma belle-sœur étant une compétitrice dans l'âme, elle m'a aussitôt bombardée d'idées repérées sur Pinterest. J'avoue y avoir trouvé des pépites.

— Vous avez mis le paquet, dit-il en touchant les boules d'une sublime guirlande fait main. C'est du tissu ? Oh ! elles sont même assorties aux cousins de vos chaises, c'est très original.

— Oui, j'aime bien qu'il y ait des rappels un peu partout. Cela rend l'ensemble harmonieux.

Je suis très fière de cette guirlande en sapin artificiel, composée de boules enveloppées façon aumônière dans des carrés de tissu à carreaux blancs et rouges, dégotés au marché. J'y ai ajouté des nœuds en raphia, des baies rouges et d'adorables petits champignons. J'y ai passé des heures ! L'attention d'Adam est ensuite attirée vers le coin de la pièce où j'ai installé avec beaucoup de difficulté des morceaux de bois flotté de différentes tailles pour réaliser un sapin très original. La boutique n'est pas très grande, il aurait été compliqué d'y accueillir un épicéa, même un petit modèle.

— Ce sont des ampoules, interviens-je.

— C'est bien ce que je me disais ! Comment vous y êtes-vous prise pour coller toutes ces étoiles dessus ?

— Je les ai tout simplement enduites de colle liquide, puis Colleen les a roulées dans des confettis étoilés. Autant vous dire que le parquet s'est lui aussi retrouvé couvert d'étoiles.

Il observe le fil de fer qui m'a servi à les suspendre aux branches.

— Astucieux ! J'aime beaucoup. Vous avez du talent.

— Merci.

— Je suppose que les deux étiquettes en bois rouge avec les inscriptions « Merry » et « Christmas » sont aussi faites maison ?

— Ça, c'est un cadeau d'Andie !

— En plus du renne moche, si je comprends bien ?

— Adam !

— Vous n'êtes pas de mon avis ? Soyez honnête, Claire. Regardez-le : entièrement rouge et sans aucun poil, dans cette posture coincée. Il ne ressemble à rien. Pas étonnant que votre frère ait tenté de s'opposer à cet achat.

— Il est parfaitement dans le thème, dis-je pour défendre Andie.

— Vous pourriez peut-être essayer de faire quelque chose pour lui.

— Comme quoi ?

— Le customiser.

— Façon *CowParade* ?

— Par exemple ! Avouez que ça serait amusant.

Je glousse en visualisant les célèbres statues de vaches très colorées.

— En tout cas, vous avez mis le paquet niveau décoration !

— Je suis une fan des fêtes de fin d'année et j'aime beaucoup les activités manuelles.

— Je vois, et si vous deviez retenir une seule décoration, laquelle choisiriez-vous ? me demande-t-il.

— Dans le magasin, vous voulez dire ?

— Oui.

— Hum ! c'est difficile.

Je passe la pièce en revue, caressant mes lèvres du bout des doigts.

— Peut-être les pichets avec les fleurs séchées et les sucres d'orge. Je les trouve très élégants, et puis je suis fan des nœuds rouges attachés autour des anses. C'est ma petite touche personnelle ! Un éclair de créativité.

L'association de gypsophile, d'avoine et de baies rouges avec les bonbons colorés est d'une rare finesse, surtout alliée au style rustique de ces pots à la peinture blanche écaillée.

— « Un éclair de créativité », répète-t-il en me dévisageant.

Je baisse les yeux immédiatement, embarrassée de m'être lancée des fleurs.

— Moi, ce sont vos pulls assortis que je trouve géniaux, reprend-il en ignorant mon changement d'attitude.

Je camoufle mon sourire alors qu'il désigne Colleen du pouce. Nous avons craqué pour ces deux adorables modèles en maille fine beige avec l'inscription « All I want for Xmas » cousue entre deux lignes de petits pompons rose clair et de cœurs fuchsia. Discret et de bon goût !

— C'est notre truc, intervient ma fille qui jusqu'à présent est restée silencieuse.

— Votre « truc » ?

— Oui, notre tradition. Maman a dit que ça serait amusant qu'on s'invente nos propres… nos propres quoi déjà, maman ?

— Rituels, chérie.

Adam me regarde avec une expression curieuse sur le visage.

— Vous trouvez qu'il n'y en a pas assez, c'est ça ?

— Non, mais ceux-là sont spéciaux. Ils n'appartiennent qu'à Colleen et moi, et rendront notre Noël unique.

L'atmosphère se charge d'émotion, et Adam semble soudain ailleurs, comme perdu dans ses propres souvenirs.

— Pour la chaudière, dis-je pour changer de sujet, je veux bien que vous jetiez un œil, mais à mon avis vous ne pourrez pas y faire grand-chose.

Ma voix le fait revenir à la réalité. Il ferme les yeux et secoue la tête pour, je suppose, chasser ses pensées.

— Je peux toujours essayer.

— D'accord, c'est gentil à vous d'être venu. Il ne fallait pas vous sentir obligé, je sais que Maggie peut se montrer têtue.

— Aucun souci. Ça me fait plaisir de vous aider.

Je l'invite alors à me suivre dans l'étroit couloir qui mène à la chaudière. Pleinement consciente de sa présence derrière moi, j'ouvre la porte du local et tends le bras pour allumer la lumière puis me décale pour le laisser entrer.

— C'est là, dis-je avec un geste de la main.

Mais alors qu'il s'apprête à entrer dans la pièce, il s'arrête soudain à ma hauteur. Le cœur battant et intimidée par sa soudaine proximité, je perds toute notion du temps. J'ai l'impression qu'il s'écoule une éternité avant que son souffle vienne chatouiller ma peau brûlante.

— Pour être honnête, Maggie ne m'a pas forcé à venir. Je voulais m'excuser pour l'autre soir, je me suis mal exprimé. J'avais très envie de passer la soirée avec vous, mais j'étais fatigué. Si l'invitation tient toujours, je serai ravi d'accepter.

Chapitre 7

Adam

— Maman, tu sais que je suis trop vieux pour ce genre de choses !

— Ne dis pas de bêtises !

Je la prends dans mes bras pour la remercier et l'embrasser. Ma mère adore Noël. Ana Somerset est depuis toujours une fervente supportrice des fêtes de fin d'année et tous les ans, à renfort de chants de Noël, de pâtisseries à la cannelle et d'une montagne de décorations de mauvais goût, elle essaye de nous rallier à sa cause. Mon père et moi ronchonnons pour le plaisir mais, en réalité, nous chérissons ces moments en famille.

— Je croyais que tu adorais les motos, reprend-elle.

— Oui, mais à quinze ans on ne joue plus aux petites voitures !

— Qui te parle de jouer ? C'est pour compléter ta collection.

— Il va me falloir une nouvelle étagère alors, je n'ai plus de place ! dis-je en contemplant la miniature bleu et noir.

Ce cadeau est devenu un rituel. Depuis mes cinq ans, à chaque Noël, ma mère m'offre une moto de collection. Avec le temps, je pensais qu'elle se lasserait, surtout maintenant que je suis adulte.

— Elle ne te plaît pas ?

— Bien sûr que si ! Cette Horex Regina est magnifique.

— Parfait ! Tu auras beau protester, tu continueras à en découvrir une au pied du sapin tous les ans, et même quand tu seras papa. D'ailleurs, peut-être que plus tard tu pourras perpétuer ce rituel avec tes propres enfants. Comme une tradition familiale.

— La célèbre tradition Somerset !

— Ne te moque pas de ta mère, Adam, intervient mon père en riant.

Je me tourne vers lui, hilare, alors qu'il observe sa vingtième paire de chaussettes à rayures, l'air perplexe. Une autre lubie de ma mère !

— Ça sera notre truc, ajoute-t-elle en ramassant les papiers cadeaux déchirés. Comme les chaussettes de papa. Pas vrai, mon amour ?

Je lève un sourcil interrogateur.

— Et si j'ai une fille ?

— Où est le problème ? Ma petite-fille aura le droit d'aimer les motos !

Je secoue vivement la tête pour chasser l'image du visage heureux et insouciant de ma mère. Il n'y aura pas de petits-enfants. Jamais. Pas de bisous à la confiture non plus – ses préférés –, ni de Monopoly endiablé au coin du feu. Pas de « Mamie, je t'aime », ni de « Papi, apprends-moi à faire du vélo ». Rien de tout ça. Ces moments futurs ont disparu en même temps que ma famille périssait sur une route nationale, un soir de brouillard, fauchée par un poids lourd. Le livre s'est refermé brutalement, sans épilogue, au milieu d'un chapitre heureux.

« Notre truc. »

Tout à l'heure, quand Colleen a prononcé ces mots dans le magasin, j'ai senti la douleur me lacérer le cœur. L'espace d'un instant, le rire chantant de ma mère a résonné à mes oreilles, comme pour me dire : « Tu vois, je ne suis pas la seule », et soudain j'ai eu envie de monter sur ma moto et de rouler sans m'arrêter.

— Vous allez bien ? Adam ? Vous m'entendez ?

Je sursaute au moment où la main de Claire se pose maladroitement sur mon bras. Une fois encore, sa voix délicate et ses yeux pleins de douceur réussissent à m'apaiser. Comment fait-elle ? Je cligne des yeux, envahi par le goût amer des souvenirs, et il me faut quelques secondes pour comprendre que nous sommes arrivés. La petite place d'ordinaire si calme regorge de monde. Les villageois se pressent, souriants, et discutent avec animation de la taille du sapin et de la neige qui menace de s'abattre à nouveau sur la région en début de soirée.

— Ça va ? Vous aviez l'air d'être ailleurs.

Je me frotte les yeux, encore troublé par ce flash-back inattendu. C'est étrange, ces cinq derniers jours, j'ai pensé plus de fois à ma famille que lors des dix dernières années. Et malheureusement, la douleur lancinante qui accompagne le retour à la réalité est toujours aussi difficile à gérer.

— Vous savez, vous n'êtes pas obligé de rester, Colleen comp…

— Non, non. Tout va bien, désolé. Je…

Je balaye les alentours des yeux, à la recherche d'une explication potentielle avant de renoncer. Je déteste le sentiment de pitié que mon aveu déclenche généralement. Je me force donc à sourire, mais l'inquiétude dans le regard de Claire me prouve qu'elle n'est pas dupe. Je lui adresse un clin d'œil, espérant revenir à une conversation plus légère.

— J'ai dit à Colleen que je monterai avec elle sur cet

engin, alors je vais le faire. Laissez-moi me rendre utile au moins pour ça !

Elle m'observe quelques secondes.

— Il en va de ma fierté masculine ! ajouté-je sur le ton de la plaisanterie.

— Ce n'est pas grave pour la chaudière, dit-elle en riant. Je vais juste croiser les doigts pour qu'elle tienne encore quelques jours et, surtout, pour que mon proprio me rappelle.

Ma jauge de culpabilité est sur le point d'exploser. Je serre les poings dans mes poches, furieux contre moi. Pourquoi n'ai-je pas quitté ce village comme prévu ? Et si j'appelais Robert pour lui demander un délai supplémentaire, juste le temps de parler à Claire et de lui expliquer la situation ? Je pourrais en profiter pour lui signaler ce problème de chaudière. Il ne fait aucun doute que les frais sont à ma charge.

— Claire, je dois vous dire…

Mais la fin de ma phrase est interrompue par les cris d'excitation de Colleen. Décidément, cette gamine a le chic pour nous interrompre !

— Venez, c'est par là !

Les joues rougies par le froid, elle fait des grands gestes pour désigner une file d'attente devant la mairie.

— Vas-y chérie, on arrive, mais fais attention à ne pas bousculer les gens.

Sans se faire prier, elle part en courant alors que Claire et moi slalomons entre les habitants pour la rejoindre. Certains visages me sont familiers, et je salue plusieurs personnes.

— Colleen, doucement !

Elle fait mine de ralentir une demi-seconde avant de se faufiler à nouveau à toute vitesse dans la foule, arrachant un soupir désespéré à sa mère. Nous la suivons à bonne distance, peu pressés.

— Je crois que vu son état d'excitation vous allez avoir du mal à la contenir, dis-je, compatissant.

— Vous avez raison. Sa tante l'a contaminée !

À mesure que nous nous rapprochons de l'endroit stratégique indiqué par Colleen, Claire me lance des petits regards en coin, éveillant ma curiosité.

— Vous avez quelque chose à me dire ? finis-je par demander.

Un gloussement adorable s'échappe de ses lèvres et fait fondre mon cœur. Inconsciente de mon trouble, elle lance avec sérieux :

— En fait, je voulais vous prévenir avant que vous râliez.

— De quoi ?

— Surtout que ça risque de vous faire fuir !

Je plisse les yeux et m'arrête de marcher. N'ai-je pas été clair tout à l'heure lorsque je lui ai dit que j'avais envie de passer la soirée avec elle ? Pas question de m'enfuir cette fois.

— Que se passe-t-il ? s'étonne-t-elle, prise de court par ma réaction.

— Deux choses.

Ma réponse ferme la fait déglutir, et elle hoche la tête, prête à encaisser une remarque déplaisante. Je me radoucis, espérant la rassurer :

— Premièrement, on pourrait peut-être passer au tutoiement, qu'en dis-tu ?

Son visage s'illumine d'un sourire radieux. *Parfait.*

— Deuxièmement, pour être tout à fait honnête, ça me ferait vraiment plaisir de passer la soirée avec toi donc…

— Et Colleen, précise-t-elle d'une petite voix timide.

— Et Colleen, ça va de soi. Donc je ne vois pas ce qui pourrait me faire changer d'avis.

Elle tend son index vers le ciel puis tapote son oreille.

— Tu parles en langue des signes, maintenant ?

— Non, mais écoute ! La playlist : c'est encore la mienne, dit-elle en grimaçant.

J'éclate de rire, gagné par sa malice. J'adore les différentes facettes de sa personnalité. Je suis persuadé que Claire est capable de lâcher prise lorsqu'elle se sent en confiance. Il faut seulement lui donner cette occasion. Je repousse à nouveau le sentiment de malaise qui s'immisce en moi et menace d'obscurcir ma bonne humeur. Je dois absolument trouver un moment pour appeler Robert avant qu'il soit trop tard. C'est inexplicable, peut-être absurde même, mais j'ai l'intime conviction que cette femme en vaut la peine. Je reprends d'un ton léger :

— Tu as l'air de trouver très drôle de me torturer !

Elle se met à remuer la tête en reprenant les paroles de Brenda Lee puis elle ferme les yeux, un doux sourire au coin des lèvres.

— *Rockin' around the Christmas tree, Let the Christmas spirit ring, Later we'll have some pumpkin pie, And we'll do some caroling.*

Je l'observe, séduit par son naturel. Pas d'artifices, pas de minauderies. Cette femme n'a aucune conscience de son charme, et cela la rend encore plus attirante. Impatient d'en apprendre davantage sur elle, j'interromps sa prestation :

— Quelle est ta chanson de Noël préférée ?

Sa réponse fuse.

— *Let it snow*, la version de Franck Sinatra, sans hésiter !

Je me fige.

— Sérieusement ?

Ma réaction la désarçonne. Son visage vire à l'écarlate, et elle baisse les yeux.

— Je sais, c'est un peu vieillot mais j'adore.

Elle hausse les épaules comme si son choix était ridicule.

— Ça me rappelle les Noëls chez mes grands-parents, et je…

— C'était la chanson préférée de ma mère, ça m'a surpris, excuse-moi.

— Oh ! Je … je ne voulais pas te rappeler de mauv…

— C'est une très belle chanson.

Elle me lance un petit sourire timide qui accélère les battements de mon cœur. Faites qu'elle ne pose pas de question.

— Mammaaannn !

Sauvé par le gong ! Ou plutôt par Colleen qui s'impatiente devant notre avancée de tortues. Finalement, cette gamine est aussi capable d'intervenir dans les moments gênants. J'en profite pour changer de sujet.

— Qu'est-ce que c'est ?

Je montre du doigt des caissettes en bois distribuées par Stuart, Maggie et Sarah.

— Chaque habitant reçoit un lot de décorations pour participer.

— Incroyable ! Quelle organisation !

Claire fait mine d'être vexée par mon commentaire.

— À quoi sert le comité à ton avis ? Nous avons tout prévu. Ces heures de réunions n'auront pas été inutiles !

— Si elles se sont toutes passées comme celle de samedi, tu n'as pas dû t'ennuyer.

— Je te fais grâce du débat sur le nombre de rennes qui tirent le traîneau du Père Noël et sur leurs noms, répond-elle en riant.

— Tes soirées sont passionnantes !

— Je te rappelle que je suis une mère célibataire, qui de surcroît vis à la campagne. Ça ne fait pas de moi le meilleur parti qui soit !

Son autodérision est très drôle, et j'ai du mal à camoufler mon amusement. J'ai envie de la rassurer et de lui avouer que pour moi elle est une option tout à fait sérieuse, mais mon intuition me dit que je risque de l'effrayer. Alors, j'opte pour l'humour.

— Et donc, combien de rennes ?

Elle lève les yeux au ciel, comme si ne pas connaître la réponse à cette question faisait de moi un inculte. Ma mère l'aurait adorée. Vraiment.

— Huit, évidemment ! Fougueux, Danseur, Fringant, Rusé, Comète, Cupidon, Élégant et Éclair, énumère-t-elle

— Cupidon ? Ce n'est pas le type avec son arc ?

— Tu connais tes classiques, c'est bien !

— Maman, maman, maman ! Maggie m'a donné nos décorations.

— Merci ! crie Claire à l'intention de mon hôte.

Je ne connais pas Maggie depuis très longtemps, mais je parie qu'elle arbore en ce moment son petit sourire de conspiratrice. Maggie et Emily sont deux sacrées entremetteuses. Elles auraient – je l'ai appris au cours de mes petits déjeuners avec Maggie – 100 % de réussite à leur actif. Succès légèrement nuancé par le couple Stuart-Sarah, car elles regrettent aujourd'hui d'avoir aidé leur meilleur ami à séduire cette horrible bonne femme. Si j'ai bien compris, une sombre histoire de guirlande électrique volée les oppose depuis des années.

— Allez vous amuser les enfants ! lance Emily. Filez vite avant que le temps se dégrade.

— Il neige ! Il neige ! Il neige !

Colleen, déjà hyperactive de nature, saute maintenant dans tous les sens, le visage rivé vers le ciel et la langue tirée pour goûter les flocons.

— Colleen, calme-toi ! Tu vas finir par faire tomber la caissette.

Mais les recommandations de Claire tombent dans l'oreille

d'une sourde, alors pour éviter une catastrophe qui à coup sûr gâcherait la soirée, j'attrape la caissette par surprise ainsi que la petite fille que j'installe sur mes épaules. Folle de joie, elle frappe dans ses mains en poussant des petits cris aigus.

— Allez, en route ! dis-je en donnant les décorations à Claire.

Elle me dévisage, les yeux brillants de reconnaissance, et je sens l'épaisse couche de glace qui protège mon cœur se fissurer légèrement. Nous nous dévisageons longuement sans un mot, troublés par l'émotion, avant que ma passagère s'impatiente.

— Allez, hue ! cheval !

— À vos ordres, cavalière !

Je me décale et fais signe à Claire de passer devant moi, puis je sors discrètement mon téléphone et envoie un message à Robert pour lui demander de me rappeler demain.

Claire

ADAM.
Attentionné
Direct
Adorable (surtout avec Colleen sur les épaules)
Mystérieux
Ou :
Agréable (à regarder)
Déterminé
Amusant
Musclé

Oui, c'est pas mal. Et si je mixais les deux ?

Stop ! Mais qu'est-ce qui m'arrive ? Je ne sais pas ce qui m'effraye le plus. Me comporter comme une adolescente énamourée ou être capable d'inventer plusieurs acrostiches avec son prénom. D'ailleurs, cette liste de qualités est loin d'être exhaustive, car Adam est aussi canon, gentil, charmeur, drôle et émouvant !

— Maman, passe-moi le gros renne en bois rouge avec les paillettes blanches, s'il te plaît !

La voix aiguë de Colleen me sort de ma rêverie et met fin à mon délire complètement immature. Si Andie avait accès en ce moment même à mes pensées, elle n'en reviendrait pas ! « Claire, poétesse des temps modernes », se moquerait-elle sûrement. Je soupire, l'imaginant rire aux éclats et se tortiller sur son canapé. Je crois qu'elle a raison : il est temps que je retrouve une vie sociale, et par « sociale » j'entends « sentimentale », voire « sexuelle ». Seulement, après dix ans de relation bien rangée, j'ai perdu le mode d'emploi d'une nuit de sexe débridée. Sans oublier que mon mari me trompait, je ne dois donc pas exceller dans ce domaine. Andie ne rate pas une occasion de remettre ce sujet sur la table. Il y a quelques semaines, elle m'a encore lancé d'un ton affolé : « Tu t'imagines vivre sans sexe pour le restant de tes jours ? » ce à quoi j'ai répondu par un pathétique : « Je ne vois pas où est le problème ? » C'est faux bien entendu, mais comment admettre à voix haute qu'à cause de mon ex-mari retenter l'expérience avec un autre homme me terrifie ? Surtout devant mon frère ! Je n'avais pas envie de lui redonner une raison pour aller casser la figure à Ben.

— Mamaaaan !

Je tends la décoration à Colleen en m'excusant. Depuis un quart d'heure, je joue le rôle de l'assistante dévouée et distribue les boules et autres décorations au gré de ses demandes.

— Merci. Maman, c'est toi qui choisis la prochaine, d'accord ?

J'ose un regard discret vers le duo improbable qui se transforme peu à peu en bonhomme de neige, et souris. Les cuisses sur les épaules d'Adam, ma fille soulève ses fesses potelées pour atteindre une branche trop haute. Ses petits doigts tremblent, et Adam se met sur la pointe de pieds pour effacer les derniers centimètres. Une fois la mission accomplie, Colleen frappe dans ses mains, le visage illuminé d'un sourire de pur contentement. Je ne l'ai pas vue aussi heureuse depuis très longtemps. Soudain, l'émotion me submerge, et je cligne des yeux pour retenir mes larmes. Inutile de me donner en spectacle devant tout le village ! Il ne fait aucun doute que Hambleden connaît déjà mon histoire dans les moindres détails à cause des exploits d'Andie et d'une bouteille de tequila le soir de ma crémaillère. C'est un fait avéré, ma belle-sœur ne tient pas l'alcool.

— Tout va bien ?

Adam me dévisage avec inquiétude alors que les battements de mon cœur se déchaînent au même rythme que *Underneath the Tree* de Kelly Clarkson. Tout à l'heure j'ai cité « attentionné », mais je dirais plutôt « attentif ». Incroyablement attentif, même.

— Oui, j'ai juste quelques flocons dans les yeux. Rien de grave.

Il reste silencieux, continuant de me couver du regard, puis se penche vers moi, sans se soucier de Colleen qui agrippe son menton pour ne pas tomber. Son souffle chaud vient chatouiller mon oreille, et je frémis.

— Tu es sûre ? insiste-t-il.

Son parfum et sa voix rauque m'enveloppent d'une douceur réconfortante. Incapable de parler par peur de me trahir, je me contente d'acquiescer d'un léger signe de tête. Adam se recule alors légèrement, le regard toujours ancré au mien, l'air peu convaincu.

— On va aller faire la queue pour finir de décorer le sapin, ça te va ?

L'avant-bras gauche sur les jambes de Colleen, il désigne du pouce la nacelle qui culmine à trois mètres de haut avec à son bord un enfant et un adulte.

— Il n'y a plus grand monde. Si tu allais nous chercher un verre de vin chaud pendant ce temps-là ? J'ai vu qu'il y avait une buvette.

J'acquiesce, ravie de cette échappatoire inopinée. Une boisson chaude me fera le plus grand bien. Outre la vague d'émotion qui m'a traversée, je suis frigorifiée. Je secoue la tête et le haut du corps pour faire tomber de mon manteau la neige qui s'est accumulée depuis le début de la soirée. Les flocons sont de plus en plus gros et recouvrent à présent la place d'une épaisse couche blanche. Les enfants jouent et crient, se lançant des boules de neige avant de courir se cacher derrière leurs parents. Demain, je suis bonne pour faire un bonhomme de neige !

Je me dirige avec précaution vers le stand tenu par Maggie et Emily, qui me regardent en se donnant des coups de coude peu discrets. Aucun doute : elles sont en pleine manigance. Ces deux femmes ont beau avoir plus de soixante-quinze ans, lorsqu'elles sont ensemble, on dirait deux collégiennes.

— Je vais prendre deux vins chauds et un jus d'orange aux épices pour Colleen.

— Bien sûr, répondent-elles en chœur.

Maggie attrape les verres autour desquels elle glisse de larges bandes en laine rouge qui permettent d'éviter de se brûler, pendant qu'Emily remue avec sa louche la potion magique au parfum entêtant. Je cherche des yeux Colleen et Adam pour vérifier leur avancée.

— Il est vraiment charmant.

Emily remplit un premier verre comme si de rien n'était.

Je me pince les lèvres pour retenir une remarque sarcastique, impatiente d'entendre la suite de son discours. Depuis mon arrivée au village – ou, plus précisément, depuis ma crémaillère –, elles essayent toutes les deux de me caser. Avec Andie, elles forment un trio redoutable. Certains jours, je les soupçonne même de s'entretenir derrière mon dos.

— En plus, il travaille à Hollywood.

Sa précision me fait sourire. Si elle savait !

— Qu'est-ce que tu racontes ? Il habite à Londres, intervient Maggie.

— On devrait lui demander s'il connaît Leo.

Le mouvement de recul de Maggie ne m'échappe pas.

— Leo qui ? demande-t-elle.

— Bah ! DiCaprio, évidemment.

— Cette histoire de cinéma t'est montée à la tête, Emily ! Tu racontes n'importe quoi, ma pauvre.

— On ne sait jamais, insiste-t-elle.

— Pourquoi pas Brad Pitt pendant que tu y es !

— Ce serait tout à fait possible. Leo et lui sont amis dans la vie, je te signale.

— Merci, je suis au courant. Comme la Terre entière d'ailleurs ! Ce n'est pas un scoop. Je me demande par contre si… Oh ! Claire, regarde, c'est à leur tour. Ils sont trop mignons.

Alors que la nacelle s'élève dans le ciel, Colleen se cramponne à la taille d'Adam, les yeux rivés sur la cime du sapin encore vierge de son étoile. Je déglutis, anxieuse à l'idée qu'un accident puisse se produire. Maggie pose sa main gantée sur mon bras pour me rassurer.

— Ne t'inquiète pas, Lenny a l'habitude. Il fait ça depuis des années, et en plus de ça ses engins sont très bien entretenus pour la ferme. Tu peux avoir confiance.

Après des secondes interminables, l'engin s'immobilise.

Colleen, la main dans celle d'Adam, s'accroupit devant la caisse placée sur le plateau et choisit une décoration. Pendant ce temps, Adam étudie la place des yeux, et je me mets à espérer qu'il essaye de me repérer. Lorsque son bras se lève et fait un grand signe, je sens les battements de mon cœur s'accélérer. Malgré la distance, je suis intimement convaincue que son geste m'est adressé. Certitude renforcée par les soupirs énamourés des deux adorables commères à côtés de moi.

— Si tu veux mon avis, commence Maggie, tu ne devrais pas le laisser filer. Il a l'air de t'apprécier.

Je reste silencieuse, laissant ses paroles se frayer un chemin jusqu'à mon esprit – et mon cœur – avant de me souvenir de mon statut de mère célibataire. Je ne suis pas naïve, Colleen et moi sommes un package, et même si ma fille est géniale, avoir un enfant est synonyme de contraintes. Il n'y a pas si longtemps, alors que j'étais sur un site de rencontres – un jour où Andie avait fini par me convaincre d'y faire un tour –, une annonce m'a interpellée : « Recherche femme *sans enfants* ». C'était plutôt ironique, car le type en question claironnait dans sa présentation vouloir fonder une famille. Seulement, il ne voulait pas le gamin d'un autre.

— Je ne crois pas, c'est juste que…

Mais Maggie ne me laisse pas finir ma phrase.

— Il ne dîne pas chez toi ce soir ?

— Je vois que les nouvelles vont vite, dis-je en la scrutant pour essayer de deviner comment elle a obtenu cette information.

Toute mon attention est dirigée vers elle, mais elle se contente de hausser les épaules, une expression mystérieuse sur le visage.

— Comment êtes-vous au courant ? Nous en avons tout juste parlé au magasin avant de venir.

— Adam est logé chez moi, je te rappelle. Nous discutons, rien de plus.

Je choisis mes mots avec soin :

— Vous savez, Maggie, il ne restera pas indéfiniment à Hambleden. Sa vie l'attend ailleurs, il a un travail, des amis, peut-être même une petite amie.

— Il est célibataire, répond-elle d'un ton catégorique.

Je secoue la tête, incrédule.

— Vous lui avez posé la question ?

— Bien sûr !

— Adam est…

— Adam est quoi ? m'interrompt une voix masculine.

Je sursaute et pousse un cri de surprise. Trop absorbée par les révélations de Maggie, je ne l'ai pas entendu arriver. Les joues cramoisies, je lui tends son verre en baragouinant un pitoyable « Rien du tout ». Sans me quitter des yeux, il souffle sur son vin chaud pour le refroidir pendant que j'essaye de faire diversion grâce à ma fille.

— Tiens, ton jus d'orange, ma puce. Fais bien attention de ne pas le renverser. Alors, c'était comment ?

Elle l'avale d'une traite puis me redonne son verre, incapable de contenir sa joie plus longtemps.

— C'était génial ! On a accroché une énorme boule blanche avec des cœurs rouges, une grosse pomme de pin et un champignon. Notre côté du sapin est le plus beau, maman, je te jure.

Les yeux brillants de fierté, elle gesticule dans tous les sens. Je souris et trempe prudemment les lèvres dans ma boisson.

— Et donc, de quoi étiez-vous en train de discuter ? relance Adam.

— Je disais à Claire que vous étiez célibataire.

Sérieusement, Maggie ? Je passe la langue sur mes lèvres pour calmer la brûlure provoquée par mon sursaut et lance un regard noir à ma voisine. En temps normal, je l'adore mais là j'ai envie de lui tordre le cou. Je suis déjà perturbée à l'idée qu'Adam vienne chez moi ce soir, alors je n'ai pas besoin de ça. La situation ne pourrait pas être plus gênante !

— Ça veut dire quoi « célibataire » ? demande Colleen, très intéressée par notre discussion d'adultes.

— Ça veut dire qu'Adam n'a pas d'amoureuse, renchérit Maggie, comme si elle n'en avait pas déjà assez fait.

— Oh ! ça tombe bien, maman non plus !

Rectification : la situation peut être *encore* plus embarrassante ! Heureusement, Stuart, témoin de mon malaise – et de mes joues cramoisies –, arrive à ma rescousse et s'adresse à Colleen.

— Ma grande, tu devrais retourner là-bas. Je vais bientôt annoncer le nom de la personne qui aura l'honneur de placer l'étoile en haut du sapin cette année.

— Ouuuuuiii ! Youpi ! Oui, oui, oui, dit-elle en dansant sur place. Mais… Et si c'est maman qui gagne, comment on va faire ?

— Adam ira avec elle, lance Emily du tac au tac. Pas vrai, Adam ?

Oh ! mon Dieu, faites-les taire par pitié !

Colleen hoche la tête, rassurée par cette solution, et part en courant vers le sapin. J'en profite pour l'imiter, sans chercher d'excuse, ni oser regarder quiconque.

Adam

Cette année, c'est Maggie qui a l'honneur de fixer l'étoile en haut du sapin. Les yeux brillants d'émotion et de fierté, elle adresse un regard discret vers le ciel pour remercier son mari. Ce matin, elle était persuadée que ce droit lui reviendrait. Une histoire de rêve prémonitoire, si j'ai bien compris. À quelques mètres sur ma gauche, Colleen tient la main de Claire et l'observe, le regard pétillant et plein d'envie. Tout à l'heure, elle m'a confié espérer être tirée au sort. Soudain, comme si elle avait senti mon regard, la petite fille se penche et me fait un signe de la main. Je l'imite puis reporte mon attention sur la nacelle qui s'élève en douceur dans les airs. Lorsqu'elle s'immobilise, la foule se met à acclamer l'adorable vieille dame et à scander son prénom avec ferveur. Je souris, envahi par un agréable sentiment de bien-être. Loin de l'effervescence de la capitale grise et polluée, tout semble plus facile, plus simple. Plus vrai. Un monde à part entière où il fait bon vivre. En seulement cinq jours à Hambleden, j'ai noué plus de liens avec les habitants qu'en dix ans à Camberwell. À Londres, je ne connais même pas le nom de mon voisin de palier alors qu'ici j'ai déjà été avisé de toutes les petites histoires qui rythment le quotidien du village. Toutes, sauf celle de Claire. Pour une raison obscure, Maggie refuse de me révéler la moindre information la concernant.

Je joue avec mon téléphone, tout en réfléchissant. Mon message envoyé en début de soirée est resté sans réponse. Et si, malgré l'heure tardive, j'appelais Robert ? Peut-être qu'il pourrait m'aider à y voir plus clair. Je n'ai pas l'habitude de me confier. En général, je garde mes peurs et mes doutes bien enfouis à l'abri des regards et des jugements, mais depuis notre dernier échange je ne parviens pas à oublier son commentaire cinglant : « Je m'occupe de les mettre à la porte. » Il a écrit ça dans le seul but de me faire réagir, j'en ai conscience, mais au lieu de ça je me suis terré dans le silence. J'espère qu'il n'est pas trop tard.

Mon portable coincé entre le pouce et l'index, je le fais aller d'avant en arrière. Je suis perdu, partagé entre l'envie de fuir et celle de tenter ma chance avec Claire. La mort de mes parents m'a volé mon audace et mon courage. Depuis, l'inconnu me terrorise, car il suppose de lâcher prise et de ne pas tout maîtriser. Et si parfois la vie nous offre de belles opportunités, j'ai appris à mes dépens qu'elle peut aussi être terriblement injuste. S'investir dans une relation, ce serait prendre à nouveau le risque de tout perdre. Je ne peux nier le fait que Claire m'attire, mais suis-je vraiment prêt à prendre ce risque ?

— Bonsoir, Adam. Bon retour à Londres demain, et encore merci pour la guirlande.

Arthur, le voisin de Maggie que j'ai aidé hier, me tend la main en souriant. Je cligne des yeux, hébété. Perdu dans mes pensées, je n'avais pas réalisé que Maggie était redescendue et que les villageois commençaient à rentrer chez eux.

— Pas de problème. Ça m'a fait plaisir. J'espère que vous gagnerez le concours du plus beau jardin illuminé, dis-je en cherchant discrètement Claire.

Je suis sincère. Arthur est un papi très sympathique qui m'a régalé d'histoires familiales tordantes. Je lui dis au revoir, puis regarde autour de moi. Où est-elle passée ? Soudain, je l'aperçois un peu plus loin qui appelle Colleen. La gamine fait mine de ne pas l'entendre et continue tranquillement sa bataille de boules de neige avec d'autres enfants. Elle pousse des cris et se rue en courant vers un petit rondouillard. Jamie Baxter, évidemment ! Elle me l'a montré lorsque nous étions dans la nacelle. J'en profite pour lui lancer un regard mauvais, même si c'est stupide. Les adultes ne font pas ce genre de choses.

— Colleen, je te préviens, moi je rentre. Tant pis pour toi, ajoute Claire en faisant semblant de partir.

— Claire, attends ! lancé-je.

Je la rattrape in extremis alors qu'elle s'apprête à traverser la rue. Elle se retourne en grimaçant, l'air de dire : « Pourquoi tu ne me laisses pas mourir en paix ? » Gêné, je fourre les mains dans mes poches et lui adresse un sourire timide.

— Tu rentres déjà ?

— Je… Colleen… Il est tard, elle est fatiguée. On va devoir y aller, désolée pour le dîner. Peut-être une prochaine fois. Enfin non, je suis bête, puisque tu pars demain. C'était sympa de te rencontrer en tout cas. N'oublie pas la confiture de framboises, j'ai donné un pot à Maggie pour toi.

Son discours est décousu, et ses yeux se posent partout sauf sur mon visage. Au même moment, Maggie et Emily passent à côté de nous et pouffent comme deux adolescentes attardées en nous souhaitant une bonne soirée. Derrière le dos de la jeune maman, Emily joint les doigts en forme de cœur, m'obligeant à me mordre l'intérieur de la joue pour ne pas éclater de rire. Ce duo est impayable ! Je me concentre sur Claire et tente de comprendre.

— Qu'est-ce qui se passe ? dis-je avec douceur.

Elle soupire longuement. Ses épaules s'affaissent, puis elle ferme les yeux en se pinçant l'arête du nez.

— Écoute, commence-t-elle, je suis désolée mais je ne sais plus faire ça.

— Faire quoi ?

Elle nous désigne de l'index, en prenant toujours soin d'éviter mon regard.

— Ça : toi et moi.

— Je ne comprends pas.

— Adam…, s'agace-t-elle. Draguer, séduire, les allusions, les regards, tous ces trucs. J'ai oublié comment ça marche, je suis rouillée. C'était il y a trop longtemps pour moi. Je me sens parfaitement ridicule. Et puis ça n'a aucun sens de toute façon, tu t'en vas demain.

Elle se tait quelques secondes.

— En plus, le menu de ce soir, c'est choux de Bruxelles, ajoute-t-elle. Pour quelqu'un qui n'aime pas les légumes, ce n'est pas le bon plan !

Ses beaux yeux daignent enfin s'intéresser à moi, et la fragilité que j'y lis me donne envie de la serrer dans mes bras pour la rassurer. Je fais un pas vers elle, fasciné, mais elle recule.

— Étrange, Colleen a pourtant parlé d'une pizza quatre fromages et d'une crème glacée en dessert.

— Laisse tomber, Adam, je n'en vaux pas la peine, murmure-t-elle en ignorant mon commentaire. Tu t'en serais vite rendu compte. Je t'assure que tu ne perds vraiment rien.

— Qu'est-ce que tu racontes...

— J'ai une fille.

— Sans blague ! Je ne m'en étais pas aperçu. C'est donc ça le truc qui te colle aux basques ?

Elle sourit et se cache derrière ses mains. Je meurs d'envie de libérer son visage, mais la toucher, c'est prendre le risque de se retrouver demain à la une du journal local. Autour de nous, les gens nous lancent déjà suffisamment de regards intrigués.

— Ne te cache pas, s'il te plaît.

— J'ai honte.

Je secoue la tête, attendri.

— De quoi as-tu honte exactement ?

— Je ne sais même pas... de tout !

Elle me dévisage, les yeux brillants et les joues rouges, un adorable mélange de froid et de gêne. Pourquoi faut-il que la seule femme qui me plaise après toutes ces années de solitude soit une mère de famille ? Claire représente ce que je me suis toujours efforcé de fuir. Pourtant, une décision radicale s'impose à moi, et je décide que j'en gérerai les conséquences plus tard. J'aurais vraiment dû écouter Robert au lieu de m'entêter.

— Colleen m'a invité à la fête des lanternes. Il faudra d'ailleurs que tu m'expliques en quoi ça consiste, car je n'ai pas très bien compris le concept.

— Quoi ? Mais tu es au courant que cette soirée a lieu dans une semaine ? Tu ne dois pas rentrer à Londres ?

Ses questions traduisent sa surprise et me donnent le tournis. Je souris.

— Mais, et ton travail ? enchaîne-t-elle.

Je hausse les épaules comme si ce détail était sans importance alors que, dans ma tête, j'essaye déjà de réorganiser mon planning. L'envie de passer du temps avec Claire est plus forte, elle surpasse même ma phobie de l'attachement. Je chasse le sentiment de culpabilité qui m'assaille en repensant à cette histoire d'héritage et me promets de régler ça dès demain.

Et si Claire était la lumière au bout d'un tunnel obscur ?

— Je travaille à mon compte, je peux bosser depuis n'importe quel endroit. Et puis, tout le village pense que je fais du repérage pour une superproduction, ça n'étonnera personne que je reste quelques jours de plus.

— Tu sais que tu es au centre de toutes les discussions ?

— Comme toi, tu veux dire ? Je me trompe peut-être, mais j'ai l'impression que tes faits et gestes sont observés de près.

Ma remarque la fait rire, et je suis soulagé d'avoir réussi à détendre l'atmosphère. J'aimerais qu'elle se laisse aller.

— Maggie et Emily s'inquiètent pour moi à cause d'Andie.

— Encore elle ! Et comment ça se fait, si ce n'est pas trop indiscret ?

— Disons qu'elle s'est largement épanchée sur le désastre de mon mariage.

Alors que j'avais enfin l'occasion d'en apprendre davantage

sur son histoire, Colleen, la reine de l'interruption, fait son grand retour.

— Maman, on rentre ?

Claire l'observe, suspicieuse, avant de regarder par-dessus mon épaule.

— Pourquoi Jamie Baxter est-il en train de pleurer ?

Je me retourne et constate que le gamin est assis par terre, recouvert de neige et occupé à brailler. Sa mère se précipite vers lui pour l'aider à se relever et l'époussette, tout en l'interrogeant. Cinq secondes plus tard, il nous désigne du doigt.

— Colleen, siffle Claire entre ses dents.

— Adam a dit que je devais lui faire mordre la poussière, mais ça marche aussi avec la neige, pas vrai ?

J'éclate de rire en me remémorant notre conversation avant de comprendre que ce n'est peut-être pas une si bonne idée. Les bras croisés sur la poitrine, Claire n'a pas l'air d'apprécier mon conseil. Pas du tout même.

— C'était une façon de parler, dis-je pour me défendre.

— Tu ne devrais pas l'encourager dans cette voie, il y a assez de Josh.

— Ce gamin a l'air insupportable.

— Ce n'est pas la question. Calmer sa mère va encore me prendre des heures. Vite, allons-y avant qu'elle me tombe dessus ! ordonne-t-elle dans un soupir désabusé.

Elle attrape la main de sa fille, mais celle-ci la retire avec rapidité.

— Qu'est-ce qu'il y a encore ?

— Maman, est ce qu'Adam peut venir faire un bonhomme de neige demain ?

Claire et moi sommes pris de court par la demande incongrue de Colleen. Elle me sonde du regard comme pour me demander s'il s'agit d'un coup monté mais je hausse les épaules.

— Chérie, tu sais les grandes personnes n'aiment pas spéci...

Voyant là une chance de pouvoir passer du temps avec elle, je l'interromps.

— Ça ne me dérange pas ! Bien au contraire, je suis le roi des bonshommes de neige !

Sa mâchoire se décroche, et elle balbutie :

— Le... Le roi... des bonshommes de neige ?

— Trop bien ! s'extasie Colleen. T'es d'accord, maman ? Allez, dis oui ! En plus Jamie Baxter va demander à son père, lui. Je ne veux pas qu'il gagne le concours !

— Le concours ? demande Claire.

— Oui, Stuart a dit que demain tous les enfants pourraient venir dans le jardin de la mairie pour faire un bonhomme. Toi, tu es nulle en bonshommes de neige.

— Oh ! très bien. Je... je n'étais pas au courant.

Je soupçonne Claire de ne pas savoir dire non à sa fille. Et je comprends pourquoi. Colleen ressemble à un ange avec ses yeux pleins d'espoir et ses mains jointes.

— D'accord.

La petite hurle de joie et m'enserre la taille en embrassant mon manteau. Amusé – et sensible à son charme –, je lui caresse les cheveux alors que Claire nous dévisage avec une drôle d'expression. À cet instant, je donnerai cher pour connaître le fond de ses pensées, car elle semble envahie par une vague de sentiments contradictoires.

— Ça va ? dis-je en lui souriant.

Au loin, un chien aboie, et elle sort de sa torpeur en secouant la tête.

— Dépêchons nous de partir avant que Mme Baxter vienne me demander des explications. Bonsoir, Adam, à demain alors. Fais attention en rentrant, les routes sont glissantes.

Le lendemain matin, lors du petit déjeuner, je préviens Maggie que je reste quelques jours de plus sans lui préciser pourquoi. La nouvelle la met en joie et me vaut un sourire entendu.

— C'est pour le travail, précisé-je. Je n'ai finalement pas passé la soirée avec Claire, vous savez.

— Oui, oui bien sûr. Je n'ai rien dit, ce n'est pas mon genre.

Je n'en crois pas un mot, mais j'acquiesce.

— Claire est…, commence-t-elle.

Mais mon téléphone sonne et nous interrompt.

Dommage !

Robert.

— Désolé, je dois vraiment prendre cet appel, fais-je en me levant.

J'enfile mon blouson à la hâte et sors dans le froid mordant de l'hiver à l'abri des oreilles curieuses de mon hôte.

— Bonjour, Robert.

— Bonjour, Adam, comment vas-tu ?

— Bien, merci.

— Désolé de ne rappeler que maintenant, mais j'avais un dîner d'affaires hier soir. Qu'est-ce que je peux faire pour toi ?

J'inspire profondément, prêt à me jeter à l'eau.

— À propos du local de Hambleden, me lancé-je. J'ai…

— Ah ! justement, sois rassuré. J'ai trouvé un acheteur.

— Quoi ?

— Un acheteur, répète-t-il, étonné par ma réaction. Si ma mémoire est bonne, tu as été plutôt clair sur le sujet. J'ai donc agi en conséquence.

— Mais comment as-tu déjà pu trouver quelqu'un pour acheter ce truc paumé au milieu de nulle part ?

— Un coup du hasard, je dirais.

Sans blague !

— Un de mes clients a une connaissance qui cherchait justement ce genre de bien.

— Ah bon ? Et pour quel type de projet au juste ?

— Aucune idée, je n'ai pas demandé.

— J'aimerais pourtant le savoir, dis-je d'un ton agacé.

— Mais enfin, qu'est-ce qui t'arrive ?

— Je ne veux plus vendre. C'est pour ça que j'ai essayé de te contacter.

— Pardon ?

— Tu m'as bien entendu. Annule la vente.

— Tu as changé d'avis comme ça, du jour au lendemain ?

— Non. Oui. Je ne sais pas !

— Bon, je dois te prévenir aussi qu'un courrier est parti ce matin à l'attention de Claire Sullivan pour l'informer du décès de George.

— Et quoi d'autre ?

— Rien. Je lui demande juste de prendre contact avec moi pour discuter des différentes possibilités qui s'offrent à elle. En ce qui concerne la vente, rien n'est encore acté.

— Merde !

— Quel est le problème exactement ? Je ne te suis pas.

Par où commencer ?

Je ferme les yeux et inspire l'air glacial.

— Je l'ai rencontrée. La locataire, précisé-je. Claire Sullivan.

— Et ?

— Et disons que ça ne s'est pas passé exactement comme je le pensais.

Mon explication est accueillie par un long silence, si bien que je vérifie que Robert est toujours en ligne.

— Très bien, finit-il par répondre. Au risque de passer pour un vieux qui ne comprend plus rien, pourrais-tu être un peu plus explicite ?

— Je crois que je l'apprécie… et je ne lui ai encore rien dit.

— À propos de quoi ?

— De tout. De la mort de mon oncle, de mon identité, de la vente.

— OK, alors qu'est-ce que tu attends pour le faire ? Si cette femme te plaît, tu dois te montrer honnête. Je ne connais pas la nature de vos relations, mais…

— Il ne s'est rien passé pour l'instant. Ce n'est pas que je n'en ai pas envie, mais toute cette histoire me fout mal à l'aise.

— Tu dois lui parler, Adam, surtout si tu souhaites commencer une histoire avec elle. Elle mérite de connaître la vérité.

— Et si ça ne mène à rien ? Si je décide de garder cette baraque et si je me rends compte au bout de deux semaines que c'était une connerie ?

Car c'est finalement ça le fond du problème. S'engager.

— Je vois.

— Quoi ?

— Tu as peur.

— Ça n'a rien à voir. C'est juste que j'aime ma liberté, j'aime savoir que je ne dépends de personne et que personne ne dépend de moi.

— « Vivre prudemment, sans prendre de risques, c'est risquer de ne pas vivre. » Vladimir Wolf Gozin.

Je secoue la tête, agacé, même s'il ne peut pas me voir.

— Si tu veux mon avis, je ne crois pas que ton Vlad ait tout perdu du jour au lendemain.

— L'amour peut aussi être salvateur.

— Elle a une fille.

— On ne choisit pas de qui on tombe amoureux.

— Je ne suis pas amoureux !

— Dans ce cas, je ne vois pas le problème.

— Elle va recevoir ton courrier.

— Effectivement. Le cadre juridique nous oblige à l'informer de la situation afin qu'elle ait la possibilité d'acquérir le bien si elle le souhaite. Je n'ai rien fait d'autre que suivre la loi. Quand peux-tu passer pour que nous en discutions de vive voix ? J'ai un créneau de libre en fin d'après-midi si cela te convient.

— Je suis toujours à Hambleden. J'ai décidé de rester quelques jours de plus.

Nouveau silence.

— D'accord. Puis-je te demander pour quelles raisons ?

— Aucune en particulier.

— Adam…

La suite de sa phrase reste en suspens. Je l'imagine, derrière son bureau, adossé à son large fauteuil en cuir marron, en train de fixer le plafond.

— Très bien, reprend-il après de longues secondes. Alors voici mon conseil : rappelle-moi quand tu y verras plus clair. Quoi que tu décides, nous devions de toute façon prévenir Mme Sullivan que son propriétaire est décédé. Pour le reste, tu n'es pour le moment engagé légalement avec aucun tiers. Je t'informe simplement que si tu souhaites vendre, j'ai un acheteur potentiel. Je te précise aussi que la vente peut se faire rapidement.

Il fait une courte pause puis conclut :

— En ce qui concerne ta vie sentimentale, je ne peux que t'encourager à écouter ce que te dit ton cœur. Une vie sans amour, Adam, est une vie sans soleil.

— Dis donc, tu es très poétique aujourd'hui, Robert, dis-je d'un ton moqueur.

Me cacher derrière une réponse sarcastique est plus facile que d'analyser ses paroles pleines de bon sens.

— Moque-toi autant que tu veux, mais n'oublie pas que je suis là en cas de besoin.

Je ferme les yeux, soudain envahi par la culpabilité. Depuis la mort de mes parents, Robert s'est toujours efforcé de m'accompagner et de me soutenir à chaque étape importante de ma vie.

— Merci, Robert. Embrasse Pearl pour moi.

— Je n'y manquerai pas. Au revoir, Adam.

La tonalité me fait l'effet d'un coup de poignard et accentue le profond sentiment de solitude qui me vrille les entrailles. Je ne sais pas combien de temps je reste dehors à contempler la campagne environnante – dix minutes ? une heure ? –, mais lorsque Maggie me rejoint et me tend une tasse de café fumante en m'adressant un sourire réconfortant, je suis couvert de neige.

— Tu avais l'air d'en avoir besoin, dit-elle avec douceur sans se montrer intrusive.

— Merci, Maggie.

— Ça va aller, ne t'inquiète pas.

— Vous savez, je ne travaille pas du tout dans le milieu du cinéma.

— Je m'en doutais, dit-elle sans une once d'étonnement.

— Et vous ne m'en voulez pas ?

Elle passe alors un bras derrière mon dos avant de poser la tête contre moi dans une étreinte réconfortante dont seules les mamies ont le secret.

— Peu importe la raison de ta visite, je suis heureuse que tu sois venu te perdre ici. Tu sais, parfois tout semble confus, incohérent, et un jour, sans qu'on s'en rende compte, la solution nous apparaît, évidente et naturelle. Ne perds pas espoir, Adam, toi aussi tu trouveras le chemin.

Chapitre 8

Mercredi 2 décembre
Concours de bonshommes de neige

Claire

Lorsque j'arrive à la mairie, je suis accueillie par un joyeux concert de rires, de cris et de batailles de boules de neige improvisées entre les différentes équipes. Le concours a déjà commencé depuis au moins une heure et ravit l'ensemble des participants malgré le froid glacial. Stuart, Sarah et Emily déambulent entre les groupes, posent des questions, s'assurent du respect des règles et donnent quelques conseils. Apparemment, l'affaire est prise très au sérieux ! Je balaye le petit parc arboré des yeux et aperçois un peu à l'écart Colleen et Adam qui s'affairent avec une grande application. Adam façonne un tas de neige fraîche, alors que deux belles boules attendent déjà sur sa droite. À côté de lui, Colleen se lève d'un bond et désigne un monticule de petits bois à quelques mètres d'eux. Il relève la tête, semble vérifier les dires de ma fille puis acquiesce. Je souris en la voyant partir en courant, reconnaissant son enthousiasme habituel. Trente secondes plus tard, elle réapparaît les bras chargés de branchages qu'elle dépose avec précaution. Une fois délestée, elle s'agenouille pour aider Adam à arrondir leur troisième boule.

Je fonds. Les voir collés l'un contre l'autre, insouciants et pleinement concentrés sur leur tâche, m'émeut. Colleen a beaucoup souffert du divorce, et même si c'est une petite fille équilibrée et joyeuse, j'ai conscience que son père lui manque au quotidien. Pour elle, l'arrivée d'Adam dans le village est une bénédiction surtout si, grâce à lui, elle gagne ce concours ! Depuis hier soir, elle n'a eu de cesse de répéter qu'elle ne voulait pas que Jamie Baxter soit le gagnant. D'ailleurs, j'espère que le hasard ne les a pas placés l'un à côté de l'autre. Je passe en revue les différentes équipes et constate, soulagée, que le petit garçon se trouve de l'autre côté du parc. *Ouf !* Malheureusement, mon répit est de courte durée : sa réalisation est nettement plus avancée que celle de ma fille. *« Le roi des bonshommes de neige », tu parles !* Si Adam a exagéré son talent, il risque de découvrir une facette de la personnalité de ma fille dont il n'a pas idée. Colleen est une très mauvaise perdante, capable des pires colères quand elle est frustrée. Parfois, on dirait même qu'un petit Hulk sommeille en elle !

— Bonsoir, Claire, Colleen t'attend de pied ferme ! me lance Stuart alors que l'éternel trio passe devant moi.

Je lève mon sac en papier en souriant.

— Oui, il paraît que c'est une urgence.

Ma remarque les fait rire. Stuart vérifie sa liste et me regarde avec un air malicieux. Pour corser le concours, un accessoire a été imposé à chaque équipe. J'ai donc reçu un appel de ma fille à la limite de l'hystérie me pressant de rappliquer.

— Pas facile, je vois que vous avez écopé des bottes.

— C'est toujours mieux que la cravate, je n'en avais pas en stock.

— J'espère que tu ne m'en veux pas d'avoir donné ton numéro à Adam, ajoute Emily, un grand sourire plaqué sur le visage.

Je me pince les lèvres pour ne pas rire. Avec ses gros sabots, je la vois venir à des kilomètres

— Non pas de problème, vous avez bien fait. Je m'en serais voulu s'ils avaient été disqualifiés à cause de moi.

— Oh ! et nous avons appris qu'Adam restait jusqu'à la fête des lanternes. Lui et Colleen ont l'air de s'entendre à merveille.

Cette fois, c'est le moment de filer !

— Je vous abandonne, dis-je précipitamment. Je ne voudrais pas les faire attendre, ni vous retarder dans votre mission de juges.

Je ne la laisse pas répondre et me dirige droit vers le duo de choc. J'avance prudemment entre les ébauches de statues enneigées, prenant soin de ne rien écraser au passage. Je ne voudrais pas être accusée de tricherie ! En arrivant à leur hauteur, je ralentis le pas et inspire pour chasser mon anxiété. Adam est passé chercher Colleen au magasin une fois sa journée d'école finie, mais rien ne s'est déroulé comme prévu. J'attendais ce moment avec une grande impatience, enfin décidée à être plus entreprenante. Nous sommes adultes et tous les deux célibataires – enfin si j'en crois Maggie –, alors j'ai pensé que je pouvais entrer dans son jeu de séduction. Se sentir désirée n'est pas désagréable. Ce matin, j'ai donc choisi mon jean préféré, celui qui me fait des fesses parfaites, et enfilé un joli haut avec de la dentelle noire. Malheureusement, c'était compter sans Colleen et le détail de Noël obligatoire du jour. J'espérais que les boucles d'oreilles pain d'épice rouge et blanc lui suffiraient, mais elle a refusé catégoriquement ma proposition. J'ai étudié toutes les options qui s'offraient à moi et j'ai rapidement conclu qu'il était plus sage de céder à sa requête. La mort dans l'âme, j'ai fini par enfiler un pull de Noël. Être parent signifie parfois devoir faire des sacrifices, et ce dans l'unique but de préserver sa santé mentale. Au moins, j'ai eu le dernier mot sur le choix du pull et j'ai pu opter pour celui qui me met le plus en valeur : un col V gris avec un verre à pied rempli de paillettes rouges et orné d'un bonnet de Père Noël. Très seyant ! Pour parfaire ma tenue, j'ai appliqué une couche de mascara et un rouge à lèvres carmin destiné aux grandes occasions. Mon retour sur le marché en est une ! La confiance boostée, j'étais prête à revoir Adam. Seulement il n'a pas semblé réceptif à mes efforts. À 16 heures, il est entré dans la boutique et m'a saluée d'un signe de tête formel me faisant perdre tous mes moyens. Il n'a pas été désagréable, seulement poli et distant, et je me suis sentie ridicule. À n'en pas douter, mon attitude sage de la veille et une nuit de réflexion lui avaient ouvert les yeux. J'ai ravalé ma déception et calqué mon attitude sur la sienne, tentant de me concentrer sur la joie de Colleen.

— Hello, livraison spéciale !

— Maman ! Tu es là !

Colleen me saute au cou et attrape le sac pour sortir la paire de bottes.

— Original, commente Adam lorsqu'elle lui montre mes bottes de pluie à motif zèbre.

— Maman les adore, répond-elle inconsciente du ton moqueur de sa voix. Oh ! tu as aussi amené une écharpe. T'es trop forte !

— Un bonhomme de neige a forcément une écharpe, chérie.

J'évite soigneusement le regard de son nouveau meilleur

ami et reste focalisée sur ma fille. Il faut vite que je trouve une excuse pour renter à la maison.

— Tu nous aides, maman ? Maintenant que tout est prêt, on va monter notre bonhomme. On n'a plus beaucoup de temps, alors on doit se dépêcher.

— Oh ! je...

« ... n'avais pas prévu de rester. » Je retiens ma réponse de justesse, car il est vrai que pour le moment leur bonhomme de neige est mal engagé. Colleen, les joues rosies par le froid et le bonnet de travers, me supplie du regard de rallier leur cause.

— Oui, bien sûr, dis-je en regrettant de ne pas avoir pris mes gants.

Faire un aller-retour à l'appartement pour aller les chercher serait sûrement la meilleure chose à faire, mais je crois qu'il n'y a pas de temps à perdre. Sans oublier que j'aspire aussi à une soirée calme avec un bon bain chaud, ce qui ne sera pas possible si ma fille libère son Hulk miniature. Je n'abandonne pas l'idée de m'octroyer un jour ce plaisir.

Je me frotte les mains pour les réchauffer, espérant faire passer mon geste pour un « À nous deux ! » – enfin, « À nous quatre ! »

— OK, je t'écoute. Qu'est-ce que je dois faire ?

Colleen se tourne vers Adam, ce qui m'oblige à l'imiter. Je m'efforce d'afficher une expression neutre et attends ses directives. Une minute plus tard, je suis chargée d'agrandir la troisième boule. Leur idée est géniale : ils ont prévu de faire un bonhomme de neige à l'envers. Samy, comme il a été baptisé, aura la tête posée sur le sol puis un corps composé de deux boules. Sur chacune d'elles, deux branches feront office de bras et de jambes. Je m'attelle à ma tâche avec sérieux, faisant abstraction de mes doigts gelés et de mes genoux mouillés. Mon jean me colle à la peau, et la sensation de froid est désagréable, mais plutôt mourir que de me plaindre.

— Tu t'en sors ? me demande Adam.

— Très bien, merci, dis-je la mâchoire serrée.

— Quand tu auras fini, préviens-moi. Je porterai la boule, on va essayer de ne pas la casser en la déplaçant. Colleen serait très déçue.

— Bien sûr, je vais la tasser au maximum.

Notre attitude embarrassée et distante rend cette conversation très gênante. Andie aurait employé l'expression de jeunes de « génance totale ». Et elle aurait eu raison. Je n'ai qu'une envie : rentrer chez moi !

— Adam, viens on va chercher des marrons dans le panier à l'entrée, intervient Colleen. Avec tes grandes mains, tu pourras en prendre plus, toi. Il en faut pour les yeux, le nez et les boutons, énumère-t-elle.

Il ne la contredit pas et se lève, offrant un répit bienvenu et salvateur à mes doigts. À peine ont-ils disparu que je déserte mon poste pour souffler sur ma peau meurtrie. Je m'éloigne de quelques pas et secoue les mains vers le sol avec force. Sous mes pieds, la neige craque à mesure que je m'enfonce dans le sous-bois. Je jette un œil par-dessus mon épaule pour vérifier qu'ils ne sont pas déjà revenus. Je les repère au loin, en pleine discussion avec des amis de classe de Colleen. Parfait. Une poignée de secondes plus tard, mes doigts peinent toujours à se réchauffer alors j'enlève mon bonnet et y glisse les mains. J'entortille la laine dans le faible espoir de ramener mes phalanges à la vie, mais la sensation de brûlure provoquée par le sang qui afflue à nouveau m'arrache un grognement de douleur. Je m'adosse contre le large tronc d'un chêne centenaire et ferme les yeux. *Bon sang ! Pourquoi je ne suis pas retournée à la maison chercher mes gants ?* J'inspire et expire plusieurs fois et me balance légèrement en murmurant quelques encouragements. Ça va bien finir par passer !

— Qu'est-ce que tu fais ici toute seule ?

Je crie, surprise d'entendre la voix d'Adam.

— Tu m'as fait une de ces peurs !

Il m'observe avec curiosité, dans l'attente d'une réponse.

— Où est passée Colleen ?

— Elle est occupée à placer les boutons du gilet blanc de Samy. Je suis venu te chercher, car on voulait que tu sois là pour le grand final : l'ajout des bottes.

— Bien sûr, j'arrive.

— Pourquoi as-tu enlevé ton bonnet ? Ça caille ce soir. Si tu veux mon avis, c'est un coup à attraper froid.

Je le remets précipitamment en place sans chercher à fournir d'explication à Adam.

— Tes doigts ! s'écrie-t-il soudain. Bordel ! ils sont tout bleus.

Sans attendre, il attrape mes mains tremblantes et souffle dessus très délicatement. J'essaye de m'échapper, mais il les retient avec douceur. Le contact de sa peau brûlante me fait monter les larmes aux yeux.

— Claire, pourquoi ne pas m'avoir dit que tu avais froid ? Je t'aurais prêté mes gants.

Je hausse les épaules, incapable de dire quoi que ce soit pour ma défense. Mon comportement absurde me perturbe, mais Adam ne semble pas le percevoir. Il continue de parler, effleurant toujours ma peau de son souffle chaud. Une armée de papillons se déchaînent au creux de mon estomac. Soudain, il plonge son regard incandescent dans le mien, et tout s'efface autour de nous.

— Je ne t'avais encore jamais vue avec du rouge à lèvres.

Le changement de sujet me prend de court. Touchée qu'il ait remarqué, je me contente d'acquiescer, prisonnière de ses prunelles noisette. Je déglutis, partagée entre l'envie d'être sincère et la peur de m'humilier. Et si, une fois encore, j'interprétais mal ses signaux ? « Fonce ! dirait Andie. Crois en toi, Claire. »

Le cœur battant, je soutiens son regard, ignorant le fait que Colleen pourrait surgir à tout moment.

3

2

1

Go !

— Je voulais que tu me trouves jolie.

Ma voix n'est pas aussi assurée que je l'aurais souhaité, mais au moins je n'ai pas bégayé, ce qui est déjà une grande victoire pour la timide que je suis ! Adam me dévisage si longuement que j'en viens à regretter d'avoir joué la carte de l'honnêteté. J'ai même le temps d'adresser un juron silencieux à ma belle-sœur pour maudire son influence néfaste. Mais alors que je cherche une porte de sortie acceptable pour sauver mon amour-propre, Adam murmure :

— C'est très réussi.

Puis il se penche et m'embrasse.

Adam

Embrasser Claire ne faisait pas partie du plan. C'est même tout le contraire de ce que j'avais prévu. J'étais censé prendre mes distances.

Bravo, Adam !

Je ferais mieux de mettre fin à ce baiser tout de suite, seulement mon programme vient de changer radicalement et mon objectif aussi.

Alerte générale : je m'apprête à intensifier le baiser !

Mon cœur bat la chamade, ce qui est plutôt dingue car, sans me vanter, j'ai une certaine expérience dans le domaine. Mais je dois bien le reconnaître : je n'ai jamais rien ressenti d'aussi extraordinaire. Notre étreinte est pourtant très sage. Enfin, pas pour longtemps ! Je tente une nouvelle approche, plus sensuelle. Avec une lenteur infinie, je capture ses lèvres pour les caresser alors que je la tiens toujours fermement contre moi. Un adorable gémissement s'échappe de sa bouche entrouverte, et j'en profite pour approfondir l'expérience. Je libère ses mains gelées, autorise ma langue à devenir plus entreprenante et, avec précaution, la pousse contre le tronc. Mes doigts emprisonnent sa nuque pour intensifier notre baiser. Elle frissonne et se presse contre moi. Elle est délicieuse et merveilleuse.

— Maaaamaaaan ! Adaaaaam !

En une seconde, le charme est rompu, et la magie s'envole. Je pose le front contre le sien, les yeux fermés, essoufflé. Claire soupire, déçue.

— Désolée.

Elle vient nicher le nez dans mon cou, et je l'enlace, appréciant cette soudaine intimité.

— Ta fille a vraiment le chic pour choisir son moment, dis-je pour détendre l'atmosphère.

Son rire effleure ma peau, et je frémis de bonheur.

— C'est ça les enfants, Adam…

— Mamaaaaaam, t'es où ?

Au loin, Colleen perd patience. Sa voix se fait plus insistante, et son appel se teinte de notes d'hystérie.

— Il vaut mieux que j'y aille avant qu'elle rapplique.

Je grogne. Cette interruption brutale ne me convient pas du tout. J'ai un désagréable sentiment d'inachevé, un peu comme un gosse à qui on refuserait une deuxième bouchée d'un succulent gâteau au chocolat.

— Je n'avais pas fini, protesté-je.

Claire redresse la tête pour me dévisager.

— Ce n'est que partie remise, d'accord ? murmure-t-elle, incertaine.

Je lui vole un baiser, incapable de résister à sa bouche entrouverte.

— C'est une vraie question ?

Elle sourit tout en remettant son bonnet en place et essuie le contour de ses lèvres.

— De quoi ai-je l'air ?

Je la soumets à un examen minutieux et, malgré l'obscurité, je la vois rougir. Sa gêne palpable est exquise. Sa pudeur n'est pas surjouée, Claire est naturelle. Je réalise qu'elle n'a pas menti hier soir lorsqu'elle m'a avoué ne plus être à l'aise avec les hommes.

— Tu es parfaite, dis-je en lui embrassant le bout du nez.

— Pas de traces de rouge à lèvres sur la figure à la façon du Joker ?

Je plisse les yeux, intrigué. Même pas !

— Comment ça se fait qu'il soit intact ?

Un large sourire de contentement éclaire son visage et attise ma curiosité.

— Oh ! Ça ? Cadeau d'Andie. Rouge à lèvres longue tenue qui résiste à toutes les situations, précise-t-elle en haussant un sourcil. Elle n'arrête pas de vanter ses mérites. Je vais pouvoir lui confirmer qu'elle a raison.

Un troisième rappel à l'ordre retentit et résonne dans la nuit noire, entre les arbres.

— Maaamaaan !

Claire sursaute et s'écarte vivement de moi. Je tente de la retenir, en quête d'un nouveau baiser. Maintenant que j'ai découvert le goût de ses lèvres, je vais avoir du mal à m'en passer. Semblant partager mon avis, elle fond dans mes bras et se laisse aller avec un abandon égal au mien. Au moins, nous sommes sur la même longueur d'onde.

— Maaaaamaaaaaaaaaaaaaan !

Cette fois le ton est si pressant que Claire cède et part en courant, non sans m'avoir gratifié d'un signe de la main et d'un « Désolée » chuchoté.

— J'arrive, chérie. Je suis là !

Je la regarde s'éloigner, encore sous le choc de notre rapprochement inattendu. Je me frotte le visage, perdu.

Merde, merde et encore MERDE !

Bon sang, quel bordel !

Je viens d'embrasser la femme que je m'apprête à chasser de chez elle. Génial. Dans le genre tordu, je ne pouvais pas faire pire, car j'ai bien réfléchi : ma position est toujours la même, et ma conversation à cœur ouvert avec Robert n'a rien changé. Je ne veux pas garder ce local. Je ne veux pas avoir d'attache. Aucune. Alors, c'est vrai, Claire m'attire, mais je ne la connais que depuis une petite semaine. Pourquoi n'ai-je pas suivi mon plan initial ? Il était pourtant simple : 1, garder mes distances avec elle pour prendre du recul et 2, trouver une excuse valable pour quitter le village avant la fête des lanternes, sans blesser Colleen. Vraiment rien de compliqué ! Résultat des courses : je vais prolonger mon séjour à Hambleden, non pas car j'y suis obligé mais parce que j'en ai envie. *Quel foutoir !*

— Adaaaaam !

La cible de Colleen vient de changer. J'inspire profondément, me file une claque mentale et me promets de trouver une solution en temps voulu. Après tout, je n'ai rien promis à Claire, et passer quelques soirées ensemble n'est pas synonyme d'engagement. Cela pourrait même lui convenir. Ce dénouement possible suffit à me calmer, et je me sens tout de suite plus serein.

— Adaaaaaaaaaam !

Chaque chose en son temps ! La priorité du moment est de rejoindre Colleen sans éveiller les soupçons sur ma petite escapade dans les sous-bois avec Claire. Pour éviter que la petite fille ne me voie, ou quelqu'un d'autre d'ailleurs – ce village est un vrai rassemblement de commères –, je m'enfonce dans le parc et longe la barrière en prenant soin de ne pas tomber. Cinq minutes plus tard, je ressors à l'opposé et emprunte le sentier gravillonné pour revenir sur mes pas. Lorsque je croise Emily, je me félicite de ce subterfuge. Ni vu ni connu !

Ai-je besoin de préciser que nous remportons le concours ? J'avais bien dit que j'étais le roi des bonshommes de neige ! Sur le chemin du retour, Colleen est folle de joie et parade fièrement avec son trophée : un bonnet de bonhomme de neige avec un gros pompon vert au bout. Nous pénétrons chez elles dans une joyeuse cacophonie, en nous moquant de la tête de Jamie Baxter lorsque Stuart a annoncé les résultats. Même la jeune maman ne trouve rien à redire à mon imitation !

L'appartement de Claire est à son image : doux et accueillant.

— Colleen, au bain ! Il est déjà tard. Va vite te déshabiller, chérie. Je reviens, lance-t-elle a mon attention.

Dix minutes plus tard, elle me propose une bière et m'explique qu'elle a rénové l'appartement avec sa famille. Je suis admiratif, car le résultat est splendide. Les murs sont d'une teinte gris clair, habillés d'étagères en bois et aluminium où s'entassent divers objets de déco : fleurs séchées dans des vases miniatures, cadres de photos, et même trois ou quatre plantes vertes dans des pots en mosaïque. Une lumière douce, une guirlande lumineuse de boules dans le même camaïeu suspendue au plafond et du jonc de mer au sol créent une ambiance chaleureuse. Évidemment, un sapin colossal occupe la moitié de la pièce. Contrairement à celui du village ou de Maggie, il est multicolore et a sans aucun doute été décoré avec amour par Colleen. C'est très touchant que Claire n'ait pas bridé sa créativité, à la différence des magazines ou des réseaux sociaux qui exhibent des arbres esthétiquement somptueux, mais sans âme. Ici, rien n'est assorti : une guirlande de cadeaux bleus côtoie des boules de toutes les couleurs, un lama violet, une petite fée Clochette et un Harry Potter. Sur une branche plus haute, un Père Noël équipé d'un parachute nargue un oiseau à paillettes hideux, et l'étoile traditionnelle a été remplacée par l'emblème de Captain America. Ce sapin est pour le moins hétéroclite !

Nous nous installons sur un canapé bleu très confortable sur lequel sont éparpillés une multitude de coussins de différentes formes et un gros plaid chaud. Claire le plie tout en poursuivant son explication.

— M. Brown était enchanté du résultat. Le bâtiment était à l'abandon depuis plusieurs années. Mon frère Oliver a fait…

— Ton frère Oliver ? Tu as plusieurs frères ?

Je préfère occulter la référence à mon oncle et sauter sur l'occasion pour en apprendre davantage sur elle.

— Oui, deux. Mais Oliver n'habite pas à Londres, il est parti vivre dans le nord du pays. Je le vois donc moins souvent. Je suis plus proche de Josh. Disons qu'on partage beaucoup de choses lui et moi. Peut-être trop parfois.

Son regard s'assombrit, et elle se perd dans ses pensées.

— C'est-à-dire ?

Elle croise les bras sur sa poitrine dans une attitude défensive puis elle jette un œil vers la porte ouverte de la salle de bains, probablement pour s'assurer que Colleen ne l'entend pas. Elle ouvre alors la bouche et se ravise avant de plonger ses grands yeux bleus dans les miens. Ils débordent de tristesse et de fragilité. Je penche la tête et souris pour l'encourager. Cette conversation est de l'ordre de l'intime, ce qui est en totale contradiction avec mon impératif de légèreté et de prudence, mais je meurs d'envie de percer le mystère. Claire secoue la tête, vaincue.

— De toute façon, tu finiras par l'apprendre. Tout le village est au courant.

— Laisse-moi deviner. À cause d'Andie ?

— C'est ça. Je t'avoue que je m'en serais bien passé, dit-elle en essayant de masquer son embarras par un petit rire.

Je me tais, attendant patiemment qu'elle se confie.

— Mon mari m'a trompée avec ma belle-sœur.

J'écarquille les yeux et lâche un juron, estomaqué.

— Avec Andie ? Mais comment fais-tu pour lui parler encore ? Ton frère lui a pardonné ?

— Oh ! non, non, non... Andie est la nouvelle petite amie de Josh. Ils sont ensemble depuis un peu moins d'un an. Elle ne ferait jamais ça !

Je bois une gorgée de bière pendant que mon cerveau traite l'information.

— Désolé, finis-je par dire. Ça a dû être horrible pour ton frère et toi. Comment vous l'avez appris ?

Elle grimace puis débite sa réponse d'une traite :

— Il les a trouvés sous la douche.

— Merde !

Elle cligne des yeux pour chasser ce mauvais souvenir et essaye de retrouver son masque d'indifférence. Seulement, ses yeux brillent beaucoup trop pour quelqu'un qui est censé avoir guéri de cette blessure. Je pose mon verre sur la table basse et l'attire afin de l'installer sur mes genoux. Elle lance un nouveau regard inquiet vers la salle de bains.

— Aux dernières nouvelles, Colleen barbote dans son bain avec sa famille licorne.

Ma remarque la fait rire.

— C'est vrai. Alors, qu'est-ce que tu proposes ?

Je la regarde en silence pour lui laisser le temps de prendre l'initiative. Tout à l'heure, j'ai été l'instigateur du premier baiser, je veux être certain qu'elle en ait envie autant que moi. Je déglutis, le cœur battant. Elle s'approche sans me quitter du regard et effleure mes lèvres avec beaucoup de précaution. Je me force à garder le contrôle pour ne pas la brusquer. Malgré tout, je ne résiste pas au désir de la toucher, et mes mains se posent sur ses hanches pour l'inviter silencieusement à se rapprocher.

— Colleen ne doit rien savoir, murmure-t-elle.

Je ne réponds pas, conscient que la seule personne qu'elle cherche à convaincre, c'est elle-même. L'attente est à la fois divine et insoutenable. J'ai la sensation d'être au bord d'un précipice. Je craque :

— Si tu ne m'embrasses pas tout de suite, je vais péter un plomb.

Mon ton rauque déclenche chez elle un rire harmonieux et délicat qui met ma patience à rude épreuve. Son souffle me chatouille alors qu'elle se contente toujours de survoler mes lèvres. Je lâche un grognement sourd.

— Claire, je ne plaisante pas. J'ai vraiment env..

Ma doléance est étouffée par la chaleur de ses lèvres puis très vite sa langue entre dans la danse. Son baiser est d'une lenteur insupportable si bien que, très vite, j'essaye de reprendre le contrôle de notre étreinte et d'intensifier le rythme. Seulement, Claire prend tout son temps, ravie de me provoquer. Je sens son sourire au travers de ses lents baisers.

Mes mains glissent sous son pull et remontent sur la peau de son dos. Elle frissonne et semble cette fois plus disposée à accélérer la cadence. Satisfait de cette découverte, je fais courir les doigts le long de sa colonne vertébrale dans un ballet sensuel avant d'empoigner sa nuque pour l'allonger sur le canapé. À bout de souffle, nous basculons dans un amas de coussins moelleux en restant collés l'un à l'autre. Elle écarte les jambes, et je viens me placer contre elle avec bonheur. Malheureusement, la dure réalité se rappelle à nous bien trop vite quand la voix stridente de Colleen vient faire éclater la bulle érotique qui nous enveloppe. En une seconde, Claire saute du canapé, s'essuie la bouche, se recoiffe à la va-vite et file vers la salle de bains alors que je n'ai pas bougé d'un pouce. Je soupire et pose l'avant-bras sur mes yeux, essayant de calmer mes ardeurs.

Une chose est sûre, cette relation s'annonce pleine de surprises !

Chapitre 9

Jeudi 3 décembre
La lettre au père Noël

Claire

La sonnerie de mon téléphone retentit dans la poche arrière de mon jean. Je l'attrape dans l'espoir que M. Brown se soit enfin souvenu qu'il avait une locataire. Malheureusement ce n'est que mon frère. J'adore Josh, mais pour l'instant c'est surtout d'un bon chauffagiste dont j'ai besoin. Je masque ma déception et décroche avec enthousiasme. Inutile de l'inquiéter, sinon il va débarquer avant la fin de la journée. Je connais mon frère, et il prend très au sérieux sa mission « protection rapprochée de Claire ». Ma famille peut parfois se montrer légèrement envahissante.

— Salut, Josh !

— Salut, sœurette. Je te dérange ?

— Non, j'allais fermer le magasin.

Je joins le geste à la parole et verrouille la porte de l'intérieur. Il est 13 heures, et la matinée a été productive. La moitié du village a défilé au comptoir en quête d'informations croustillantes sur Adam. Il n'est pas passé inaperçu que nous sommes rentrés ensemble après le concours de bonshommes de neige. Dommage que la soirée ne se soit pas déroulée comme prévu ! Je grimace à cette pensée et étouffe ma honte. Je ne serais pas étonnée qu'il ait quitté Hambleden sans un au revoir. Les hommes ont leur fierté. *Et dire que je me suis...* La voix de mon frère me ramène soudain à la réalité.

— Tu as eu maman, pour Noël ?

Je m'assure que toutes les guirlandes sont éteintes, puis ferme la caisse.

— Ta véritable question n'est pas plutôt : est-ce que maman fait encore la gueule ?

Mon sarcasme le fait rire, mais il ne nie pas. Je soupire, me souvenant de cette discussion mouvementée.

— Je crois qu'elle ne se fait pas à l'idée. Déjà qu'Oliver n'est pas là cette année, ça fait beaucoup pour elle.

— On est le 3 décembre, Claire, elle a encore trois semaines pour s'en remettre ! Quant à Oliver, elle sait très bien qu'il est avec nous une fois tous les deux ans.

— Elle t'en a parlé ?

— On parle de maman, là. Bien sûr qu'elle m'en a parlé !

— Je suis sûre qu'on passera un super Noël ici. Maggie est ravie de vous accueillir.

— Je n'ai aucun doute là-dessus. Elle est simplement déçue, répond-il. Il faut dire qu'Andie l'a contaminée avec sa folie des grandeurs ! Tu verrais la taille du sapin !

Mon cœur se gonfle d'amour quand je pense à l'arbre qui trône dans notre salon, à l'étage. Nous l'avons décoré avec Colleen, et même s'il n'est pas conventionnel, il est absolument parfait.

— À ce sujet, je voulais te prévenir que j'ai appelé Maggie ce matin pour lui confirmer que nous arriverons le 16 dans la soirée.

— Dix jours de congés, Josh ! Tu vas tenir le coup ?

Je le taquine, car il est bien connu que mon frère est un acharné du boulot. Ses habitudes de travail sont très strictes, même s'il a levé le pied depuis qu'Andie est entrée dans sa vie. Josh est pressenti pour prendre la succession de mon père à la tête d'Optics, la société familiale, lorsque ce dernier partira à la retraite, et il veut mériter sa future fonction.

— Andie a eu gain de cause alors ?

— Andie a toujours gain de cause ! Tu la connais.

Je l'imagine lever les yeux au ciel comme si Andie était une véritable tortionnaire qui lui mène la vie dure. Je monte l'escalier en gloussant et entre dans mon appartement. Tout est calme. Colleen est à l'école, ce qui signifie que j'ai un peu de temps pour moi. Dommage que le programme ne soit pas très réjouissant : machine à étendre, préparation du repas de ce soir, négociation d'un délai de livraison et étude d'un devis pour le remplacement du four. S'il me reste deux minutes, j'aimerais aussi contacter le notaire dont j'ai trouvé les coordonnées dans les papiers du bail. La chaudière est de plus en plus capricieuse et M. Brown ne rappelle pas malgré mes nombreux messages. Son silence devient inquiétant.

— Trêve de plaisanteries, je suis content de passer du temps avec Colleen. Comment va-t-elle ? Pas trop excitée ?

— Disons que la neige n'a rien arrangé !

— Oui, j'ai vu la météo, vous n'avez pas été épargnées. Andie m'a parlé d'une histoire de bonhomme de neige…

Tiens, tiens ! Son appel n'est peut-être pas si innocent. On dirait qu'une nouvelle commère vient gonfler les rangs.

— Hum hum !

— Un concours, c'est bien ça ?

— Oui dans le parc de la mairie, c'était très sympa. Et Colleen a gagné ! Il devrait même y avoir une annonce aux infos locales ce soir.

— Je ne savais pas que tu étais la boss des bonshommes de neige ! Dans ma mémoire, tu étais même plutôt nulle.

Je fixe le plafond en souriant. Josh est tellement prévisible !

— Adam l'a aidée.

— Adam ?

— Ne fais pas l'innocent, Josh. Si tu crachais ta pastille plutôt ?

Passer aux aveux ne semble pas le déranger.

— Pourquoi Andie est au courant de trucs que je n'ai pas le droit de savoir ?

— Je rêve ou tu boudes ?

— Tu as passé une heure au téléphone avec elle ce matin, et elle a refusé de me donner la moindre information. Elle s'est même enfermée dans la salle de bains pour m'empêcher de mettre le haut-parleur.

— Je suis certaine qu'elle a su se faire pardonner !

— N'essaye pas de changer de sujet. Dis-moi qui est ce gars exactement et pourquoi il te tourne autour ?

— Josh...

— Je m'inquiète pour toi, Claire.

Voilà le fond du problème. Mes proches aimeraient que j'aille de l'avant, mais dès que j'essaye de prendre mon envol, il y en a toujours un pour prendre peur et tenter de me ramener dans ma jolie cage dorée.

— Tu n'as pas à t'inquiéter. De toute façon, il ne s'est rien passé.

— Ah bon ? Et c'est ce « rien » qui a nécessité une heure de débrief avec ma femme ?

— Future femme.

— Ce n'est pas la question ! Je suis peut-être un mec, Claire, mais tu ne me feras pas croire qu'il ne s'est rien passé.

J'envoie valser mes chaussures et m'allonge sur le canapé. Mon frère est en train de pourrir ma pause déjeuner.

— OK, on s'est embrassés.

— Quoi ? Mais tu ne le connais même pas !

— Josh ! Je ne suis plus une gamine !

Il ronchonne. *Quel hypocrite !* Je décide de ne pas me laisser faire.

— Parce que tu vas me faire croire que tu n'as couché qu'avec des femmes que tu conn…

— Coucher ? Tu as couché avec ce mec ? Oh ! bordel, Claire ! je vais tuer Andie d'avoir gardé ça pour elle.

Je me redresse brusquement.

— On est vraiment en train de parler de ma vie sexuelle, là ? dis-je à la limite de l'hystérie. Sérieusement ? J'ai trente et un ans, bon sang, je peux coucher avec qui je veux !

— Donc tu couches avec lui ?

J'inspire profondément. Nous disputer à trois semaines de Noël n'est pas la meilleure idée. Ma mère me tuerait ! Elle prend toujours le parti de Josh, c'est son bébé. Mais là, il dépasse les bornes.

— Non, dis-je la mâchoire crispée.

— Non ?

— Non, je ne couche pas avec lui. Et si tu veux tout savoir, car j'ai le sentiment que nous vivons un instant de confession comme peu de frères et sœurs en ont la chance, je me suis endormie.

Un blanc gigantesque, de la taille du Groenland, accueille mon aveu et intensifie mon embarras. Aucun doute, la réaction de Josh est à la hauteur de l'humiliation que j'ai fait subir à Adam.

— Tu t'es… *endormie* ? finit-il par demander prudemment. Pendant que vous couchiez ensemble, tu veux dire ?

Sa stupéfaction transparaît à travers chacun de ses mots, même s'il essaye d'y mettre les formes.

— Non, quand même pas !

— Ah ! tu me rassures ! Je ne connais pas ce type, mais j'étais super mal pour lui, là. Allez, explique-moi.

— On s'est embrassés.

— Ça j'avais compris, oui. Pas la peine de reprendre depuis le début.

— Tu veux connaître l'histoire, oui ou non ? Car c'est ça les filles, Josh. Si tu n'es pas assez solide pour endosser le rôle de la meilleure amie, alors ne me demande pas de détails.

Il ne répond rien pendant quelques secondes.

— Très bien, très bien. Vas-y. Je vais essayer de faire abstraction du fait que tu es ma sœur.

— Tu crois que je me sens comment quand Andie me raconte certains trucs sur vous ?

— Quoi ? Je ne veux même pas savoir !

Je ris devant sa gêne manifeste.

— Donc, on s'est embrassés. Une fois dans le parc et une fois chez moi.

— Et Co…

— Colleen n'a rien vu. Je suis une mère responsable.

— Un point pour toi, excuse-moi.

— Elle était dans son bain. Bref, ensuite, nous avons dîné tous les trois. C'était vraiment une super soirée. Colleen et Adam s'entendent à merveille, et j'admets qu'il me plaît beaucoup. Je sais ce que tu vas me dire… Je ne le connais pas depuis très longtemps, bla-bla-bla, mais je sens que c'est un type bien.

— Si tu le dis.

— Je te signale que c'est moi la grande sœur, tu n'es pas censé me protéger ! En plus, je suis sûre que tu le trouverais très sympa.

— Possible. Et donc, qu'est-ce qui s'est passé ensuite ?

— Je suis allée coucher Colleen. Elle était fatiguée, même si elle prétendait le contraire. Enfin, tu la connais !

Le coucher est toujours un moment compliqué. Je lui ai lu une histoire, et puis elle a insisté pour que je m'allonge à côté d'elle comme on le fait tous les soirs. « Maman, tu dois fermer les yeux et me dire quel est le meilleur souvenir de ta journée. » C'est notre petit rituel. Évidemment, je n'ai pas mentionné Adam, même si, entre nous, ça a été de loin le truc le plus excitant de ma journée, voire des dix-huit derniers mois ! Puis, je l'ai écoutée me raconter le sien, et nous nous sommes endormies.

Nouveau silence, ponctué de la respiration de Josh. Je crois qu'il n'avait pas imaginé dans quelle galère il s'engageait en me demandant de me confier.

— Alors, docteur Love ? dis-je pour me moquer. C'est grave ? Sur une échelle de 1 à 10 ? 1 étant : « erreur irrattrapable » ?

Je l'entends déglutir.

— Est-ce qu'il t'a réveillée ?

— Non. Il a débarrassé la table et rangé toute la cuisine.

— OK.

— « OK c'est bien » ou « OK ça craint » ?

— Ça dépend.

— Oh ! Josh, tu es vraiment nul dans le rôle du confident ! Andie est bien meilleure que toi.

— Qu'a-t-elle dit, elle ?

— Ah non ! c'est trop facile ! Je veux l'avis d'un mec.

— J'ai l'impression de jouer ma vie.

— Arrête tes bêtises ! Je veux simplement savoir ce que toi tu en penses, rien de plus.

— OK. Donc, selon moi..., commence-t-il.

— Accouche, Josh !

— C'est bon, c'est bon ! Donc, je disais : le fait qu'il ne t'ait pas réveillée est plutôt positif. Tu as raison, il a l'air d'être un type bien, j'irai même jusqu'à dire « gentil ». Après, il y a quand même un risque que ta petite sieste ait blessé son ego, mais ça, tu ne le sauras que si tu lui poses la question.

— Comment veux-tu que je lui demande un truc pareil ?

— Tu ne l'as pas revu aujourd'hui ?

— Non.

— Tu n'as pas son numéro ?

— Si.

— Alors qu'est-ce que tu attends ?

— Je devrais l'appeler, selon toi ? dis-je d'une petite voix, les mains tremblantes.

— Je n'en reviens pas de donner des conseils à ma sœur pour qu'elle s'envoie en l'air !

Cette fois, nous rions de bon cœur.

— OK, je vais suivre ton conseil et l'appeler, mais je lui dis quoi ?

Ma question l'amuse. Je crois que cette petite conversation est en train d'émasculer mon frère. Dommage qu'Andie ne soit pas témoin de ce grand moment.

— Je ne vais pas te mâcher tout le boulot, non plus. La solidarité masculine, ça ne te dit rien ?

— Je te rappelle que tu es censé être de mon côté.

Mais il ignore mes récriminations.

— Allez, je file, on m'attend pour le déjeuner, répond-il précipitamment. Bisous, Claire, et tiens-moi au courant !

— Je t'enverrai un texto.

— Avant Andie, ça va de soi ! Ce sera ma petite vengeance. Quand je pense qu'elle te parle de notre vie sexuelle !

— Je ne sais presque rien, je te jure. Beurk !

— Tu mens très mal, sœurette ! Pour effacer cette trahison, promets-moi la prochaine exclu !

— Promis !

— J'ai hâte de voir sa tête ! Tu sais qu'elle va t'en vouloir à mort ?

— Je sais déjà comment me faire pardonner. Il suffira que je la laisse m'embarquer dans une de ses séances shopping interminables.

— Si tu la prends par les sentiments !

— Au fait, son site avance ? L'autre jour, elle semblait passablement énervée. Je n'ai pas eu l'occasion de lui redemander.

— Elle en est toujours au même point. Je lui ai proposé de faire appel au service informatique d'Optics, mais elle m'a accusé de vouloir régenter son entreprise. Conclusion, je la laisse se débrouiller.

— C'est la meilleure chose à faire.

— Cette femme est beaucoup trop têtue !

— Et tu l'aimes à la folie.

— Ça, c'est sûr ! Allez, cette fois, je dois vraiment te laisser.

— Salut, Josh, Et merci.

— Salut, Claire.

Après avoir raccroché, je reste un long moment allongée sur le canapé à réfléchir. Envoyer un message à Adam serait l'option la plus simple. La plus lâche aussi. Mais si je me confronte à lui, j'ai peur de paraître ridicule et de me heurter à un commentaire désagréable de sa part. Puis, je me souviens de sa gentillesse, de ses baisers et de ses mots doux chuchotés, et je décide finalement de l'appeler.

Adam

Devant le magasin, le renne rouge hideux porte aujourd'hui une paire de lunette de soleil et une guirlande violette et or en guise d'écharpe. Sûrement une idée amusante de Colleen, à moins que Claire ait suivi mon conseil de customisation.

Il est 17 h 30 lorsque je pénètre dans la boutique. L'appel de

Claire quelques heures auparavant m'a surpris. Agréablement. Car après notre étrange soirée de la veille, je n'aurais pas parié un centime sur le fait d'avoir de ses nouvelles. Cette femme me donne le sentiment de fuir sa vie et me rappelle quelqu'un que je connais très bien : moi. La voir endormie auprès de Colleen, le visage serein, m'a touché. Les épreuves de la vie les ont soudées, et elles forment aujourd'hui un duo inébranlable. Je les ai observées un moment, attendri. Seul, l'épaule appuyée contre le chambranle de la porte, dans le silence de la nuit, je me suis perdu dans mes pensées. Cette femme m'émeut. C'est déconcertant car j'ai beau lutter, je sens qu'elle force les barrières de mon cœur sans aucune difficulté. À coup de sourires, d'éclats de rire, de fragilité, de maladresse et de spontanéité, elle fissure la carapace qui me protège depuis des années. Et ça me fait flipper, car je n'ai aucune idée de comment l'arrêter. Sa personnalité douce, généreuse et innocente réveille en moi des émotions depuis longtemps oubliées. Après tant d'années de solitude, je me retrouve submergé par un trop-plein de sentiments étrangers.

Je chasse l'accès de panique qui commence à me tordre l'estomac et plaque un sourire enjoué sur mon visage. Faire comme si tout allait bien est mon super-pouvoir. Un des points communs que je partage avec Claire d'ailleurs.

— Salut, Colleen !

La petite fille, sa doudoune rose sur le dos, son bonnet bonhomme de neige sur la tête, fruit de notre victoire, et un horrible collier aux ampoules clignotantes autour du cou, découpe des images avec application dans un catalogue de jouets. Elle se redresse au son de ma voix, se précipite vers moi et m'enserre la taille comme si nous étions les meilleurs amis du monde. Ce que nous sommes en vérité, car j'ai partagé plus de choses avec elle en une semaine qu'avec n'importe qui d'autre. Je suis un solitaire, mes amis se comptent sur les doigts de la main et j'y inclus Robert et Pearl. Je me confie très rarement et je préfère avancer sans attache, craignant déjà de perdre le peu de personnes qui me reste. Prolonger mon séjour à Hambleden, m'ouvrir à des inconnus, me lier d'amitié avec une gamine de six ans et surtout flirter avec sa mère est un exploit pour moi.

— Tu vas venir avec nous pour le calendrier ?

— Le calendrier ?

— Oui, quand maman aura fini, on va aller voir qui a gagné le lot du jour. C'est à 19 heures.

— Explique-moi, j'ai dû louper un épisode.

Elle rigole et se recule légèrement pour me regarder dans les yeux, sans me lâcher.

— J'aime bien comment tu me parles. Avec toi, je ne suis pas un bébé.

— Normal, tu n'en es pas un ! Allez, rafraichis-moi la mémoire. Il me semble que Maggie m'en a parlé, mais je ne sais plus en quoi ça consiste exactement.

— Stuart a installé devant la mairie une grande armoire avec plein de casiers.

— Laisse-moi deviner, il y en a 24 ?

— Oui, c'est ça. Tous les jours, il y a un tirage au sort. On peut aller voir, et sinon ils écrivent le nom du gagnant sur le casier.

— Et hier ? On n'y est pas allés…

— Ben oui, on était aux bonshommes de neige. Maman a regardé et elle a dit qu'on n'avait pas gagné. Peut-être ce soir ! ajoute-elle en sautillant. Je crois que tu me portes chance.

— Ah ouais ? tu crois ça ?

— Bah oui ! regarde : le sapin est rouge et blanc, on est montés sur la machine de Lenny pour décorer le sapin alors que maman ne voulait pas et hier on a gagné le concours.

— Désolé, mais la chance n'a rien à voir avec le dernier

point. Je t'ai dit que j'étais le roi des bonshommes de neige ! Je ne t'ai pas menti.

L'absence de Claire m'intrigue. En temps normal, elle est toujours derrière le comptoir.

— Ta mère est là ?

— Oui, elle est là-bas, elle répare la chaudière.

— La chaudière ? C'est vrai que ça caille ici. C'est pour ça que tu as ton blouson ?

Elle hausse les épaules et me lâche la taille.

— La chaudière ne veut plus marcher. Alors maman m'a demandé de mettre mon manteau pour pas attraper froid. Je voulais pas, mais elle m'a dit que je serais malade à Noël.

Elle repart s'installer à sa table et choisit un feutre pour continuer son activité. Les enfants ont cette faculté déconcertante à tout prendre avec légèreté. Rien ne les inquiète. Comme cette période d'insouciance me manque ! Surtout en ce moment. J'ai de plus en plus de mal à ignorer ce sentiment de culpabilité qui grandit en moi. Je déglutis, mal à l'aise.

— Elle est dans l'arrière-boutique ?

— Oui, répond Colleen sans lever les yeux de sa feuille.

Je n'hésite pas une seconde et attrape mon téléphone.

— Très bien, je dois juste passer un coup de fil et après j'irai l'aider. C'est toi qui gardes le magasin comme une grande ?

— Oui, répond-elle fièrement. Si un client arrive, je dois la prévenir, mais sans crier.

Elle répète consciencieusement les consignes de sa mère, et je la félicite pour sa maturité. Claire a de la chance de pouvoir compter sur elle.

— OK, alors continue comme ça. J'ai l'impression que tu fais du très bon boulot.

Sans attendre sa réponse – Colleen est un vrai moulin à paroles –, je sors et fais une rapide recherche Internet pour trouver un chauffagiste exerçant près de Hambleden. Après m'être assuré qu'aucune oreille indiscrète ne traîne dans les parages, je compose le numéro. Le premier essai est un échec, et il me faut pas moins de six tentatives pour enfin obtenir un rendez-vous quarante-huit heures plus tard avec un type se trouvant à soixante kilomètres du village. Les joies de la campagne ! Comme je souhaite conserver l'anonymat, je me fais passer pour mon oncle et conviens avec l'artisan de lui faire un virement bancaire à réception de son devis.

Je retourne ensuite dans la boutique et me dirige sans attendre vers le local de la chaudière. J'y découvre Claire à quatre pattes, le même collier lumineux que sa fille autour du cou, une lampe torche dans une main et un tournevis dans l'autre, en train de débiter une liste de jurons très fleuris avec pour fond sonore une vidéo YouTube d'un type expliquant le fonctionnement d'une chaudière. Si la scène pourrait s'avérer comique, je me retiens de rire, car j'ai l'impression que Claire n'est pas loin de craquer et d'attraper le marteau qui traîne à ses pieds pour exploser cette foutue antiquité.

— Salut.

Elle se lève d'un bond et envoie valser ses outils à la façon d'une gamine prise en flagrant délit. Ses cheveux en bataille, la trace noire poussiéreuse sur sa joue et ses yeux brillants traduisent son épuisement. Je m'approche d'elle tout doucement comme s'il s'agissait d'un animal sauvage. *Quand je pense que je suis la cause de ses problèmes…*

— La chaudière, commence-t-elle la voix tremblante.

Elle s'arrête et prend une profonde inspiration pour endiguer le flot d'émotions qui semble l'accabler.

— Respire, Claire. On va trouver une solution.

Je réduis l'espace entre nous au moment où une larme roule sur sa joue. Je ne suis pas certain que ce soit une bonne idée, mais je la prends dans mes bras. Mon geste est instinctif et sincère. J'ai envie de la rassurer.

— M. Brown ne me rappelle pas.

Je sais.

— Il n'y a plus d'eau chaude, ni de chauffage depuis 13 heures. Je… je… je pensais que ça allait revenir comme les autres fois, mais non. Je…

— Chuuuut ! Ça va s'arranger, ne t'inquiète pas.

— Je n'ai même pas pu faire cuire le pain d'épice.

Je ne comprends pas très bien ce que cette histoire de pain d'épice vient faire au milieu de ses galères, mais comme son flot de larmes redouble, je renonce à faire la moindre remarque. Je resserre mon étreinte et lui caresse le dos. Je crois qu'elle est en train de craquer.

Pendant un quart d'heure, je l'écoute pleurer à chaudes larmes, se calmer puis sombrer à nouveau. Elle hoquette, essaye de parler, mais son discours est incompréhensible et décousu. À plusieurs reprises, elle s'accroche à ma veste et y étouffe un cri de détresse. Je la laisse dire ce qu'elle a sur le cœur, sans rien dire, conscient qu'elle a juste besoin de pleurer. Peu à peu, sa rage se dissipe pour ne laisser place qu'à une évidente fragilité. Sans me lâcher, elle relève son visage strié de larmes et plonge ses yeux rougis dans les miens.

— Est-ce que tu pourrais l'appeler ?

Je fronce les sourcils, pas certain de comprendre où elle veut en venir.

— Qui ça ?

— M. Brown.

Mon sang se glace, et j'ouvre la bouche, près de refuser, mais aucun son n'en sort.

— S'il te plaît, dit-elle. Peut-être qu'il filtre mes appels. Si un homme lui explique, je suis sûre qu'il comprendra.

— Je… je ne sais pas. Je… c'est délicat.

Je n'ai aucune excuse valable en stock et lorsque je vois ses yeux se remplir à nouveau de larmes, je cède. La situation ne pourrait pas être pire. Moi appelant une personne qui ne décrochera pas car elle est morte. *Merveilleux !*

— Très bien. Donne-moi son numéro.

Une chance que je ne l'aie pas !

Cette seule perspective suffit à lui redonner un sourire timide. Elle s'échappe de mes bras et se baisse pour récupérer son téléphone. Les doigts tremblants, elle met fin à la vidéo YouTube et cherche le sésame dans son répertoire. Une minute plus tard, la messagerie de mon oncle se déclenche, et je laisse un message agacé – qui mériterait l'Oscar du meilleur acteur – devant une Claire pleine d'espoir. Avec sa guirlande clignotante autour du cou, des trainées noirâtres de maquillage sur les joues, ses yeux gonflés et son chignon défait, elle est vraiment dans un sale état, et pourtant je n'ai jamais vu une femme aussi belle. Envahi par l'émotion, je murmure :

— Tu es une battante.

Elle se fige, ferme les yeux et répond doucement.

— Non, je suis faible.

— Tu es courageuse.

— Je suis incapable de m'en sortir toute seule.

— Ce n'est pas l'impression que j'ai.

Elle se dérobe, semble chercher un nouveau défaut qui l'accablera, mais je l'en empêche.

— Parfois, accepter de demander de l'aide requiert bien plus de courage que s'évertuer à vouloir tout régler seul. Tu es épuisée Claire, parce que justement tu veux tout gérer toute seule. Pourtant, ta famille, enfin ton frère et ta belle-sœur, m'ont l'air d'être des gens sur qui tu peux compter, et je ne parle même pas de Maggie, d'Emily ou de Stuart.

Elle joue avec ses doigts, attentive à mes paroles. Je continue, persuadé du bien-fondé de mon discours.

— Ta fille est géniale, tu tiens un magasin, seule, loin de tes proches. Tu as tout quitté pour te reconstruire après avoir été trahie de la pire des manières. Je ne vois pas une femme lâche, mais une femme forte qui prend sa revanche sur la vie. Une femme qui a soif d'être heureuse, une femme généreuse et investie, mais qui a aussi le droit de souffler de temps en temps. Tu n'es pas seule, Claire.

Ses épaules tressautent, et ses joues sont une nouvelle fois inondées de larmes.

— Je vois une maman géniale, dévouée à sa fille, une femme magnifique qui, certes, a des goûts musicaux discutables et porte des bijoux clignotants surprenants, mais avant tout, Claire, je te vois toi et je t'assure que tu n'as pas à rougir de tes doutes et de tes peurs. Ils font partie de toi.

Je me fais l'effet du pire hypocrite qui soit, non pas car je lui mens, mais parce que je suis incapable de mettre en application mes propres conseils. Je fuis ma vie, je ne m'attache à rien, ni à personne. Je vis dans un monde où accepter une simple invitation me terrifie. Je sens mes démons sur le point de refaire surface, mais le visage angélique de Claire m'appelle.

Je fais un pas vers elle et essuie ses joues de mes pouces.

— Tu n'as pas besoin d'être parfaite. La vie elle-même est imparfaite. C'est une succession de surprises et d'imprévus auxquels on doit sans cesse s'adapter. Être soutenue par ses proches n'est pas un signe de faiblesse. Grâce à eux, tu pourras traverser les moments difficiles et garder espoir, même quand tout te semble insurmontable.

Ses lèvres s'entrouvrent, et des borborygmes s'en échappent. Il me semble comprendre « Londres », « douche », « sapin » et même « pain d'épice », mais avant de m'en assurer, je fais la seule chose dont j'ai envie : je l'embrasse.

Claire

« Tu n'as pas besoin d'être parfaite. »

J'observe Adam alors qu'il est en ligne avec Maggie. Colleen, à sa droite, continue sa lettre au Père Noël, imperturbable et surtout inconsciente de la scène qui vient de se jouer à quelques pas de là. Le téléphone vissé à l'oreille, Adam parle et rit avec une aisance naturelle, comme si la situation était parfaitement normale et que demander de l'aide à cette vieille dame, comme si c'était une amie de longue date, n'avait rien d'étrange. Je contemple son profil, puis mes yeux se promènent sur le pull en laine grise qui met en valeur sa carrure sportive. Sa main fourrage dans ses cheveux courts pendant quelques secondes, et son regard s'éclaire d'une lueur réconfortante avant qu'il scrute la rue éclairée à travers la porte vitrée. Il est un peu plus de 18 heures, et il a pris l'initiative de fermer le magasin. Il a eu raison : la journée a été harassante, rythmée par une foule de clients et un flot de pensées préoccupantes. Je ferme les yeux et soupire, regrettant déjà la chaleur de ses bras. Avec une facilité surprenante, la douceur de ses mains et la tendresse de ses baisers ont réussi à calmer ma crise de larmes. Comment les paroles de cet homme, que je connais depuis moins d'une semaine, ont-elles pu apaiser mon cœur meurtri ? Ses mots, d'une extrême justesse, sont venus m'envelopper, évinçant les fausses vérités que j'avais établies depuis ma séparation.

Sa patience a finalement eu raison de mes pleurs, et sur ses conseils je suis allée me rafraîchir et souffler cinq minutes. « Ne sois pas si dure avec toi, et autorise-moi à t'approcher », a-t-il murmuré alors qu'il m'enlaçait. Je n'ai pas protesté, rassurée de laisser enfin une personne entrevoir mes faiblesses. Je n'avais pas prévu de craquer ici, dans cette pièce, et encore moins de m'effondrer devant lui, mais tous mes problèmes m'ont soudain paru insurmontables. Les sentiments enfouis, les peurs ignorées et les doutes étouffés ont refait surface avec la violence d'un ouragan. Pendant des mois, j'ai vécu aux crochets de mes parents, terrassée par la tournure inattendue que prenait ma vie. Je me sentais perdue, acculée par une situation qui me dépassait. Mon arrivée à Hambleden a été synonyme de nouveau départ, et je me suis juré de ne plus jamais être une source d'inquiétude pour ma famille et Colleen. Par fierté, j'avais aussi à cœur de prouver à mon ex-mari que je pouvais m'en sortir seule.

« Tu n'es pas seule. »

Est-il possible qu'en chemin je me sois oubliée ? Je crois qu'à sa manière, même maladroite, Andie a essayé d'aborder le sujet à plusieurs reprises. Mais à chaque fois je me suis renfermée, préférant ériger des barrières autour de mon cœur et encore trop en colère pour accepter la moindre main tendue. Ces derniers mois, « aide » et « soutien » sont devenus à mes yeux des équivalents de « faiblesse » que j'ai chassés de mon vocabulaire. J'avais besoin de prouver au monde, c'est-à-dire à ma famille, que j'étais capable de mener de front ma vie de mère célibataire et ma carrière mise en stand-by depuis la naissance de Colleen. Une erreur, j'en ai maintenant conscience.

Adam me surprend soudain en pleine séance d'indiscrétion, mais cette fois-ci je ne cherche pas à me dérober. Au contraire, nous nous sourions, toute trace de timidité envolée. Après mon coup d'éclat, il s'est mis en tête de régler chaque problème de ma liste, et si la chaudière ne s'est pas montrée très coopérative pour l'instant, le problème du pain d'épice semble en passe d'être résolu.

— Sérieux ? Vous avez même les emporte-pièces ?

Il me lance un regard entendu, l'air de dire : « Tu vois, c'est un signe », et s'esclaffe.

— C'est génial !

Puis il se tait et écoute religieusement son interlocutrice. Il hoche la tête à plusieurs reprises, visiblement d'accord avec elle.

— Pas de soucis, je vais lui en parler, mais je n'ai pas dit mon dernier mot. Un bon coup de marteau devrait la faire repartir. Merci encore. Oui… Oui, à tout à l'heure, nous serons aussi à la mairie à 19 heures.

Il raccroche et me lance un regard intense qui fait accélérer délicieusement les battements de mon cœur. Je le remercie en silence puis, encore chamboulée par toutes ces émotions, je rejoins Colleen et lui embrasse le haut de la tête, respirant l'odeur familière de son shampoing à l'abricot. Indifférente aux problèmes des adultes, elle se lance dans un exposé très détaillé de sa lettre au Père Noël pendant qu'Adam retourne se battre contre la vieille chaudière. Munie d'un tube de colle, elle s'est mis en tête de caser tout le catalogue de jouets sur une feuille A4 recto verso. Le Père Noël va avoir un sacré boulot !

Quelques minutes plus tard, à la demande d'Adam, j'abandonne Colleen pour aller dans la cuisine de la boutique. Le cœur battant, je tourne le robinet d'eau chaude puis glisse mon doigt sous le filet d'eau. Froid. Fr… Oh ! tiède. Oui ! Ch… chaud, très chaud. Bouillant ! Je retire mon index en grimaçant. Je me suis brûlée, mais peu importe ! Je crie pour être certaine qu'il m'entende.

— C'est bon !

Un poids énorme quitte mes épaules au moment où retentit

la bonne nouvelle. Il a réussi ! D'une manière peu conventionnelle certes, mais l'important, c'est le résultat. Soulagée, je le rejoins. Le marteau à la main, les cheveux en bataille, les pommettes rouges, Adam me lance un regard satisfait, et je ne résiste pas à l'envie de me précipiter dans ses bras.

— Merci, dis-je alors que mes lèvres tracent un chemin de baisers dans son cou.

Il m'enlace en riant.

— C'est pas une machine réfractaire qui va faire sa loi. Bon, il est quelle heure ? Si ma mémoire est bonne, nous avons encore une activité à cocher sur ta liste.

— Presque 19 heures.

— Très bien. Dépêchons-nous, on a un cadeau à aller récupérer.

Son assurance m'amuse.

— Parce qu'on va gagner, tu crois ?

— Évidemment, je sens qu'on est en veine aujourd'hui !

Se peut-il qu'Adam nous porte chance ?

Je suis en droit de me poser la question, car peu de temps après Stuart annonce que Colleen et moi sommes les gagnantes du lot du jour ! Je suis un peu surprise par la réaction de notre maire, qui semble particulièrement heureux. J'avoue que gagner un panier garni me fait plaisir, mais je ne me sens pas non plus surexcitée ! Colleen, en revanche, exulte et saute dans tous les sens. Elle risque d'être un peu déçue lorsqu'elle verra l'assortiment de pâtés et de confitures que nous allons ramener à la maison. Adam lui tape dans la main avec un regard complice, comme s'ils partageaient un secret. À nouveau, je sens mon cœur s'emballer et mon esprit se troubler. Impossible d'ignorer ce sentiment qui grandit à une rapidité inouïe et me donne l'impression d'être une adolescente de quinze ans.

Une semaine ! Tu le connais depuis seulement une semaine !

Je cligne des yeux, espérant retrouver la raison. Adam ne restera pas indéfiniment à Hambleden alors, même si j'aime la tournure qu'a prise notre relation, je dois avant tout me protéger. Les blessures causées par mon divorce ont laissé place à de vilaines cicatrices qui m'empêchent encore d'accorder totalement ma confiance. Comme s'il avait senti mes doutes, Adam ancre son regard dans le mien, asphyxiant mes craintes, avant de m'offrir un clin d'œil empli de promesses. Tout ça en l'espace d'une petite dizaine de secondes. Évidemment, le sang me monte immédiatement aux joues, et je suis obligée de détourner le regard, encore une fois surprise par la facilité avec laquelle il me bouleverse. Les derniers vestiges de mon mariage s'effacent peu à peu au profit d'un nouveau désir surprenant. Adam me donne envie de faire à nouveau confiance aux hommes.

La voix de Stuart met un terme à ma réflexion.

— Colleen, tu peux venir ouvrir le casier n° 3, lance-t-il presque plus électrisé qu'elle.

Elle court vers lui sans se faire prier. Emily, quant à elle, s'éclipse en direction de la mairie pour revenir quelques instants plus tard, un carton dans les bras. Je croise le regard intrigué d'Adam. Il hausse les épaules d'un air de dire : « Je n'en sais pas plus que toi. » Stuart sort un trousseau de clés puis tend à Colleen la n° 3 et l'invite à mettre fin au suspense. Gourmandises salées ? Coffret bien-être ou sublime composition florale ? Les quelques villageois présents retiennent leur souffle et se mettent sur la pointe des pieds, curieux eux aussi de découvrir le lot. J'espère simplement ne pas remporter le panier que j'ai confectionné pour l'événement ! Même si je sais qu'il sera excellent.

Quelques secondes plus tard, le mystère est levé sous un

flot de « Oh ! » surpris et envieux. Évidemment, il fallait que ça tombe sur nous ! En toute honnêteté, je m'attendais à tout sauf à ça ! Colleen, au comble du bonheur, hurle sa joie. Les yeux écarquillés comme des soucoupes, je la regarde se pencher et attraper le panier douillet, le collier bleu à grelots, la litière, la double écuelle et le petit sac de croquettes.

— Maman, maman, maman ! On a gagné un chaaaat !

Tout le monde éclate de rire devant sa joie manifeste, et alors que tous les regards sont rivés sur elle, je sens les doigts d'Adam effleurer ma main. Je me fige avant de répondre à sa caresse. L'attention toujours focalisée sur ma fille, il enroule le petit doigt autour du mien en souriant. Jamais aucun geste ne m'a semblé si intime, si tendre. À quelques pas, Colleen récupère son butin en exultant, puis fonce vers nous pour s'en délester et met fin à cet interlude magique. Adam remet la main dans sa poche sans sourciller et la félicite comme si de rien n'était. Une fois les mains libres, elle s'approche d'Emily. Cette dernière se baisse avec délicatesse et ouvre le haut du carton tout en douceur pendant que ma fille se couvre la bouche des mains pour étouffer son euphorie. La tête d'un adorable petit chaton gris sort du carton au moment où le souffle chaud d'Adam vient me chatouiller l'oreille :

— On dirait que votre duo va devenir un trio !

Chapitre 10

Vendredi 4 décembre
Course de luges

Adam

— Livraison spéciale !

J'entre dans l'appartement de Claire et surprends devant la télévision une Colleen allongée sur le tapis, le menton dans les mains et les jambes battant la mesure. Tout son petit être est tendu vers l'écran où une princesse s'agite dans tous les sens et chante son amour pour la glace. Même moi qui n'ai pas d'enfants je connais cette chanson absolument insupportable. Impossible d'être passé à côté du phénomène mondial qui a rendu fou la plupart des parents – et la moitié de la planète. *Génial ! La mélodie va tourner en boucle dans ma tête pour le reste de la soirée.* J'essaye de ne pas y prêter attention, mais mon esprit conditionné reprend déjà les paroles célèbres. Je secoue la tête, espérant faire taire cette voix criarde.

Libérée, délivrée, je ne mentirai plus jamais…

Trop tard, mec ! Fais-toi une raison !

— Adam !

Son cri de joie fait sursauter le chaton qui jouait avec un bouchon de liège à côté d'elle, faisant une série d'acrobaties dignes d'un médaillé olympique. Surpris, il détale derrière le canapé. Seule sa queue dépasse et remue dans tous les sens, ruinant l'utilité de sa cachette. Ni une ni deux, Colleen se redresse et abandonne son dessin animé pour se précipiter vers moi. J'avoue que sa réaction me fait plaisir. Passer avant Elsa est quand même une source de fierté non négligeable ! Comme à son habitude, ses petits bras enserrent ma taille avec vigueur.

— T'es là pour décorer la maison en pain d'épice ?

— Il paraît ! Du moins, dans ce sac, j'ai amené tout ce qu'il faut, y compris une montagne de Smarties.

Libérée, délivrée, je ne mentirai plus jamais…

Bon sang !

— Oh ! Je peux en avoir s'il te plaît ? crie-t-elle en sautillant.

— Tu rigoles ! Je ne veux pas avoir de problèmes avec ta mère !

Elle glousse, mais n'insiste pas. J'imagine qu'elle sait qu'il ne faut pas manger avant les repas. Je me dirige vers la cuisine pour ranger mes provisions. Claire m'a dit de faire comme chez moi, alors j'ouvre le frigo pour y déposer le glaçage confectionné avec amour par Maggie puis je sors plusieurs bols et y verse les différentes friandises. Colleen suit mes gestes avec attention et regarde les récipients avec envie. Je cède et lui offre un nounours en guimauve.

— Ça reste entre toi et moi. Tu n'as pas intérêt à me balancer.

— Promis, répond-elle en gobant le bonbon avec gourmandise.

Ses yeux papillonnent de plaisir, alors je ne résiste pas et lui en tends un deuxième. *Je sais, je suis faible !*

— C'est le dernier, je te préviens.

Elle hoche vigoureusement la tête.

— Au fait, sympa ton serre-tête. Je ne savais pas que les rennes avaient des nœuds rouges et des paillettes sur leur bois !

Elle s'agite en riant.

— T'es bête, Adam. On l'a acheté chez H&M, c'est une décoration pour dire que je suis une renne fille. Maman a le même. C'est notre accessoire du jour. C'est moi qui l'ai choisi, ajoute-t-elle fièrement.

Je me garde bien de lui dire que sa mère ne portait pas ce truc ridicule quand je suis entré dans la boutique. Elle était en pleine discussion avec Emily, qui lui achetait un stock de muffins au citron. Elle m'a salué d'un signe de tête timide et a bafouillé quelques paroles inaudibles. Ses joues se sont teintées de rose, et j'ai immédiatement eu envie de l'embrasser. Mais j'ai préféré étouffer cette pulsion sur-le-champ, certain qu'elle n'aimerait pas que nous nous donnions en spectacle. J'ai secoué mon sac en guise de bonjour, et elle m'a invité à rejoindre Colleen à l'étage. Tout ça sous le regard attentif de la vieille dame, ravie d'être aux premières loges. Une fois dans le couloir, je l'ai entendue assaillir Claire de questions sur la raison de ma visite. J'ai dû me faire violence pour ne pas écouter ses réponses. Je savais très bien pourquoi j'étais là. Emily aussi d'ailleurs. Je n'ai aucun doute sur le fait que Maggie l'a mise au parfum. Je suis même persuadé que cette histoire de chaudière et de pain d'épice n'est un secret pour aucun villageois. À croire que la curiosité est un trait de caractère typique des habitants de Hambleden !

— Ta mère m'a dit de monter. Elle va bientôt fermer le magasin, mais il lui reste quelques petits trucs à faire. Alors, cette course de luges ?

— C'était trop bien ! Mais on a perdu à cause de Jamie Baxter. Il est vraiment trop nul.

Pauvre gosse, il cumule !

— Ah bon ? Pourquoi ?

— Il n'a pas réussi à me passer le témoin du relais. Il dit que c'est ma faute, mais tout le monde a vu que c'est lui qui ne s'est pas arrêté correctement. Le nul, il sait même pas freiner. À cause de lui, notre classe est arrivée avant-avant-dernière.

— C'est pas si mal, vous auriez pu finir derniers.

— On a failli être disqualifiés.

Le souvenir de cette injustice lui fait serrer les poings.

Libérée, délivrée, je ne mentirai plus jamais…

Si au moins je connaissais une autre phrase, je pourrais alterner ! Je me force à chantonner un bon vieux tube de Nirvana, histoire de changer de disque et de ne pas devenir fou.

— Tu sais que ma maîtresse a gagné la course des adultes ? Elle est trop forte Mlle Alice. Elle dit que c'est parce qu'on l'a encouragée.

Elle simule ses encouragements et se met à remuer dans tous les sens, en criant.

— Doucement, ma grande ! Sinon ta mère va se demander ce qu'on fabrique. Bon, le principal c'est que vous vous soyez bien amusés.

Elle acquiesce avec entrain et part en courant vers le canapé. Comme je m'en doutais, elle s'accroupit pour récupérer la boule de poils qui ne semble pas décidée à sortir de sa cachette. Loin de se décourager, Colleen éloigne le canapé du mur de quelques centimètres puis glisse le bras gauche derrière en grimaçant. La moitié de son visage disparaît derrière le dossier alors qu'elle pousse un grognement étouffé.

Libérée, délivrée…

Je ferme les yeux et secoue la tête.

With the lights out, it's less dangerous
Here we are now, entertain us

I feel stupid and contagious
Je ne mentirai plus jamais,
Libérée, délivrée, je ne mentirai plus jamais.

Je renonce, vaincu. Mélanger les deux chansons est encore pire.

— Alleeeez, viens mon petit bébé chat.

— Tu veux de l'aide ?

Ses sourcils froncés, son nez plissé et sa langue tirée rendent son expression impayable.

— Viens iciiii, Doc.

— Tu as appelé ton chat Doc ? Moi qui m'attendais à un nom cliché !

— « Cliché » ? Ça veut dire quoi ? demande-t-elle en se contorsionnant de plus belle.

— Commun. Du style Minou, Tartine, Tigrou, Félix. Tu es sûre que c'est un mâle ?

— Oui, Lenny l'a dit à maman. Son vrai nom c'est Dr Banner, mais c'est trop long alors je l'appelle Doc.

Je m'esclaffe. Cette gamine ne cessera jamais de m'étonner.

— Dr Bruce Banner, tu veux dire ? Plus communément connu sous le nom de Hulk ?

— Bah oui ! pourquoi ? me demande-t-elle avec un soupçon d'étonnement dans la voix. T'aimes pas ?

Je masque mon sourire alors qu'elle réapparaît, le chaton dans les bras.

— Il ne ressemble pas vraiment à Hulk.

— Le Dr Banner non plus quand il n'est pas en colère.

— Pas faux.

Je caresse le haut du crâne de Doc.

— Désolé mon pote, mais ton miaulement n'est absolument pas crédible.

Il semble apprécier mes papouilles, car il me donne des petits coups de tête pour m'encourager à continuer. Puis il bâille et se pelotonne dans le cou de sa maîtresse à la façon d'un bébé. Les yeux de Colleen brillent de joie et de satisfaction.

— Tu viens regarder la télé avec nous ?

J'opine et la suis. Avec précaution, elle s'installe en tailleur sur le canapé puis tapote la place à côté d'elle. Je m'exécute, et dix secondes plus tard elle pose délicatement Doc sur mes genoux en lui chuchotant à l'oreille des mots rassurants.

— C'est Adam, il est très gentil. N'aie pas peur, il ne va pas te faire de mal. Je l'aime bien, tu peux lui faire confiance. En plus il est confortable, il m'a déjà portée sur ses épaules.

« Confiance » ?

Le mot agit comme un électrochoc et réveille ma mauvaise conscience. Je suis loin d'être un homme de confiance. La preuve, je n'ai toujours pas révélé à Claire ma véritable identité. Pour elle, je suis juste un webdesigner venu se me mettre au vert. Dire qu'il lui manque quelques informations est un euphémisme. D'après mes estimations, le courrier de Robert devrait arriver demain et, même s'il ne mentionne pas mon nom, je ferais mieux d'expliquer la situation à Claire avant qu'elle découvre la vérité. Seulement, je n'ai pas encore trouvé le bon moment. Ou plutôt, je n'ai pas arrêté de retarder l'échéance, par peur de sa réaction. J'ai imaginé cette conversation des dizaines de fois, sans jamais trouver les bons mots, ceux qui ne me feront pas passer pour un connard fini. Je ne comprends toujours pas comment j'ai pu me fourrer dans une situation aussi délicate. J'ai passé la nuit dernière à réfléchir, et la réponse est toujours la même : la peur de l'engagement et la peur de souffrir. Il me suffirait de fuir, de partir sans me retourner. D'habitude, ce mode opératoire me convient, mais pour la première fois depuis la mort de mes parents je n'en ai pas envie. J'ai le sentiment d'avoir découvert un trésor, je n'ai tout simplement pas encore trouvé le mode d'emploi pour le préserver.

Colleen, ignorant mes inquiétudes, attrape ma main et la pose sur le pelage de Doc.

— Caresse-le pour qu'il apprenne à te connaître.

J'obéis sans un mot, sous son regard attentionné. Le nouveau membre de la famille se détend, et bientôt ma main vibre au son de ses ronronnements apaisants. C'est agréable. Un silence confortable envahit la pièce, et je me laisse même aller à apprécier le dessin animé. De temps en temps, Colleen me lance un regard pour s'assurer que je ne faillis pas à ma tâche. Mais alors que je m'apprête à me moquer de son côté maman ours, elle me prend de court.

— Maman t'aime bien.

Son aveu est suivi d'un long silence. J'ouvre la bouche sans savoir quoi répondre, mais elle enchaîne.

— Tu restes jusqu'à quand ?

— La soirée des lanternes. Souviens-toi, c'est toi qui m'as convaincu de venir.

— Vendredi alors ?

— Oui, je repartirai sûrement samedi matin.

À cette simple idée, je sens mon cœur se serrer.

Elle hoche la tête et reporte son attention sur le drôle de bonhomme de neige en train de fondre à l'écran. C'est sûrement un moment critique, si j'en crois son expression horrifiée. Détail amusant, car je suppose qu'elle connaît le film par cœur.

— Tu pourrais repartir le lundi ? demande-t-elle soudain.

À nouveau, une scène du dessin animé accapare son attention. Je n'insiste pas et la laisse prendre son temps, intrigué par sa demande. Les yeux rivés sur l'écran, elle finit par se confier.

— Après la fête des lanternes, je vais chez papa pour le

week-end. Maman n'aime pas être toute seule, je le sais même si elle le dit pas. Je veux pas qu'elle soit triste, alors comme elle t'aime bien, j'ai pensé que tu pourrais rester avec elle.

Elle hausse les épaules comme si sa logique était implacable. De mon côté, je suis à cours de mots.

— Si elle est avec quelqu'un et qu'elle s'amuse, elle sera moins triste. Quand tu es avec nous, elle sourit comme avant.

— Comme avant ?

Elle ne répond pas, mais son regard teinté de tristesse est éloquent. Elle pense sûrement à son ancienne vie, quand ses parents et elle formaient encore une famille.

Pourquoi pas ? Après tout, je ne suis plus à quarante-huit heures près. Je ferme les yeux, accablé ; chaque jour la situation devient un peu plus complexe, et mon implication, elle, un peu plus importante.

Claire

J'attrape le courrier du jour sur le comptoir, enfile le serre-tête renne que j'ai abandonné dès que Colleen a eu le dos tourné, éteins la lumière et fonce les rejoindre à l'étage. Ce soir, c'est opération maison en pain d'épice, un grand classique des fêtes de fin d'année que nous n'avons jamais eu l'occasion d'expérimenter. La gamine qui sommeille en moi a hâte de s'y mettre.

— C'est moi !

J'ai conscience d'être ridicule avec mes bois à paillettes sur la tête, mais ma fille a été catégorique ce matin. Comment refuser sa proposition alors que j'avais déjà validé les vingt-cinq accessoires ? Nous les avons achetés ensemble lors d'une journée shopping à Londres. Inutile de préciser qu'Andie nous a accompagnées et qu'elle est à l'origine de la grande majorité des achats, même si j'ai parfois réussi à mettre mon veto. Pas question de me balader avec une barbe de Père Noël ! Et je suis fière d'avoir tenu bon, car je ne suis pas certaine que les femmes à barbe soient le style d'Adam !

Je les trouve tous les deux installés sur le canapé en train de regarder un dessin animé.

— Je vois que tu as convaincu Adam de regarder *Les 101 Dalmatiens.*

— C'est le 2, il ne l'a jamais vu.

Elle me lance un bref regard interloqué signifiant qu'elle devait à tout prix remédier à cette révélation inconcevable.

— Ta fille s'est mis en tête de me faire regarder tous les Disney. Y en a combien au juste ? demande Adam, l'air inquiet.

— Plus d'une centaine !

— Quoi ? Tu plaisantes, rassure-moi !

— Ne t'inquiète pas, on doit en avoir une dizaine, quinze au plus.

Il me fait un clin d'œil, et mon sourire s'élargit. Il y a dix jours, nous ne le connaissions, pas et pourtant aujourd'hui j'ai l'impression qu'il a toujours fait partie de nos vies. Le voir au milieu de mon salon me semble tout à fait naturel. Colleen, intransigeante lorsqu'il s'agit des aventures rocambolesques de la bande de chiots, passe le bras autour de son cou, le forçant à regarder à nouveau la télévision

— Tu vas louper la meilleure partie, râle-t-elle.

Il se laisse faire sans un mot et reporte son attention sur Patch, le véritable héros du film. Méfiante, ma fille lui lance quelques coups d'œil en biais pour le surveiller, mais Adam fait mine d'être concentré. Sa récompense ne tarde pas à venir ; elle se matérialise sous la forme d'un bisou sonore qui nous surprend tous les deux. Puis, satisfaite, Colleen se pelotonne contre lui. Mon cœur de maman fond.

Adam me plaît.

Il me plaît même beaucoup.

Dommage qu'il n'ait pas prévu de s'installer à Hambleden.

— Où est Doc ? dis-je pour couper court à mes pensées.

Toujours cramponnée à notre invité, ma fille répond :

— Dans son panier, mais ne le réveille pas car on a mis du temps à l'endormir.

Je me tourne vers le territoire de notre nouveau locataire et constate que son panier est vide.

— On dirait bien qu'il n'était plus fatigué !

Colleen saute des genoux d'Adam avec précipitation.

— Mais il est où alors ?

— Sûrement en train de faire une nouvelle bêtise !

— Je vais le chercher !

Ni une ni deux, elle part en courant vers sa chambre et l'appelle à tue-tête. Adam et moi échangeons un sourire, puis il tapote l'emplacement libre à côté de lui m'invitant à le rejoindre. J'abandonne mon courrier sur la table basse et m'assois.

— Tu ne l'ouvres pas ? me demande-t-il.

Il fixe les quatre enveloppes avec sérieux, toute trace de légèreté envolée.

— Oh non ! Ce sont encore des factures ! Je préfère attendre que Colleen soit couchée sinon ça risque de me gâcher la soirée.

Je m'installe sur le canapé moelleux, ferme les yeux et soupire de contentement. J'en rêvais depuis des heures. Rester debout et piétiner toute la journée est harassant. Je ne suis pas du genre à me plaindre, mais un massage ne serait pas de refus. Tout comme un bon bain chaud ! Et un verre de vin. Alors que je me perds dans un monde imaginaire où prendre soin de moi serait ma seule préoccupation, je sens les lèvres d'Adam effleurer les miennes. La caresse est rapide, mais d'une tendresse infinie, et elle suffit à faire battre mon cœur à une vitesse folle. Ce mec me fait beaucoup trop d'effet.

— Rien ne gâchera cette soirée. Tu as passé une bonne journée ?

Je me contente d'acquiescer, troublée par sa proximité et son regard intense. Je meurs d'envie de l'embrasser plus longuement, de tracer le contour de ses lèvres et de le toucher, malheureusement je ne veux pas prendre le risque que Colleen nous surprenne. Nous n'avons encore jamais discuté de la possibilité qu'un jour je rencontre un autre homme. Pour le moment, nous essayons de nous adapter à notre nouvel environnement, même si en ce qui la concerne, elle n'a eu aucun mal à s'intégrer. Sa gentillesse et son espièglerie ont fait l'unanimité auprès des enfants et des adultes du village. Maggie et Emily l'adorent, et elles trouvent toujours une bonne excuse pour passer du temps en sa compagnie ou lui acheter des bonbons et des cartes Pokémon. Pas plus tard que la semaine dernière, elles ont même accepté de modifier les règles du Scrabble. Colleen leur a proposé de remplacer les mots usuels par des noms de personnages de dessins animés ou de super-héros. Comme elle apprend seulement à lire, elle est même autorisée à les écrire de façon phonétique. N'importe quoi !

— Moi aussi, dit-il en reprenant sa place à l'autre bout du canapé.

Je l'interroge du regard.

— Moi aussi, je voudrais t'embrasser, précise-t-il. Mais je pense qu'on peut attendre encore quelques heures. A priori, les enfants se couchent de bonne heure, non ?

Il ponctue sa question d'un petit sourire canaille, plein d'espoir.

— Tout dépend de ce que tu entends par tôt.

Il joue avec mes doigts en me dévisageant pendant ce

qui me semble être une éternité. Soutenir son regard est un défi de taille pour la novice que je suis. La séduction est un art que je n'ai pas pratiqué depuis de nombreuses années.

— 20 h 30 ?

C'est trop mignon la naïveté des adultes qui n'ont pas d'enfants !

— Alors là, tu rêves ! Surtout que tu es là, donc elle ne va jamais vouloir aller au lit de bonne heure. Il va falloir négocier et, à mon avis, tu vas même devoir lui lire une histoire, peut-être même deux et lui raconter ta journée. Crois-moi, certains soirs, les couchers sont interminables !

— Tu veux dire que je vais m'occuper d'elle toute la soirée au lieu de la passer à t'embrasser ?

— Exactement ! Le bonheur des parents, que veux-tu !

J'ai envie de le rassurer et d'ajouter que l'attente rendra nos retrouvailles encore plus délicieuses, mais je m'abstiens, intimidée. J'ai l'impression d'être une adolescente inexpérimentée qui a accepté un rencard avec le mec le plus populaire du lycée. Plus entreprenant, Adam s'invite une nouvelle fois dans mon espace vital, sans se soucier que nous soyons interrompus.

— Adam…, chuchoté-je.

Mon murmure sonne plus comme une invitation sensuelle qu'une mise en garde.

— Claire…

Seuls quelques ridicules millimètres nous séparent. Son souffle caresse ma peau, et ses pupilles dilatées sont braquées sur ma bouche. Je déglutis, près d'abandonner toute résistance devant le désir irrépressible qui m'envahit. L'air crépite entre nous, et l'envie de le toucher devient de plus en plus forte.

— Colleen pourrait débarquer, dis-je dans un murmure.

— On l'entendra arriver, elle est loin d'être discrète.

Il réduit l'espace entre nous.

— Tu la sous-estimes…

Mes paroles sont étouffées par un baiser d'une adorable - et d'une intolérable – douceur, dont j'apprécie malgré tout la retenue. À aucun moment, il ne cherche à prendre le dessus, se contentant de m'apprivoiser. Puis, comme pour lui donner raison, Colleen annonce son arrivée dans un concert de cris. Adam a tout juste le temps de s'écarter, mais comme elle est en train de courir après Doc pour l'attraper, ma fille ne remarque rien. J'observe la scène, perchée sur mon nuage, le souffle court. Je crois qu'elle me parle, car ses lèvres remuent, seulement je n'entends rien à cause du pouls qui résonne bien trop fort dans mes oreilles. Soudain, ma bulle de bonheur éclate. Adam se lève et intercepte le petit fuyard avant de le tendre à sa maîtresse.

— Bon, on la décore cette maison en pain d'épice ? C'est pas tout ça, mais il ne faudrait pas se coucher trop tard !

Qui a dit que cette activité était un jeu d'enfant ?

Je regarde le résultat de notre travail, dubitative. Notre maison a l'air bancale, et même Colleen n'ose plus y toucher. Seul Adam, armé d'une poche à douille et d'un couteau à beurre, essaye de consolider la construction.

— Les murs ne sont pas censés former des angles droits ? tenté-je.

— Bien sûr que si. Ce n'est pas le cas ? demande-t-il en se reculant pour avoir une vue d'ensemble.

— Celui de gauche est en train de s'affaisser. On n'a pas dû mettre assez de glaçage.

Adam met notre vidéo YouTube sur pause puis observe attentivement le modèle à l'écran. Colleen, installée sur le plan de travail, pioche dans les bols et se gave de friandises. Lorsque Adam m'a montré son stock, je me suis moquée de lui. Je comprends maintenant qu'il a eu raison.

Notre premier essai s'est soldé par un échec cuisant. Le toit s'est lamentablement effondré sous le poids du glaçage et des nounours. Je soupçonne Colleen et sa délicatesse légendaire d'en être responsable. Ce regrettable incident nous a valu un long fou rire, et nous avons fini par dévorer les ruines de la maison en buvant un thé dans de somptueux mugs de Noël aux anses originales : la première en forme de Père Noël, la deuxième de bonhomme de neige et la dernière de sapin. Adam a souri, mais n'a fait aucun commentaire. Après notre pause gourmande, nous nous sommes lancés dans une seconde tentative. Par chance, Maggie a eu la brillante idée de confectionner deux maisons. Qu'elle soit bénie ! Celle-ci est donc notre dernière chance !

Quelques minutes plus tard, à force de patience et de persévérance, nous sommes en bonne voie. Cette fois, nous proposons à Colleen de décorer le toit avec des Smarties pour éviter une nouvelle catastrophe. Adam tartine les deux rectangles de pain d'épice de glaçage pendant que nous débattons de la disposition des couleurs. Mélangées ou ordonnées ? Puis, chacun vaque à sa tâche, et bientôt notre maison s'embellit. Évidemment, elle n'est pas aussi belle que les œuvres d'art épinglées sur Pinterest, mais le sourire de Colleen la rend parfaite. Adam ajoute même dans le jardin clôturé de nounours en guimauve un bonhomme de neige en chamallows, assemblés grâce à des cure-dents. Ma fille est aux anges et part en courant chercher son polaroïd pour immortaliser l'instant. Andie et Josh lui ont offert à son anniversaire avec un énorme pêle-mêle arc-en-ciel et une gigantesque réserve de recharges. Depuis, nous prenons une photo à chaque moment important pour elle.

— On peut faire une photo avec Adam ? lance-t-elle, une fois de retour.

Je jette un coup d'œil vers le principal intéressé, ne sachant pas très bien s'il sera partant. Ce n'est qu'une simple photo, mais aux yeux de Colleen c'est bien plus, et je pense qu'Adam l'a parfaitement compris. Le voile d'inquiétude qui obscurcit ses traits l'espace d'une seconde est suffisamment parlant. Quelque chose semble le terrifier, mais quoi ? Il ne m'a jamais vraiment parlé de lui, ni de son passé. Sa présence à Hambleden reste un mystère, et j'ai fini par me demander s'il ne fuyait pas quelque chose ou quelqu'un. Il reste évasif dès que j'aborde les raisons de son séjour et, même s'il est convaincu de donner le change, je vois bien alors son regard se voiler de tristesse.

Adam est un homme complexe, et je le soupçonne d'avoir besoin de préserver sa liberté. Néanmoins, parce qu'il est d'une extrême gentillesse, il finit par acquiescer, et ce pour le plus grand bonheur de Colleen.

Adam

« Je vais y aller, je suis fatigué. »

« En fait, je vais te laisser, je ne voudrais pas m'imposer. »

« Tu dois sûrement être épuisée, je ferais mieux rentrer. »

Voilà dix minutes que je cherche une excuse pour partir. J'ai beau me répéter qu'il ne s'agissait que d'une simple photo, mon esprit torturé est en train d'échafauder mille scénarios. Je n'ai aucune envie de jouer au papa et à la maman, je veux juste me tirer et rester seul. C'est tout. Puis, je me souviens du courrier qui trône sur la table basse et je suis à nouveau déchiré. Partagé entre l'envie de fuir et celle de dire enfin la vérité à Claire, de la soutenir. Un seul coup d'œil aux enveloppes m'a permis de découvrir que l'une d'entre elles provenait du cabinet notarial. Et alors ? Après tout, ce n'est pas mon problème. Robert s'est contenté de la prévenir comme la loi nous y oblige. Rien de plus. La peur prend le pas sur la raison et annihile toute once de clairvoyance dans mon esprit : si je me dépêche, je peux être à Londres avant minuit et laisser toute cette histoire derrière moi. Je pourrais même quitter l'Angleterre dès demain matin et partir en voyage. J'ai toujours rêvé de visiter la Thaïlande.

Assis sur le canapé, je me penche en avant, dépité. Les coudes sur les genoux, je pose la tête sur mes paumes en exerçant une pression au niveau des yeux. Le rire cristallin de Claire retentit dans la pièce adjacente, et mon pauvre cœur déjà charmé loupe un battement. Une semaine. Il a fallu une semaine à cette femme pour faire basculer mon monde, remettre en question ma ligne de conduite et bouleverser mes attentes. Inimaginable. Ma mère disait que les sentiments défiaient souvent la logique du temps.

Claire est dans la chambre de Colleen en train d'effectuer les rituels du soir. Il paraît qu'ensuite ce sera à mon tour d'y aller. Je n'ai aucune idée de ce que la petite attend de moi, mais elle a insisté et, comme tout à l'heure pour la photo, je n'ai pas su lui dire non. Je regarde le cliché, abandonné sur la table basse. Nous avons pris deux selfies, car Colleen tenait à ce que j'emporte un souvenir de cette soirée. Je n'ai pas eu le temps de refuser que déjà Claire appuyait sur le bouton. Le papier glacé a immortalisé un moment de vie heureux. Banal. Colleen est pendue à mon cou et me prend par surprise en m'embrassant sur la joue pendant que Claire sourit à pleines dents. Une photo tout ce qu'il y a de plus normale pour une famille.

Famille que nous ne sommes pas.

Famille que nous ne serons jamais, car malgré ce que je ressens pour Claire, je ne peux pas prendre ce risque. Mon mécanisme de protection ferait bondir n'importe quel thérapeute, mais il a l'avantage de m'éviter de nouvelles souffrances.

— Tout va bien ?

Je me redresse. Claire se tient dans l'entrée du salon et m'observe avec curiosité.

— Tu as l'air soucieux, ajoute-t-elle.

— Oh ! ce n'est rien ! Je pensais juste à une demande extravagante d'un nouveau client.

Le mensonge me vient naturellement et accentue mon malaise. J'enrobe mes paroles d'un sourire séducteur, mais Claire se contente de me dévisager. J'ai piqué son intérêt, je le vois dans ses yeux.

— C'est à toi, finit-elle par dire sans bouger, après ce qui me semble être une éternité.

Je me lève en silence, essayant de paraître détendu alors qu'en réalité je suis près de m'enfuir. Lorsque je passe devant elle, sa main se pose sur mon bras avec douceur.

— Adam…

Je me fige. Que dois-je faire ? Me murer dans le silence ou tout lui dire ? Me dérober une fois de plus ou trouver le courage de lui faire face ? Nous restons quelques secondes dans ce couloir sombre, immobiles, elle cherchant mon regard et moi tentant de l'éviter, puis je sens sa main me libérer.

— Ne te sens surtout pas obligé de rester ce soir. Dis simplement bonne nuit à Colleen, c'est tout ce dont elle a besoin. Pour le reste, je suis une grande fille.

Elle essaye de camoufler sa déception en adoptant un ton neutre, mais je ne suis pas dupe.

— Claire…, dis-je dans un murmure presque inaudible.

J'hésite, mais renonce finalement à lui donner de faux espoirs. Je plaque un sourire factice sur mon visage et entre dans la chambre de Colleen.

— Salut.

Comme on pouvait s'y attendre, cette pièce est à son image. Un savant mélange de douceur, de folie et de super-héros. Rien n'est assorti. Elle cherche clairement son style, mais encore une fois elle est libre d'exprimer ses goûts sans aucune censure. J'aime que sa mère lui laisse le choix.

— Sympa ta guirlande Harry Potter.

— C'est...

— Laisse-moi deviner, la coupé-je. Un cadeau d'Andie ?

Elle rit.

— Non, de Josh. Il va bientôt m'emmener voir l'exposition, enfin si je suis sage. J'adore, c'est mon film préféré.

— Je croyais que c'était *Les 101 Dalmatiens.*

— Non, ça c'est mon dessin animé préféré.

— Et Hulk alors ?

— Mon Marvel préféré.

— Oh ! je vois que tu as même un masque pour dormir à son effigie. Tu n'es pas supposée le mettre sur tes yeux ?

— J'aime pas être dans le noir. Mais je l'aime trop ce masque, il est tout doux, alors je le mets sur mon front.

— Ça se tient.

Pas du tout !

Elle tapote la place libre à côté d'elle.

En m'asseyant sur sa couette Hello Kitty, je découvre derrière son dos un petit Doc roulé en boule qui dort comme un bienheureux, pelotonné entre les pattes d'une peluche licorne multicolore aux yeux énormes. Je fronce les sourcils, intrigué.

— Pourquoi ta licorne a une cape rouge ?

— Parce que c'est une super-licorne. Tu poses toujours plein de questions, dit-elle en riant. Tu es bizarre.

— Moi, bizarre ?

C'est le monde à l'envers ! Pour me venger, je la soumets à une attaque de chatouilles en règle. J'adorais quand mon père faisait ça. C'était des fous rires à n'en plus finir, interrompus par ma mère qui nous demandait de nous calmer.

— Regarde !

Je sursaute. Encore une fois, je me suis perdu dans mes souvenirs sans m'en rendre compte.

— J'ai accroché notre photo. Je l'ai mise au milieu, car c'est ma préférée. Ta tête est trop rigolote.

— Normal, tu m'aspires la joue !

Elle me désigne le pêle-mêle de l'index. Je passe en revue les photos fixées à une cordelette grâce à des aimants en forme d'étoiles et de lunes. J'y reconnais quelques visages familiers, une grande maison illuminée de guirlandes, Josh et Andie avec une peluche pigeon, Colleen et son oncle devant le célèbre château de Disneyland et, dans un coin, la photo d'un homme que j'identifie comme étant son père. Colleen et lui mangent une grosse barbe à papa en riant. Je suis tenté de m'approcher pour étudier cet homme de plus près mais je m'en abstiens.

— On l'ouvre ? demande sa petite voix.

Je reporte mon attention sur Colleen qui a attrapé un calendrier de l'Avent en forme de cube. Elle le tourne dans tous les sens à la recherche de la case n° 4, puis me le tend.

— Tu ne l'as pas encore ouvert ?

— Je voulais le faire avec toi, car maman a dit que tu n'avais sûrement pas de calendrier chez Maggie. Pourquoi tu n'en as pas ? Moi, j'en ai deux ! Un au chocolat que je mange le matin et celui des princesses Disney que j'ouvre le soir.

Je hausse les épaules à la recherche d'une explication.

— Les grandes personnes n'ont pas de calendriers de l'Avent. C'est une tradition réservée aux enfants.

Je me souviens non sans mélancolie de celui que ma mère se plaisait à remplir de papillotes. Il était en feutrine rouge, et elle avait brodé sur chaque case le numéro avec une décoration. La 18 était ma préférée. J'adorais le soldat qui portait sous le bras un sucre d'orge.

— Ça existe aussi pour les grandes personnes. L'année dernière Andie en a eu un avec des culottes.

Son aveu me laisse dubitatif.

— Tu as dû mal comprendre.

— Non, répond-elle catégorique. C'est mon oncle Josh qui lui a offert parce qu'il était amoureux d'elle. Une fois, elle a dit à maman qu'il avait déchiré sa préférée. C'était la n° 12, mais je sais pas comment elle était, ni si Andie était triste. Je pense que oui, car quand ce nul de Jamie Baxter a déchiré mon dessin préféré, j'ai pleuré.

J'essaye de rester sérieux, mais sa confession hilarante me prend par surprise. Colleen a le don de savoir détendre l'atmosphère.

— Ta maman sait que tu les as entendues discuter ?

— Non ! C'est un secret. Tu diras rien, hein ?

— Bien sûr que non.

— Ouf ! Allez, ouvre ! J'ai trop envie de voir qui on va avoir. Il faut juste que tu appuies ici, mais pas trop fort, et après tu tires.

Cinq secondes plus tard, un prince charmant d'une dizaine de centimètres apparaît et, d'après la réaction de Colleen, il était très attendu.

— Ouuuiiii ! Shang ! C'est mon préféré.

— Encore ! Et dans quelle catégorie cette fois-ci ?

— Celle des princes, répond-elle comme si la réponse était évidente.

Elle me prend la figurine des mains, se lève et va l'installer sur une étagère basse, à côté des trois premières. Je la regarde faire, amusé par son allure. Des cheveux s'échappent déjà de son élastique, son masque de nuit est de travers, son pyjama rose clair est trop petit et ses pieds nus laissent apercevoir des ongles vernis de vert. Cette môme est géniale.

— Raiponce, Ariel et Belle, énumère-t-elle. J'ai trop hâte d'avoir Mulan.

— Ah oui ?

— Ben oui, c'est son amoureuse.

— Tu as un amoureux, toi ?

— Beurk ! ça va pas ?

— Tu ne viens pas de t'extasier sur le mec de Mulan ?

Elle rit et retourne dans son lit.

— Tu viens me faire un bisou ?

— À vos ordres, madame !

Alors que je me penche pour lui embrasser la joue, elle place les bras autour de mon cou et m'attire contre elle avec force.

— Je t'aime bien, Adam. Est-ce que tu pourrais rester avec nous pour toujours ?

— Je... je...

J'inspire et m'écarte d'elle. Elle plonge son adorable regard empli de douceur et d'innocence dans le mien.

— C'est pas prévu, ma grande.

— Tu vas peut-être changer d'avis.

— Je crois que tu devrais dormir avant que ta mère se fâche contre nous.

Elle soupire, mais acquiesce en bâillant. Une course de luge et deux maisons en pain d'épice dont une ratée auront été nécessaires pour venir à bout de son énergie débordante.

— Merci d'être venu nous aider à faire la maison en pain d'épice. Je t'aime.

Je lui embrasse le bas du front et m'entends dire une chose totalement improbable :

— Moi aussi, je t'aime.

Mon aveu me sonne, mais je ne laisse rien transparaître

et quitte sa chambre sans me retourner. Dans le couloir, je m'appuie contre le mur et essaye de réguler les battements erratiques de mon cœur. Qu'est-ce qui m'a pris ? Je cligne des yeux, dérouté par la facilité avec laquelle les mots sont sortis. De l'air. J'ai besoin de la fraîcheur de la nuit pour me remettre les idées en place. Convaincu du bien-fondé de cette décision, je retourne dans le salon pour prévenir Claire au moment où sa voix stupéfaite retentit.

— Oh merde !

Je me fige. *Ça y est.*

— M. Brown est mort.

La main devant la bouche, visiblement sous le choc de la nouvelle, elle me regarde sans rien dire. Puis elle relit le courrier comme pour vérifier qu'elle n'a pas rêvé. De mon côté, je n'ai pas bougé d'un pouce.

— Je me doutais qu'il y avait un problème, mais je n'ai pas pensé que ça pouvait être aussi grave. Il est mort. Je n'en reviens pas.

Touché par sa réaction, je reprends mes esprits et vais m'asseoir à côté d'elle. Elle me tend la lettre pour que j'en prenne connaissance. Comme Robert me l'avait dit, il la prévient de la mort de son propriétaire et lui demande simplement de contacter l'étude pour discuter des modalités à venir. J'ai l'impression de jouer la partie de poker la plus importante de ma vie.

— À ton avis, ça veut dire quoi ? Est-ce qu'on va me mettre dehors ? demande-t-elle la voix tremblante.

— Je… je… je ne pense pas. Je… enfin je n'en ai aucune idée.

— Josh. Je vais appeler Josh, lui, il saura quoi faire. Ce genre de truc, c'est son domaine. Mort. Merde, c'est brutal. Il était tellement gentil.

Elle marque une pause et un sourire tendre naît sur ses lèvres.

— Tu sais, c'est grâce à lui si j'ai pu commencer une nouvelle vie ici. Il m'a donné ma chance, jamais je ne l'oublierai. Il faut que je demande au notaire l'adresse de sa famille pour leur envoyer mes condoléances.

Je déglutis. Rien que d'imaginer Robert lui révéler mon nom me donne des sueurs froides.

— Je vais te laisser, je ne voudr…

— Non, reste.

Son regard est empreint de douceur.

— Reste, reprend-elle. Hier, tu m'as dit que je n'étais pas seule, que demander de l'aide n'était pas un aveu de faiblesse. Tu as raison. Je… j'aimerais que tu restes avec moi pendant que mon frère m'explique ce que je risque. Ensuite, je voudrais que tu me prennes dans tes bras, que tu m'embrasses et que tu me rassures en me disant que je suis forte et que je vais m'en sortir, que je n'ai pas fait tout ça pour rien. S'il te plaît, Adam.

— Claire… je…

— Reste, chuchote-t-elle.

Alors que je m'apprête à refuser pour son bien, une larme roule sur sa joue, et je sens ma résolution céder sous la force de mes sentiments.

Claire

— Tu n'es pas sérieux, j'espère ?

À l'autre bout de la ligne, Josh n'a pas prononcé un seul mot depuis sa surprenante proposition, quelques secondes auparavant. Comment peut-il s'imaginer une chose pareille ?

— Pourquoi pas ?

« Pour un million de raisons », ai-je envie de répliquer, seulement aucune ne me vient à l'esprit dans l'immédiat. Sa question me désarçonne. Adam, qui observe la rue enneigée par la fenêtre, me lance un regard interrogatif, conscient du changement d'atmosphère. Comme je le lui ai demandé – « comme je l'ai supplié » serait plus exact –, il est resté. Je crois qu'il était près de refuser, mais contre toute attente il a accepté. Étrange comme il semble être parfois si perdu. Au bout d'une semaine, j'ai eu le temps d'analyser ses sautes d'humeur et j'ai compris qu'elles se manifestaient à des instants bien précis. Il a tendance à se replier sur lui-même dès qu'il est question de famille ou de souvenirs. Je suppose que c'est lié au traumatisme de la mort de ses parents et que ses blessures sont toujours à vif. Pourtant je vois bien qu'il aimerait se laisser aller. Je n'ai aucune idée de ce qui peut le terrifier autant, et malheureusement il ne semble pas enclin à se confier. Dès que la situation lui échappe, il se ferme comme une huître. Tout à l'heure dans le couloir, j'ai d'abord pensé qu'il regrettait d'être venu ou que la présence de Colleen le gênait avant que la vérité me frappe : il nous apprécie mais il ne sait pas comment l'accepter. Chacun de ses gestes et de ses regards sont la preuve de son attachement. Sa gentillesse, sa prévenance et ses merveilleux baisers le trahissent. Personne n'embrasse avec une telle passion sans avoir un minimum de sentiments. Et je soupçonne justement Adam d'être allergique à toute forme d'attachement !

— Tu pourrais y réfléchir cinq minutes, reprend Josh.

— Tu veux vraiment que j'achète la maison ? Mais enfin, je ne sais même pas si elle est en vente. J'imagine que la famille voudra le garder en location. C'est une source de revenus pour eux.

Adam ne me quitte pas des yeux. Ma réponse a l'air de l'inquiéter.

— Tu payes une bouchée de pain, Claire. Quand ils vont éplucher les comptes de M. Brown, ils vont commencer par augmenter ta mensualité dès la fin du bail et ils auront raison. Perso, c'est exactement ce que je ferais.

— Josh ! Ne parle pas de malheur.

— Écoute, M. Brown avait peut-être le cœur sur la main, mais ça ne sera pas forcément le cas de ses héritiers. Les successions sont de véritables sacs de nœuds pour les ayants droit, et le plus simple est bien souvent de vendre les propriétés pour payer les frais de succession.

Je soupire, accablée par la vision pessimiste de mon frère. Je pensais enfin avoir laissé derrière moi mes problèmes et, même si mon quotidien n'est pas tous les jours facile, j'avais bon espoir d'être à nouveau heureuse. Cette mauvaise nouvelle est un retour violent à la case départ.

— Je… Mais qu'est-ce que je vais devenir ? dis-je, désespérée. Depuis la séparation, tout me semble compliqué. Le moindre projet se transforme en parcours du combattant.

— Tu vas procéder par étapes. Demain, tu appelles le notaire pour savoir à quelle sauce ils veulent te manger, et une fois qu'on connaîtra leurs intentions, on pourra se positionner.

— « On » ? C'est mon combat, Josh. Pas le tien.

— Nous sommes une famille, Claire. La famille, ça se serre les coudes.

Un ange passe. Josh est un frère protecteur, et je sais déjà que son cerveau carbure dans tous les sens, réfléchissant à la meilleure façon de me soutenir sans me braquer. Alors que je cherche mes mots, il reprend :

— S'ils veulent vendre, tu es prioritaire. Dans ce cas-là, il te suffira de faire une proposition et d'obtenir un rendez-vous auprès de ta banque pour contracter un prêt. C'est là que j'interviens, d'où le « on ».

Je souris, reconnaissante. Josh a des défauts mais il a le cœur sur la main.

— Je peux faire jouer mes relations et te décrocher un rendez-vous pour samedi prochain. Ça nous laissera une semaine pour monter un dossier béton et élaborer un business plan. Il faudra lister tes objectifs ainsi que les méthodes et les délais pour les atteindre. C'est déjà ce que tu aurais dû faire cet été, mais Andie a semblé plus intéressée par les choix de décoration.

— On avait dit qu'on n'en parlait plus.

Josh a toujours en travers de la gorge le fait que je me sois lancée sur un coup de tête et dans le plus grand secret. Il en a voulu à Andie de lui avoir caché mon projet, alors que c'était mon souhait de ne rien lui dire. Je savais qu'à la minute où il serait au courant, il mettrait tout en œuvre pour me faire changer d'avis, et à cette époque je voulais reprendre le contrôle de ma vie. Ouvrir un commerce paraissait insensé, complètement fou même, mais c'était la seule chose – avec Colleen – qui me donnait envie de me lever le matin. Andie m'a juré de ne rien dire, même si mon frère risquait d'avoir une crise cardiaque en découvrant le pot aux roses. Il a fait la tête pendant deux semaines jusqu'au jour où elle l'a menacé d'aller habiter à l'hôtel, parce que son attitude immature lui sortait par les yeux. Le soir même, il m'appelait pour s'excuser et m'assurer de son soutien. Sacrée Andie !

— C'est vrai. Passons, avant que j'aie encore envie de me fâcher après elle. Ta compta est à jour ?

— Oui… oui, je crois.

— Tu crois ou tu es sûre ? Claire, c'est primordial de montrer aux organismes bancaires que ton entreprise est solvable et gérée correctement au jour le jour.

La conversation se poursuit, et il est presque 23 heures

lorsque je raccroche avec un mal de tête lancinant. Je jette mon portable sur un cousin et laisse échapper un long soupir. Une lumière douce provenant des guirlandes électriques du sapin baigne la pièce d'un halo douillet. Je me perds dans la contemplation de la flamme de la bougie parfumée posée sur la table basse.

— Alors ?

Adam est adossé au mur, les bras croisés sur le torse. Je reporte mon attention sur lui. Pourquoi a-t-il l'air si embêté ? Je ne peux pas m'empêcher d'être déçue de la distance qu'il a instaurée entre nous depuis tout à l'heure. Finalement, c'est peut-être mieux ainsi. Quel est l'intérêt de m'attacher à un homme qui ne fera bientôt plus partie de ma vie ? La soirée des lanternes a lieu dans une semaine et sonnera la fin de son séjour. Il va d'ailleurs falloir que je parle à Colleen de son départ. Elle s'est beaucoup attachée à lui, et la séparation risque d'être difficile.

— Mon frère pense que je devrais me positionner.

— Te positionner ? Comment ça ?

— Racheter le bien.

Le formuler à voix haute rend le projet concret, et j'éprouve le sentiment désagréable de ne pas être légitime. Je peux presque entendre mon ex-mari rire de cette idée saugrenue. J'ai toujours détesté la paperasse et les démarches administratives. Quelle banque accepterait de me faire confiance ? Mon apport est plus que limité, mon expérience dans la vente très réduite et, cerise sur le gâteau, je suis une mère célibataire. Même moi, je ne me ferais pas confiance.

— « Racheter le bien » ?

La voix d'Adam résonne dans la pièce silencieuse et me sort de ma torpeur.

— Oui, je sais, c'est stupide.

Devant sa mine circonspecte, je me sens rougir de lui avoir

avoué la folle idée de mon frère. Alors que je m'apprête à faire preuve d'autodérision pour sauver les apparences, il s'écrie :

— Mais oui, évidemment ! La voilà, la solution ! Tu dois racheter la propriété, Claire !

Minute. J'ai raté un épisode ?

Adam est soudain tout excité, son visage a repris son expression joviale habituelle, et une flamme brille à nouveau dans ses yeux.

— Ton frère a raison, déclare-t-il. C'est exactement ce qu'il faut faire. Ça règle tous les problèmes.

— Tous les problèmes ? De quoi tu parles ?

Mais Adam n'a visiblement plus envie de parler et, sans que je comprenne ce qui se passe, il fond sur moi et m'embrasse avec une intensité dont il n'a encore jamais fait preuve.

Le lendemain matin, avant d'ouvrir le magasin, je contacte Robert Shirley. Notre discussion est rapide et courtoise. Il m'informe que l'héritier de M. Brown souhaite conserver son anonymat et a pour projet de vendre la propriété de Hambleden. Conscient de la soudaineté de la nouvelle, son client consent néanmoins à m'octroyer un délai pour prendre une décision. Comme mon frère me l'a dit hier, je suis prioritaire si je souhaite acquérir le bien. Un agent immobilier passera d'ici quelques jours pour estimer le bien et fixer le prix de vente. Si je suis intéressée, je n'aurai qu'à prévenir Me Shirley.

Une fois que j'ai raccroché, j'appelle Josh pour lui relater notre échange.

— N'importe quoi ! s'écrie-t-il. Ce type ne fait pas preuve de bonté, il respecte simplement la loi. Il est dans l'obligation d'attendre au minimum six mois avant l'échéance du bail pour te donner ton congé. Enfin, peu importe. On sait maintenant qu'il veut vendre. Tu as réfléchi à notre conversation d'hier ?

Un long silence s'installe à mesure que je prends conscience de l'importance de ma décision. Adam a été catégorique, je dois tenter le coup. Selon lui, j'ai toutes mes chances. Mon commerce fonctionne très bien, ma famille me soutient, et mon frère a d'excellentes relations avec les banques. Mon cœur s'affole. Je vais vraiment me lancer. Je n'en reviens pas ! C'est à la fois excitant et carrément flippant ! J'inspire profondément pour essayer de me calmer, puis je déclare d'une voix que j'espère assurée :

— Tu as contacté ton banquier, j'espère ! Samedi prochain, je débarque à Londres pour défendre notre projet.

Chapitre 11

Vendredi 11 décembre
Soirée des lanternes

Adam

Une semaine s'est écoulée depuis que Claire a appris la nouvelle du décès de George. Est-ce que je me sens mieux ? Oui et non. La chape de plomb qui pèse sur mes épaules s'est légèrement allégée, mais j'ai toujours le sentiment d'être un sale menteur. Néanmoins, je m'efforce de rester concentré sur le positif ! La proposition de son frère est la solution idéale, une porte de sortie tout à fait acceptable pour les deux parties. Elle évite à Claire de devoir recommencer à zéro en perdant son commerce et apaise ma conscience. Dans le cabinet de Robert, début novembre, je me souviens avoir émis cette hypothèse, mais mon vieil ami l'avait tout de suite écartée, soulignant la situation financière délicate de la locataire. Fait que Claire a d'ailleurs confirmé à plusieurs reprises. Malgré tout, l'enthousiasme de son frère a été communicatif, et elle s'est peu à peu laissé gagner par une énergie nouvelle. Au fil de notre discussion, ses yeux se sont illuminés d'excitation, et la voir ainsi s'autoriser à croire en elle a été magique.

Elle avait besoin d'être rassurée et encouragée. La tâche a été facile, car du peu que j'en ai vu, je n'ai aucun doute sur son professionnalisme. Je suis aussi persuadé que Josh ne l'entraînerait pas dans un tel projet s'il y avait le moindre risque. Sa famille l'a déjà soutenue par le passé et sera toujours présente si nécessaire. C'est une certitude.

Nous avons ensuite passé de longues minutes à nous embrasser sur son canapé, lovés l'un contre l'autre. Nos baisers, entrecoupés par mes paroles réconfortantes lui assurant un avenir prometteur, ont vite évolué en caresses plus intimes.

J'ai eu une envie folle de lui faire l'amour. Me raisonner commençait à devenir difficile.

Très difficile.

J'ai failli céder, puis j'ai pensé à Colleen. Et à mon manque d'honnêteté.

— Elle pourrait nous entendre, ai-je dit à bout de souffle.

Une part de moi a eu honte de me servir de la fillette profondément endormie dans sa chambre pour éviter de céder à la tentation. L'excuse était parfaite et m'a fait passer pour un type prévenant, alors que le véritable problème était ma lâcheté.

Nous en avions envie tous les deux, mais je n'ai pas pu me résoudre à franchir cette étape.

Claire est différente.

Unique.

Précieuse.

C'est aussi une grande romantique. Elle n'a pas eu besoin de l'exprimer à haute voix ; son attitude, ses expressions, ses attentes et ses espoirs parlent pour elle. Son divorce a détruit sa confiance en elle, et je ne veux pas qu'elle pense que je me suis servi d'elle lorsqu'elle découvrira mon identité.

Nous sommes déjà vendredi. Ces derniers jours, Claire a été noyée sous une montagne de démarches administratives, de points téléphoniques avec son frère et de tableaux remplis de chiffres à mettre à jour. J'ai fait de mon mieux pour la soutenir, conscient que cet investissement servait aussi mes propres intérêts. Mercredi, elle a eu une baisse de régime, devenant soudain pessimiste. Dérouté par son attitude, je lui ai proposé de l'accompagner à Londres. L'idée m'est venue naturellement et a eu le mérite de lui redonner le sourire. Elle en a même profité pour me demander si je pourrais l'aider à faire ses courses de Noël. Je n'étais pas très enthousiaste, mais il lui a suffi de cligner des yeux, l'air suppliant, pour que je craque.

Le vendredi en fin d'après-midi, je grimpe les marches quatre à quatre, frappe et pénètre dans l'appartement de Claire.

— Salut Colleen !

— Noooonnn, ferme les yeux. Tourne-toi !

Sympa l'accueil !

Je m'exécute et lève les mains en l'air, à la façon d'un pauvre type braqué. Elle n'a vraiment pas l'air contente. Il était pourtant prévu que je vienne lui tenir compagnie. Sa mère a une dernière réunion en visioconférence pour passer en revue l'ensemble du dossier, et après nous allons tous les trois à la soirée des lanternes. Les conditions météorologiques sont suffisamment clémentes pour que l'événement soit maintenu. Heureusement, sinon Colleen aurait été déçue.

L'animation du jour est géniale. Les enfants, accompagnés d'un adulte, ont rendez-vous dans un champ à la sortie du village et doivent apporter la petite carte aux bonnes dimensions fournie par la Mairie sur laquelle ils auront inscrit leur souhait le plus cher. Chacun leur tour, les petits monstres choisiront une lanterne biodégradable parmi une dizaine de modèles différents, et y attacheront le papier avant le lancer le tout. Le nôtre sera rose ; le débat a déjà eu lieu hier soir lors du dîner, et il a été très animé. Le vert a presque failli l'emporter. En revanche, en ce qui concerne le souhait, Colleen est restée très mystérieuse. Même Claire n'a pas réussi à soutirer l'information secrète à sa fille.

— Qu'est-ce qui se passe ? demande une voix de femme.

Surpris – Claire n'a pas précisé qu'il y avait une invitée –, je risque un œil derrière mon épaule. Colleen range à toute vitesse son matériel – des feuilles, un tube de colle, des feutres et un crayon – en chuchotant face à sa tablette. Je comprends mieux ! Je parie qu'Andie est son interlocutrice mystérieuse.

— Salut, Adam !

— Salut, Andie !

Nous ne nous connaissons pas, mais j'ai découvert que Colleen lui parlait tous les jours. Ça ne dure pas longtemps, une dizaine de minutes tout au plus, mais elles ne dérogent jamais à la règle. Claire m'a expliqué qu'elles étaient très complices et qu'Andie était devenue un pilier dans la vie de sa fille. Un coup de foudre familial en quelque sorte !

— Vous vous êtes appelées plus tôt que d'habitude, non ? dis-je, toujours dos à la scène, les yeux fermés.

— On avait des trucs à faire. Pas vrai, Colleen ?

Je l'entends bougonner et partir dans sa chambre avant de revenir en courant.

— C'est bon ! Tu peux ouvrir les yeux.

— Je vous laisse ! crie Andie dans le fond. Adam, embrasse

Eve pour moi. Colleen, tu me raconteras ça lundi. Amuse-toi bien chez ton père.

— Eve ?

— Ne me dis pas que je suis la première à te faire ce genre de blague !

— Je crois bien que si, mais Claire m'a prévenu de ton humour douteux, dis-je pour la taquiner.

— Bonne soirée, dit-elle en riant avant de raccrocher.

Je me retourne alors que Colleen baisse rapidement son pull. Je crois avoir vu une enveloppe coincée sous l'élastique de son collant.

— Qu'est-ce que tu caches sous ton collant ?

— C'est pas un collant, c'est un legging, répond-elle d'un ton moqueur.

— C'est pareil.

— Pas du tout ! Si c'était un collant, j'aurais mis une jupe ou une robe par-dessus. Tu vois bien que j'ai un pull.

— Il est super cool d'ailleurs. Ce Hulk qui me fait un clin d'œil a l'air très sympa.

— Tu sais que c'est Maggie qui me l'a tricoté ? Tu trouves pas qu'elle est super forte ? Andie veut qu'elle lui apprenne.

Je siffle pour marquer mon approbation.

— Mais carrément ! En parlant de ça, où est le mini-Banner ?

— Il dort dans les bras de Molly. Encore.

Elle affiche une moue boudeuse.

— Je t'ai dit qu'il était amoureux de ta super-licorne. Franchement, c'est sûr.

— Mais non, dit-elle en riant, c'est juste qu'elle lui rappelle sa maman alors que c'est moi maintenant sa maman.

— Sauf que tu n'es pas assez poilue, toi ! Bon, tu es prête pour *Mulan* ? On peut se faire du pop-corn, si ça te dit.

Vu son large sourire, je sais que je viens de proposer un

programme extraordinaire. Les enfants sont parfois très faciles à contenter.

— Avec du caramel ?

— Évidemment ! Tu me prends pour qui ? Team sucrée ! dis-je en tendant mon poing qu'elle s'empresse de frapper.

— On pourra tirer les rideaux pour se mettre dans le noir et allumer que la guirlande du sapin et celle des pères Noël ?

— Bien sûr.

— Et aussi la bougie pomme-cannelle de maman ? Comme ça quand elle rentrera à la maison, ça sentira trop bon.

— Tout ce que vous voudrez, jeune demoiselle. Autre chose ?

— Oui, tiens.

Retrouvant soudain tout son sérieux, elle soulève son pull et me tend la mystérieuse enveloppe. Mon prénom est écrit avec une adorable maladresse et entouré d'un cœur. Le reste du papier blanc est décoré de dessins, de formes géométriques et de gommettes. Je la retourne pour l'ouvrir soigneusement, mais mon cœur loupe un battement. De ce côté de l'enveloppe, Colleen nous a dessinés tous les trois ainsi que Doc. Ma gorge se serre, compressée par l'émotion. Je me concentre sur le visage plein de fierté de cette petite fille qui est en train de libérer mon cœur des fils barbelés qui l'emprisonnent depuis des années. Alors que je sors le carton découpé dans une drôle de forme, elle s'impatiente et ne me laisse pas le temps de lire ce qu'elle a certainement mis de longues minutes à écrire.

— C'est une invitation !

— Une invitation ? Mais pour quoi au juste ?

— Passer une soirée avec nous samedi de la semaine prochaine. Toi, moi et maman.

— Un peu comme tous les soirs, non ?

— Non, car il y aura pas école le dimanche donc je

pourrai me coucher tard. Maman a dit que si tu es d'accord, elle l'est aussi.

— Je dois partir dimanche, tu t'en souviens ?

— Maggie a dit que personne ne t'attendait.

Génial ! Un complot orchestré par la reine du gang ! Ça m'apprendra à boire un café avec elle et Emily tous les jours à 13 heures ! Sans que je m'en rende compte, je me suis laissé aller à quelques confidences, et on dirait bien que les deux entremetteuses ont su en tirer parti.

— Alors, c'est d'accord ?

Elle me regarde avec des yeux pleins d'espoir. Je m'accroupis pour être à sa hauteur.

— Écoute ma grande, là on ne parle plus d'un jour supplémentaire mais d'une semaine. Ça fait déjà bien longtemps que j'aurais dû rentrer à Londres. J'ai un travail, tu sais. Je ne peux pas habiter ici indéfiniment même si je t'aime beaucoup.

— Tu peux pas faire ton travail ici ? Andie a dit que c'était possible parfois.

Il ne manquait plus qu'elle dans l'équation !

— Je ne veux pas que tu sois plus là lundi quand je serai rentrée de chez papa. Je veux une dernière soirée spéciale tous ensemble.

— Nous allons être ensemble ce soir et…

— Non, une soirée juste tous les trois à la maison.

Je ferme les yeux à la recherche d'un argument imparable, mais rien ne vient. Je suis à cours d'inspiration. J'ouvre la bouche, puis la referme, gagné par la panique. Je lève les yeux vers le plafond dans un dernier espoir de réussir à me sortir de là, puis je craque. *Cette gamine aura ma peau !*

— Et Doc alors ? Tu as dit : « tous les trois ». Il ne va pas être triste de ne pas être invité à notre soirée ?

Elle sautille et tape dans ses mains, folle de joie.

— Tu es d'accord, alors ?

Elle n'attend pas ma réponse et me saute dessus pour m'enlacer, nous faisant basculer dans un concert de rires et de bisous baveux.

Claire

— 5, 4, 3, 2, 1, lâchez !

Sous le regard fasciné de l'assistance, le ciel s'illumine soudain d'une centaine de lanternes multicolores. Elles scintillent dans la nuit et emportent avec elles les précieux souhaits des enfants.

C'est magique !

Leur envolée, semblable à la valse hypnotique de lucioles éprises de liberté, fascine les enfants, chacun priant pour que son vœu se réalise. Leur joie communicative gagne les adultes présents et réveille leur âme d'enfant. Walt Disney avait raison : les grandes personnes sont simplement des enfants qui ont grandi, ils ont toujours la même capacité d'émerveillement. Les yeux brillent, les lèvres s'étirent et libèrent des « Oh ! » enchantés alors que les regards sont rivés vers la nuit étoilée, chargée d'une féerie éphémère.

Colleen, emmitouflée dans sa grosse écharpe en jacquard rouge et blanc – notre accessoire du jour –, donne la main à Adam pendant que je prends quelques photos qui viendront enrichir les archives de la Mairie. L'idée, instaurée par Maggie et Emily plusieurs années auparavant à la suite d'un mariage dans le Yorkshire, est fantastique.

Ma fille désigne le ciel de l'index, certainement à la recherche de sa lanterne. Adam acquiesce puis l'attrape d'un geste habile pour l'installer sur ses épaules avant de se diriger vers Maggie et Emily. Je les regarde discuter, perdue dans mes pensées. Adam a-t-il conscience que tout le village l'a adopté ? Lui qui semble pourtant si solitaire. Son hôte lui donne une tape sur le bras, mais il lui attrape la main avec délicatesse et l'attire contre lui comme s'il s'agissait d'une de ses proches. Je me demande ce que pensent les membres de sa famille et ses amis de ce séjour prolongé à la campagne. Les a-t-il prévenus ? Ses parents sont décédés, mais qu'en est-il du reste de sa famille ? En dehors de ce deuil, je ne sais rien de sa vie personnelle. Adam ne se livre jamais et se débrouille toujours pour ramener la conversation sur un sujet moins sensible. Discuter avec lui est pourtant simple, car il a le don d'écouter sans juger. Si me confier à lui est si facile alors pourquoi la réciproque n'est-elle pas vraie ?

Hier soir après son départ, j'ai fait une recherche sur les réseaux sociaux, mais mis à part un compte privé sans photo de profil sur Facebook, je n'ai rien trouvé d'intéressant. Honteuse d'avoir essayé de l'espionner, j'ai vite coupé court à cette impulsion malsaine. J'ai sûrement eu peur aussi de ce que je risquais de découvrir. Je suis restée figée devant mon téléphone pendant plusieurs minutes, gagnée par la culpabilité, une petite voix me chuchotant que je n'apprécierais pas qu'il mène une enquête sur mon compte. Andie, elle, aurait approuvé cette initiative à 100 % et affirmé que la fin justifie les moyens. Mais qui suis-je pour aller fouiner dans la vie privée d'Adam sans y avoir été invitée ? Déstabilisée par ma réaction, je suis allée me coucher avec la désagréable impression d'avoir mal agi. Ma nuit agitée m'a néanmoins porté conseil, et au petit matin la solution m'est apparue, limpide. Notre excursion à Londres va être l'occasion parfaite pour tenter d'en savoir plus.

Au fond de ma poche, je sens mon téléphone vibrer et je ne peux m'empêcher d'être déçue.

Je suis là.

Déjà, me dis-je avec amertume. Je redoute ce moment depuis plusieurs jours. Ben, le père de Colleen, vient récupérer sa fille, comme c'est le cas deux fois par mois. Il vient d'arriver à Hambleden et nous attend sur le parking de la mairie. J'avais espéré que les chutes de neige le décourageraient. Malheureusement, la météo des dernières vingt-quatre heures a joué en sa faveur. *Dommage !*

Un peu plus loin, Colleen s'amuse, insouciante. Emily essaye de la chatouiller mais Adam se recule, et elle éclate de rire. Jamais je n'aurais imaginé que Ben et moi en arriverions à une telle situation. Se partager la garde de notre fille. Accepter de ne pas lui souhaiter bonne nuit chaque soir, se résoudre à ne pas l'embrasser tous les jours et, petit à petit, réapprendre à vivre seule. Je sais que je ne suis pas responsable de cet échec, pourtant cela ne change rien à la souffrance que j'endure. J'ai fait le deuil de cette relation, je ne suis plus amoureuse de Ben, mais nous étions malgré tout une famille, et maintenant nous ne sommes plus rien. C'est parfois encore difficile à admettre.

Ok, on arrive.

J'inspire et me dirige vers ma fille d'un pas rapide, plaquant sur mon visage un sourire factice. Les enfants sont très sensibles, et Colleen est bien plus attentive qu'il n'y paraît. Je refuse de l'inquiéter et de gâcher le week-end chez son père.

— Colleen ?

Je suis gênée de les interrompre, car parler de mon ex-mari devant Adam me met mal à l'aise. Maggie le connaît déjà, ils ont échangé quelques politesses un soir, alors que j'appréhendais le départ de mon bébé. La vieille dame l'avait compris et était prétendument passée à l'improviste à la boutique pour me déposer un livre dont nous avions parlé. Ses bras réconfortants avaient accueilli ma détresse après le départ de Colleen. Au fil des mois, je me suis endurcie, cependant ses absences restent une épreuve, comme si ma vie était en pause lorsqu'elle n'est pas là, attendant que mon cœur me revienne.

— Papa est arrivé. On doit y aller.

La légèreté qui les animait quelques instants auparavant disparaît. Seule Colleen reste elle-même et applaudit, contente de retrouver son père. Je sens le regard d'Adam braqué sur moi, mais je me concentre sur Maggie qui opine de la tête. Je sais qu'elle est triste, elle aussi. En début de semaine, elle a suggéré que Ben ne récupère Colleen que samedi matin afin de la laisser profiter pleinement de la soirée. Le lâcher de lanternes est suivi de la projection d'un film dans la salle des fêtes. Le Grinch. Colleen aurait adoré, mais Ben a refusé, prétextant que sa fille lui manquait et qu'il ne voulait pas perdre une minute du temps précieux passé avec elle. L'excuse était inattaquable. Je n'ai donc pas insisté.

— Tu viens, chérie ?

Adam l'aide à descendre de ses épaules et, même s'il n'a toujours pas prononcé un mot, je devine sa déception. Il n'était pas au courant que Colleen partait dès ce soir.

— Colleen, si on allait embrasser Stuart et Sarah avant ton départ ? lance Emily.

Nous les regardons s'éloigner en silence. Soudain, Colleen s'arrête en chemin et revient en courant dans notre direction, les bras tendus vers Adam. Il l'attrape au vol et lui rend son étreinte.

— À lundi, lui dit-elle la voix chargée d'espoir. Tu promets ?

Il lui embrasse le front sans répondre. À l'idée qu'elle ait réussi à le convaincre de rester, je sens mon cœur se gonfler de joie. Lorsqu'elle m'en a parlé avec son air très sérieux, je n'ai pas pu retenir la vague d'excitation qui m'a envahie. Cependant, la retenue d'Adam calme mes ardeurs. Pour une raison qui m'échappe, cet homme semble être constamment sur la réserve. Un jour, il avance d'un pas, et le lendemain il recule de trois, si bien que je n'arrive jamais à savoir ce qu'il pense de notre relation. Avec Colleen, c'est différent, il est plus naturel. On dirait qu'il a trouvé sa place, et le lien qui les unit paraît déjà très solide. J'espère qu'il en a conscience. Le cœur de ma fille est trop jeune et innocent pour connaître un nouvel abandon.

— Colleen, il faut te dépêcher un peu. Papa nous attend.

Elle rejoint Emily en sautillant puis toutes les deux se dirigent main dans la main vers le maire et sa femme. Camouflée par mon écharpe, je fixe le sol plein de neige sale. La présence de Maggie m'intimide, je n'ai pas l'habitude de draguer un homme, et encore moins devant un public. Malgré tout, je décide d'assumer et me lance :

— Je pensais rentrer. Si ça te dit, tu peux me rejoindre à la maison d'ici une demi-heure.

Ma proposition est sans équivoque. Colleen partie, nous avons l'appartement pour nous tout seuls. Plus aucun risque d'être dérangés par une petite fille réveillée par un cauchemar ou qui refuse d'aller au lit. Mes joues me brûlent. Elles doivent être assorties à mon écharpe. Qu'est-ce qui m'a pris de lui proposer ça ? Les battements erratiques de mon cœur résonnent et étouffent tous les bruits autour de moi. Incapable de soutenir le regard d'Adam, mes yeux virevoltent du visage de Maggie au sien.

— C'est gentil, mais j'ai promis à Maggie de l'aider à ranger la salle après le film.

Je me fige et ne manque pas l'étonnement de cette dernière, qui ouvre la bouche puis la referme sans qu'aucun mot franchisse la barrière de ses lèvres. Elle est aussi surprise que moi. Dans d'autres circonstances, la situation aurait été drôle, mais là, elle est tout simplement gênante.

— Et puis, tu dois te coucher tôt pour être en forme demain, ajoute-t-il d'une voix douce.

Mon Dieu, non ! Le fait qu'il prenne comme excuse mon rendez-vous à la banque est encore plus humiliant.

— Oh ! oui... je... non... Bien sûr, tu as raison. Bonne soirée à tous les deux alors, et bon film.

Je déguerpis sans demander mon reste, choquée de m'être trompée à ce point. Moi qui pensais bêtement qu'il attendait l'occasion parfaite pour que nous soyons seuls. Il semblerait que j'aie pris mes désirs pour des réalités. Aucun doute, question séduction, j'ai perdu la main.

Vingt minutes plus tard, la voiture de Ben s'éloigne. J'agite la main, les larmes au bord des yeux. Tout est soudain si calme, sans intérêt. J'ai le sentiment de n'être plus qu'une coquille vide. J'inspire profondément pour ne pas craquer et, au moment où les feux disparaissent au détour d'un virage, je me résous à rentrer.

Tout à coup, j'aperçois Adam arriver sur la place en courant. Il s'arrête à quelques pas de moi, essoufflé.

— Ça va ? demande-t-il.

Je croise les bras. La tristesse liée au départ de Colleen se mue en une vive colère dont il s'apprête à faire les frais.

— Qu'est-ce que tu veux Adam ?

Il réduit l'espace entre nous, et je relève la tête pour l'affronter. J'en ai marre de ses hésitations. Ma patience a atteint ses limites.

— Qu'est-ce que tu fais là ?

Ses yeux s'illuminent d'une étrange ardeur, où se mêlent le doute, la peur et le désir. Je frisonne, surprise d'y lire une telle intensité. Il recule d'un pas, mais j'avance aussitôt. Pas question de le laisser fuir.

— Je t'ai posé une question, dis-je les poings serrés. Tu

pourrais au moins avoir le courage d'assumer tes actes, à défaut d'assumer tes sentiments.

Ses pupilles se posent partout sauf sur moi. Il semble terrifié, mais ne bouge pas d'un centimètre. Alors, je me rapproche un peu plus. Nos chaussures se touchent, dernier rempart entre nos deux corps. Les secondes s'égrènent dans la fraîcheur de la nuit hivernale. Déçue, je me résous à l'évidence et le regarde droit dans les yeux pour qu'il voie à quel point sa réaction me blesse, mais il en profite pour poser le front contre le mien avec tendresse.

— Promets-moi de ne pas m'en vouloir, murmure-t-il.

Hein ?

Un lourd silence nous enveloppe. Les questions se bousculent dans ma tête. De quoi parle-t-il ? Pour quelle raison devrais-je lui en vouloir ? Mais il ne me laisse pas le temps de l'interroger et m'embrasse passionnément.

Adam

J'attends, à l'affût, prêt à trouver une excuse pour m'enfuir. Une minute s'écoule, puis cinq, et bientôt dix.

Rien.

Pas même un soupçon d'angoisse.

Je devrais être terrifié, pourtant je me sens étrangement serein, détendu.

Apaisé.

Je fixe le plafond, à l'écoute de mon corps, en quête d'un signe ou d'un indice, mais mon cœur bat normalement. Mes doigts ne tremblent pas et courent même avec plaisir sur la peau nue de Claire, endormie dans mes bras.

Tout… va… bien.

Tout est à sa place, moi y compris, comme si je venais

de trouver un refuge après une interminable traversée du désert. Claire remue et se pelotonne davantage contre moi. Je souris et resserre mon étreinte, ravi de m'être autorisé ce moment de bonheur. J'ai su que j'avais fait une erreur à la seconde où elle a quitté ce foutu champ. Elle a mal interprété mon rejet, je faisais ça pour la protéger. Maggie m'a lancé un long regard désapprobateur et s'est contentée de tourner les talons en secouant la tête, comme si j'étais le dernier des imbéciles. Je l'étais peut-être. Il m'a fallu ensuite vingt bonnes minutes pour me convaincre de foncer et de sauter dans le vide.

Claire était en colère. C'était tout à fait normal. Logique. Cela fait plus de dix jours que je donne et reprends l'instant d'après à cause de cette peur insidieuse de perdre à nouveau une personne à laquelle je tiens. Mais j'étais fatigué de lutter et, pour la première fois depuis très longtemps, le besoin d'autoriser mes sentiments à exister a surpassé la peur de souffrir. Sur cette place, éclairée par un ridicule lampadaire, j'ai pris la décision de vivre au lieu de fuir, d'abandonner toute résistance et de laisser enfin libre cours à mes sentiments.

Un psychologue aurait qualifié cette avancée de positive. De mon point de vue, cette histoire vient surtout de se compliquer. Ce soir, nous avons franchi une étape cruciale, et le retour en arrière est impossible. Je me dégage doucement sans réveiller Claire, me lève et enfile mon caleçon avant d'aller dans la cuisine. Je me sers un grand verre d'eau et le bois d'une traite, espérant mettre de l'ordre dans mes idées. La solution est évidente, mais elle déclenche déjà dans ma poitrine de violentes palpitations. Les mains appuyées sur le plan de travail, je laisse tomber la tête en avant et soupire. Je n'ai plus le choix. J'ai repoussé l'échéance de trop nombreuses fois depuis mon arrivée à Hambleden. J'inspire et décide d'aller chercher mon portable dans l'entrée, puis je m'installe sur le canapé, le cœur battant. Je compte lentement jusqu'à dix afin de faire taire l'angoisse qui me guette, puis je me concentre sur le parfum de Claire qui flotte autour de moi pour me détendre.

Inspire, expire.

Inspire, expire.

Lorsque je suis calmé, je déverrouille le téléphone et me lance.

Bonsoir, Robert,
Je sais qu'il est tard, désolé, mais si tu as un créneau de libre demain vers 11 h 30, j'aimerais passer au cabinet.
J'ai besoin de te parler.
Adam

Alors que j'essaye de me persuader que ce message n'est pas la pire erreur de ma vie, Claire apparaît comme dans un songe, enveloppée dans un drap blanc. Ses cheveux d'or sont emmêlés, ses lèvres gonflées d'avoir été trop embrassées, et ses grands yeux brillent de désir.

Magnifique.

Un ange.

Une vision enchanteresse.

Claire représente la perfection. Ma perfection.

— Et si tu revenais te coucher ? demande-t-elle avec douceur en me tendant la main.

Elle ne pose pas d'autres questions même lorsque mon écran s'illumine, annonçant l'arrivée d'un message. Elle se contente simplement de patienter, le visage souriant, heureuse. Sans un mot, je pose le téléphone et glisse la main dans la sienne, prêt à lui confier mon cœur.

Chapitre 12

Samedi 12 décembre

Il est presque 11 heures lorsque Claire et moi nous séparons à l'angle de Queen Victoria Street et de Queen Street. Je la regarde se diriger vers la banque, à la conquête de son avenir. Elle est stressée et n'a eu de cesse de le répéter pendant les cent trente kilomètres que nous venons de parcourir avec sa voiture. Les appels téléphoniques se sont succédé : Andie, son frère, ses parents et Maggie, mais son discours est resté le même. « Et si j'échoue ? » À sa place, je ne m'inquiéterais pas, car je suis prêt à parier que sa famille fera tout pour lui apporter le financement nécessaire. Seulement, Claire est têtue et a décrété qu'elle mènerait à bien ce projet sans l'aide de personne. Je me rends compte que nous sommes très souvent les obstacles à notre propre bonheur.

Le trajet pour rejoindre Phillimore Street où se situe le cabinet de Robert me paraît interminable, à croire que tout Londres a décidé d'emprunter cette ligne de bus aujourd'hui. Les yeux rivés sur la vitre, je regarde les rues défiler. Il règne une drôle d'effervescence dans la capitale. Certains courent dans tous les sens, se bousculent, s'excusent à la hâte, se disputent parfois. D'autres sortent des boutiques les bras chargés de paquets cadeaux, heureux, puis s'engouffrent dans le magasin suivant avec le même enthousiasme. Noël est devenu une fête commerciale. Je ne la déteste pas pour autant, c'est juste que je n'y accorde plus d'importance. Elle est pour moi synonyme de jours heureux perdus à jamais et, à ce titre, je l'ai bannie de mon existence. Tous ces beaux souvenirs sont réunis dans une boîte fermée à double tour que je refuse d'ouvrir. Que je *refusais* d'ouvrir. Cette nuance a son importance. En effet, depuis mon arrivée à Hambleden, les souvenirs affluent, chaque jour plus nombreux, sans être aussi douloureux qu'auparavant. C'est comme si mon cœur était enfin capable de les apprécier et de les chérir. Le sourire de ma mère, le regard de mon père, les soirées jeux de société au coin du feu, les vendredis pizzas… Me remémorer tout ça n'agrandit plus le trou béant dans ma poitrine. Chaque pensée heureuse en fait naître une nouvelle, et même si certaines sont teintées de nostalgie, elles sont devenues des baumes apaisants qui viennent recouvrir mes cicatrices.

Une demi-heure plus tard, je frappe et entre dans le bureau de mon ami.

— Ne bouge pas, dis-je alors qu'il commence déjà à se lever.

Je vais à sa rencontre et lui serre la main.

— Bonjour, Adam, comment vas-tu ? Assieds-toi, je t'en prie. Je te sers quelque chose à boire ?

Il désigne le plateau en argent sur lequel sont posés une carafe pleine d'un liquide ambré et des verres en cristal.

— Non, merci.

— Très bien. Tu ne m'en voudras pas si je m'octroie un petit plaisir ? La matinée a été longue et épuisante pour un vieil homme comme moi.

— Je t'en prie.

Il se sert un verre puis se rassoit en face de moi. Adossé à son large fauteuil en cuir, il sirote avec plaisir sa boisson, abandonnant son habituelle rigidité au profit d'une attitude plus détendue.

— Alors, quand es-tu rentré ?

— Pour être tout à fait honnête, je séjourne toujours à Hambleden.

Sa surprise est manifeste, et son verre reste suspendu à quelques centimètres de ses lèvres. Il s'écoule deux ou trois secondes avant qu'il se décide à boire une seconde gorgée. Il garde le liquide en bouche un long moment avant de se décider à parler.

— Je t'avais dit que les avis sur les scones de ce bed and breakfast étaient dithyrambiques. Si je ne me trompe pas, tu y es depuis une quinzaine de jours, c'est bien ça ?

— C'est exact.

Il observe l'alcool dans son verre avec une expression sérieuse. Robert est intelligent, il est en train d'assembler les pièces du puzzle.

— C'est presque un record pour toi, tout ce temps passé au même endroit. J'imagine que tu as été bien accueilli.

La cheville posée sur mon genou, je pianote sur mon jean. Je ne pensais pas que formuler ma demande à voix haute serait si difficile.

— Si tu me parlais de ce qui te tracasse, Adam ? Je suis certain que nous trouverons une solution.

— J'ai rencontré quelqu'un.

— Je m'en doute, répond-il calmement. Tu y as déjà fait allusion lors de l'une de nos conversations. Mme Sullivan, j'imagine ? Ta locataire. Comment a-t-elle pris la…

— Je ne lui ai rien dit, dis-je en baissant les yeux, incapable de soutenir son regard.

— Adam…

Son ton est calme, aucune once de colère, ni de déception dans sa voix. Pourtant, je ressens le besoin de me justifier.

— Je suis en train de merder.

— Je le crains.

— Elle est différente.

— J'en suis certain.

— Ce n'était pas prévu.

— Ça ne l'est jamais. C'est ce qu'on appelle le destin. Puis-je te poser une question un peu personnelle ?

J'acquiesce d'un signe de tête.

— Entretiens-tu une relation physique avec cette femme ?

J'approuve en silence.

— C'est tout récent, et c'est justement l'objet de ma visite. J'ai franchi la limite que je m'étais fixée. Je t'assure que j'ai essayé de me raisonner, vraiment. Notre relation n'aurait pas dû évoluer de cette façon, je me l'étais interdit. Mais c'est comme si elle savait exactement quoi dire ou quoi faire pour atteindre mon cœur.

Il m'observe un instant sans rien dire.

— Pourquoi couches-tu avec cette femme ?

Je hausse les épaules, amusé par sa question.

— À ton avis, Robert, pourquoi les hommes ont des relations sexuelles avec des femmes ?

Il fait mine de réfléchir

— Ça dépend, répond-il d'un air très sérieux. Je dirais même que c'est une question personnelle. Regarde Hugh Grant, il a couché avec cette prostituée par pur appétit sexuel. J'imagine que bon nombre de rockeurs s'envoient en l'air, passe-moi l'expression, après un concert dans le seul but d'évacuer leur adrénaline. Les sportifs de haut niveau, eux, canalisent leur énergie avant une compétition en intensifiant leur activité sexuelle. A contrario, j'aime penser que le prince Harry entretient des relations charnelles avec cette jolie américaine car il nourrit des sentiments à son égard.

Sa façon désuète de s'exprimer m'amusera toujours. Mais je n'ai pas le cœur à rire aujourd'hui.

— Je l'apprécie, rien de plus, répliqué-je un peu plus sèchement que je l'aurais voulu.

Il lève les mains en signe d'apaisement.

— Très bien. C'était pour avoir une idée plus précise de ta relation avec Mme Sullivan.

— Claire.

— Claire. Donc, elle n'est au courant de rien ? Qu'attends-tu pour lui parler ?

— Je n'étais pas censé rester.

— Le fait est que tu es resté.

— Colleen est très forte.

— Colleen ?

— Sa fille.

Je pose les coudes sur mes genoux et exerce une pression sur mes paupières. *Quel foutoir, sérieux !*

— Une relation ne peut pas fonctionner si elle est basée sur un mensonge. J'imagine que je ne t'apprends rien, Adam.

— Je ne suis pas sûr de vouloir me lancer dans une relation. Claire me plaît, c'est indéniable, mais je me suis juré de rester célibataire.

Il m'étudie en silence. Cette pause me met mal à l'aise. J'ai besoin de reprendre la main sur notre conversation.

— Ne cherche pas à m'analyser.

— Je ne m'y aventurerais pas. Tu es bien trop complexe pour ça. Tu sais que, selon ma très chère épouse, les femmes ont un faible pour les hommes torturés ?

— Je ne suis pas torturé.

Ma réponse sèche déclenche son hilarité. Je le fusille du regard.

— Ah bon ? Première nouvelle ! Comment appelles-tu ça, toi, un homme de trente ans qui ne construit rien, et semble allergique à toute forme de d'interactions sociales parce qu'il a perdu ses parents trop tôt ?

Je me lève d'un bond, près de sortir du bureau. Je n'aurais pas dû venir. C'est une regrettable erreur.

— C'est bien ce que je pensais : tu fuis. Encore.

Sa remarque a le don d'attiser ma colère. Je sais qu'il a en partie raison, mais je refuse de l'admettre. Je me tourne vers le buffet en acajou.

— Finalement, un whisky me fera du bien.

— Je t'en prie.

L'amusement transparaît dans sa voix, mais il ne se permet pas le moindre commentaire. Robert me connaît bien, il sait quel mécanisme actionner pour me faire réagir. Je me sers un verre et le bois d'une traite sans en apprécier ni les arômes ni la saveur. La brûlure de l'alcool est tout ce dont j'ai besoin pour me calmer.

— On peut reprendre ? Pearl m'attend pour le déjeuner, j'aimerais bien ne pas être en retard. Elle a promis de me cuisiner son délicieux rôti. Elle fait cuire les pommes de terre dans le jus de viande, un pur délice. Tu peux te joindre à nous si tu veux. Je suis sûr qu'elle sera ravie de te voir.

— Désolé, je ne peux pas. Je dois retrouver Claire après son rendez-vous à la banque.

Si ma réponse pique son intérêt, il n'en laisse rien paraître et attend patiemment que je dévoile mon jeu.

— Elle a décidé de faire une proposition pour racheter la propriété.

— Très bien. Elle ne m'en a pas encore informé.

— Non, elle attend d'être certaine d'obtenir le financement.

Il grimace.

— A-t-elle un apport ? Dans mes souvenirs, sa situation financière était plutôt délicate.

— Je ne sais pas exactement. Son frère l'a aidée à monter un dossier. Il semble plutôt optimiste. Le prix de vente n'est pas très élevé. Tu penses que je pourrais le baisser encore un peu ?

— Oui, certainement.

— Parfait. C'est bon à savoir.

— Qu'est-ce que tu attends de moi concrètement, Adam ?

Je le dévisage longuement, le cœur battant. *Ça y est, nous y sommes.*

— Si elle obtient son prêt, je lui vendrai la maison. Si elle essuie un refus, je suis d'accord pour revoir le prix à la baisse, et si ce n'est toujours pas suffisant, je veux bien garder la propriété et continuer à lui louer. Dans les deux cas, elle ne doit rien savoir de mon identité. C'est non négociable.

— Tu n'es pas sérieux, j'espère ?

— Il est trop tard. Si elle l'apprend maintenant, elle n'aura plus confiance en moi et me reprochera de ne pas avoir été honnête. Ce qu'elle ignore ne peut pas la faire souffrir.

C'est tordu, je sais.

Il secoue la tête.

— Certes. Ce n'est pas à moi de te dire quoi faire, bien que mes honoraires incluent une mission de conseil, mais je pense que tu fais une énorme erreur. Je vais même aller plus loin. Je crois que tu es amoureux de cette femme, et que cette idée te terrifie. Tu fonces tête baissée, par peur de la perdre, sans prendre de recul. Tu dois voir plus loin, Adam. Claire a le droit de connaître la vérité et, surtout, elle doit savoir que tu es prêt à affronter tes démons pour elle.

Ses mots se heurtent aux parois que je viens à nouveau d'ériger autour de mon cœur. Je ne veux pas écouter ses arguments.

— Je sais que tu trouves mon attitude stupide, mais je ne peux pas me résoudre à m'engager. Pas maintenant. C'est trop tôt !

— Foutaises ! Tu l'es déjà bien plus que tu ne veux l'admettre. Réfléchis, Adam ! Pense à ces deux dernières semaines. Ne crois-tu pas que tu as déjà fait une grande partie du chemin ? Ne penses-tu pas que tu lui as déjà ouvert ton cœur ?

— Elle ne sait rien de mon passé.

— Alors, dis-lui. Parle lui de tes parents, de l'accident, de ta descente aux enfers, de ta peur de t'attacher. Explique-lui que pour toi aimer est un synonyme de souffrance, mais que votre rencontre inattendue est en train de changer ton regard sur le monde. Avoue-lui tes sentiments, même si elle doit déjà les deviner. Laisse-la t'approcher. Je t'assure qu'à deux la vie vaut vraiment la peine d'être vécue. À quoi bon aimer quelqu'un sans le lui dire ? L'amour se vit au grand jour, Adam. Vis avant qu'il soit trop tard.

Il se lève alors précipitamment, et je l'imite. Bien que je le dépasse d'une bonne tête, j'ai le sentiment d'être un petit garçon face à lui. Je connais Robert depuis des années, et il n'a jamais fait preuve d'autant d'ardeur. Il m'a toujours accompagné, conseillé, il m'a remis sur le droit chemin à de nombreuses reprises, mais jamais avec autant de fougue.

— Promets-moi de lui dire la vérité.

Nous nous dévisageons un long moment. Son discours résonne dans ma tête. J'essaye de verrouiller mon esprit qui tente d'en attraper quelques bribes pour les tatouer sur mon cœur.

« À deux la vie vaut vraiment la peine d'être vécue. »

« Vis avant qu'il soit trop tard. »

Avant qu'il soit trop tard.

Trop tard.

Je ferme les yeux et inspire alors qu'il pose ses mains fermes sur mes épaules pour me soutenir. Mon pilier.

— Promis, murmuré-je.

Puis il me prend dans ses bras, et pour la première fois depuis plus de dix ans je lui rends son étreinte. Il se fige l'espace d'une seconde, certainement un peu choqué, avant de rire et, juste comme ça, il réussit l'exploit de m'apaiser.

— Pearl ne va pas en revenir lorsque je vais lui raconter ça !

Claire

Hamleys.

Le temple du jouet.

Le paradis des enfants.

Le cauchemar des parents.

Regent Street, une des plus célèbres rues de la capitale, est noire de monde, ce qui n'a rien de surprenant à quinze jours de Noël. J'attends Adam devant le gigantesque magasin de jouets sur sept niveaux en essayant de ne pas gêner le flot de londoniens qui défile sur le trottoir à vive allure. Après avoir été bousculée à deux reprises, je me trouve un petit coin tranquille, le long de la vitrine, entre plusieurs adultes qui ont renoncé à s'aventurer en terrain dangereux !

Dix minutes plus tard, j'aperçois enfin Adam qui traverse la rue au pas de course. Ravie, je m'avance et lui fais des grands signes de la main. Un sourire sincère adoucit ses traits à mesure qu'il s'approche de moi. Je l'ai quitté il y a moins de trois heures et j'ai pourtant le sentiment d'avoir des tonnes de choses à lui raconter. J'ai déjà eu le temps de débriefer Josh pendant le trajet jusqu'à Soho, mais c'est avec lui que j'ai envie de partager mon excitation. Adam m'a soutenue toute la semaine, faisant preuve d'une patience incroyable, et si je suis allée au bout de mon projet c'est grâce à lui. Je n'aurais jamais eu le courage d'aller à ce rendez-vous aujourd'hui s'il n'avait pas proposé de m'accompagner à Londres.

Adam est unique. Il est aussi extrêmement dur à cerner. Hier, son rejet m'a blessée et j'ai eu le sentiment qu'il jouait un double jeu. J'étais furieuse contre lui. Lorsqu'il m'a rejointe sur la place, j'avais prévu de lui dire ses quatre vérités, pourtant j'en ai été incapable. Une petite voix me murmurait de lui laisser une chance. Il était tout de même venu me chercher. Au début, j'ai refusé de l'écouter, le mettant au défi de se dévoiler, mais sa façon de poser le front contre le mien dans un pur geste d'abandon a eu raison de ma colère. Il semblait si las, si perdu, presque déchiré, sans que j'en comprenne la véritable raison, alors j'ai cédé. J'ai fait confiance à mon instinct et à mon cœur, et je l'ai laissé m'embrasser. À cet instant, j'avais envie de tout lui donner, envie qu'il mette ses pensées sur pause et oublie ses angoisses pour s'autoriser à ressentir. À vivre. Son baiser a été passionné, ardent.

Hier soir, je n'ai pas voulu briser la magie de l'instant, mais aujourd'hui il me faut des réponses. Reste à savoir s'il va accepter de se prêter au jeu que je lui réserve. Une information contre une autre. Donnant-donnant.

En arrivant à ma hauteur, il ne s'embarrasse pas de politesses, fond sur moi et pose les lèvres contre les miennes dans un baiser lent, mais très intense. Nous sommes plantés au milieu du trottoir, et j'ai conscience que les gens doivent nous contourner pour poursuivre leur route, mais c'est le dernier de mes soucis. Adam m'embrasse éperdument alors que je m'attendais à retrouver à nouveau cet homme réservé. Lorsque l'air vient à nous manquer, il continue à picorer mes lèvres, comme s'il ne pouvait plus se passer de moi.

— Tu m'as manqué, murmure-t-il.

Il semble aussi surpris que moi de son aveu, et un léger

voile vient obscurcir son regard. Du doute ? De la peur ? L'impression est fugace et très vite étouffée par un second baiser qui capture mes lèvres avec beaucoup de douceur et de dévotion.

— Tout va bien ? dis-je un peu sonnée par ces deux démonstrations d'affection.

— Parfaitement. Comment s'est passé ton rendez-vous ?

Son ton assuré et sa réponse catégorique me font douter. Et s'il cherchait lui-même à s'en persuader ?

— Bien, je pensais tout t'expliquer autour d'un verre après notre mission cadeaux.

— Ça me va, dit-il en hochant la tête.

— Et toi alors ?

— Quoi, moi ?

— Ton rendez-vous ?

Il est resté plutôt évasif quant à la personne à qui il allait rendre visite pendant que je défendais mon projet. Je n'ai pas osé poser de questions par peur d'être intrusive, néanmoins je ne peux pas ignorer la méfiance qui entache ma bonne humeur. Et s'il sortait déjà avec une femme ? Et s'il était comme Ben ?

— Instructif.

— Instructif ? répété-je, de plus en plus déroutée. Qu'est-ce que ça veut dire ?

Il s'empare de mes lèvres en souriant, sa barbe de quelques jours frottant avec délice la peau de mon visage alors qu'il me répond entre deux baisers chastes.

— J'ai pu voir…

Un baiser.

— … une situation…

Un baiser.

— … sous un angle différent.

Un baiser.

— Alors la banque ? Dis-moi juste si c'est positif.

— L'ami… l'ami que tu es allé voir était… était une femme ?

Je déteste me sentir si peu rassurée, mais je n'arrive pas à me départir de cet étrange pressentiment. Ma question a le mérite de le faire rire.

— Pas le moins du monde ! Bob doit avoir au moins cent ans !

— Ce n'est pas drôle ! dis-je en lui donnant une tape sur la poitrine, vexée qu'il se moque de moi.

Il emprisonne ma main et la pose contre son cœur en la maintenant bien en place.

— Robert fait office de figure paternelle depuis la mort de mes parents. Je t'assure qu'il n'a absolument rien de féminin, ajoute-il, pince-sans-rire.

Soudain, je me sens gênée de l'avoir forcé à me faire une telle confidence, au beau milieu de la rue. Je ferme les yeux pour échapper à son regard et pose le front contre son pull.

— Je… Excuse-moi, je ne voulais pas être indiscrète. Je crois que j'ai quelques soucis de confiance.

Il me caresse le dos un long moment sans rien dire. J'entends son cœur battre, à un rythme régulier mais rapide. J'imagine qu'évoquer la mort de ses parents n'est jamais agréable.

— Accident de la route, finit-il par ajouter d'une voix presque inaudible.

— Je suis désolée.

Ses doigts courent toujours le long de mon dos.

— C'était il y a longtemps.

Je passe les bras autour de son cou pour le réconforter et laisse libre court à mon émotion.

— Le temps n'atténue pas toujours la douleur. Je suis là, si tu veux en parler. Je sais qu'on ne se connaît pas depuis très longtemps, mais j'aime beaucoup passer du temps avec toi. Je t'apprécie vraiment, Adam.

Sans rompre notre étreinte, il s'écarte légèrement pour m'observer. Mon visage prend feu, mais je soutiens son regard. J'ai beau avoir souffert de mon divorce, perdu toute confiance en moi, et avoir consacré ma vie à Colleen ces derniers mois, oubliant que j'étais aussi une femme, je veux qu'il sache qu'avec lui je suis prête à tourner la page. Je ne sais pas d'où me vient ce courage, ni où nous mènera cette histoire, et encore moins si nous avons un avenir ensemble, mais je veux nous donner une chance.

— Vraiment, vraiment beaucoup.

Il réduit l'espace entre nous, et alors que ses lèvres ne sont plus qu'à quelques millimètres des miennes, il murmure :

— Moi aussi.

Puis il m'offre un baiser fougueux sans se soucier que nous soyons toujours au milieu du trottoir à gêner les passants. Quelqu'un me bouscule, mais Adam me retient et m'enlace avec une possessivité qui déclenche une nuée de papillons au creux de mon estomac. Je chasse la peur panique qui court dans mes veines en raison de ma crainte de souffrir et me concentre sur ses lèvres chaudes et cette étreinte délicieuse.

Pour un novice, la liste de Colleen peut paraître très brouillonne, alors qu'en réalité ma fille est très organisée.

— Non, regarde il n'y a pas de cœur rouge, dis-je. Si c'est juste un petit nuage violet, ça veut dire qu'elle aime bien, mais que ce n'est pas indispensable.

— Pourquoi l'avoir mis sur sa liste dans ce cas-là ?

Je ris de sa remarque naïve. Être parent ne s'improvise pas !

— Parce que c'est une enfant, et qu'elle veut tout le catalogue de jouets !

Adam me lance un regard perplexe.

— La priorité, ce sont les cœurs rouges, expliqué-je.

— Et les trucs multicolores ?

— Ce sont des arcs-en ciel, Adam. Si jamais le Père Noël manque d'idées, il peut piocher dans ces jouets.

— Comment pourrait-il manquer d'idées alors que…

Il se tait et consulte rapidement la liste.

— Alors qu'il y a huit cœurs rouges. Ah non ! dix, pardon !

— Allez viens, dépêchons-nous que je puisse te raconter mon entretien.

J'entrelace nos doigts et l'entraîne à l'intérieur de l'immense magasin. Je ne manque pas son léger mouvement de recul, ni son regard interloqué au moment où nous passons les portes. Je reconnais que pour quelqu'un qui n'a pas l'habitude, le lieu peut être effrayant. Des enfants échevelés aux joues rouges crient et courent dans tous les sens, suivis par des parents hystériques les sommant de les attendre. Tout ça sur fond musical festif. Devant nous, un petit garçon se roule par terre pendant que sa mère essaye de lui ôter – ou plutôt de lui arracher – des mains un camion de pompiers, sûrement un modèle d'exposition. À côté d'eux, un blondinet s'est arrêté et les observe en se gavant de pop-corn au caramel.

— Attention ! hurle soudain une voix derrière nous.

Nous avons tout juste le temps de nous baisser avant qu'un mini-hélicoptère télécommandé bleu et blanc frôle nos têtes et s'écrase dans une montagne de nounours sous les cris horrifiés de la clientèle.

— Tu ne m'as pas dit que je risquais ma vie en t'accompagnant.

J'éclate de rire. La frénésie de Noël commence visiblement à l'inquiéter. Je le rassure et nous dirige vers les escalators.

— Je ne connais personne qui soit mort enseveli sous des dizaines de peluches. Viens, je t'assure que tout va bien se passer.

Trois quarts d'heure plus tard, Adam m'abandonne alors que je donne mon adresse à un vendeur pour la livraison. Gérer les Polly Pocket était simple, et la Barbie sirène tenait même dans mon sac à main, mais l'affaire s'est compliquée avec l'arc, les flèches et la cible en bois avant de devenir problématique à cause du carton de la voiture télécommandée, puis carrément impossible quand le vendeur nous a désigné le tableau de maîtresse.

Heureusement, le magasin a mis en place un service de livraison à domicile. J'en profite donc pour ajouter discrètement une peluche Hulk – taille L – à mon encombrant panier, persuadée que mon monstre de fille verra d'un très bon œil cette initiative du Père Noël. Puis, je règle mes achats et pars à la recherche d'Adam, intriguée par sa disparition. Il n'a pas été très loquace lorsqu'il m'a annoncé aller faire un tour à l'étage des garçons.

Je le retrouve sans difficulté, au rayon des petites voitures et des garages, en pleine contemplation devant des motos de collection. Il attrape un modèle, l'étudie avec soin puis le repose et en prend un autre. Que fait-il ici ? L'émotion qu'il ressent est presque palpable. Je m'approche doucement, craignant de le déranger.

— Salut.

Le jouet en main, il me fait un clin d'œil avant de reporter son attention sur le modèle miniature.

— Ma mère m'en offrait une tous les ans à Noël. C'était notre rituel, notre « truc » comme elle disait.

Je laisse échapper un ridicule « Oh ! », incapable de formuler une phrase complète.

— Comme toi et Colleen, ajoute-il plus bas. J'aime beaucoup ta bague Père Noël, au fait. Elle est discrète. Je trouve ça sympa que tu portes ton accessoire même quand elle n'est pas là.

Je caresse ma bague en souriant. Elle est fine, et l'anneau est orné d'un bonnet de Père Noël en strass rouge et argent.

— Elle me fait confiance.

Adam fixe la boîte en plastique transparent dans ses mains, l'air absent.

— J'en ai quinze. Quinze motos de ce style. Quinze modèles différents. Je râlais pour le plaisir à chaque fois, mais en fait j'adorais ces cadeaux. Au fond, ma mère n'y connaissait rien en bécanes, mais elle passait des heures à les choisir. Elle avait trop peur de m'en offrir une que j'avais déjà. Elle s'était même fait une liste quand elle m'a offert la dixième.

— Quel était ton modèle préféré ? dis-je en choisissant à mon tour un bolide bleu turquoise et blanc.

— Une BMW R nineT, répond-il sans hésiter. Elle était magnifique, parfaitement identique au modèle original. C'était aussi la préférée de mon père.

Je le laisse se perdre dans ses pensées, un sourire mélancolique sur son beau visage.

— Ils sont morts dans un accident de moto ?

Même si je garde les yeux fixés droit devant moi, je sens le regard d'Adam peser sur mon profil. Je déglutis, consciente d'être peut-être allée un peu trop loin.

— Non. Leur voiture a été fauchée par un poids lourd.

J'attends qu'il continue, mais il n'ajoute rien, et je comprends que le moment confession touche à sa fin. Je l'observe du coin de l'œil reposer le jouet sur l'étagère. Je prends alors mon courage à deux mains et débite d'une seule traite :

— On pourrait en offrir une à Colleen, elle adore les motos elle aussi.

Ma proposition est accueillie par un silence. Un long, très long silence. Mon cœur bat tellement fort que je n'entends même pas l'annonce faite au micro par une vendeuse.

— Ce serait un clin d'œil à tes parents, ajouté-je pour tenter de justifier ma proposition. C'est important les souvenirs, Adam. Il y a ceux qu'on enferme à jamais et il y a les autres.

— Les autres ?

— Ceux qui méritent d'être choyés, ceux dont on doit parler pour ne jamais les oublier.

— Et si justement je préfère ne pas m'en souvenir parce qu'ils sont trop douloureux ?

Sa voix teintée de tristesse me serre l'estomac et me fait monter les larmes aux yeux. À cet instant, il n'est plus un homme de trente ans, mais un petit garçon orphelin et malheureux.

— Les souvenirs modèlent ta mémoire émotionnelle, Adam, c'est elle qui donne un sens à ton existence et fait de toi l'homme que tu es aujourd'hui. Ton cœur a besoin de ces souvenirs, il faut les protéger, les choyer et, un jour peut-être, les partager pour qu'ils perdurent. Évoquer ses souvenirs, c'est faire abstraction du temps qui passe et ramener nos proches auprès de nous, pour continuer à les faire vivre même s'ils ne sont plus là. C'est donner la possibilité aux autres de regretter de ne pas les avoir connus.

J'ai les joues en feu de m'être lancée dans un tel discours et me fustige au passage d'avoir tenu à retrouver Adam. Si je l'avais laissé en paix et avais sagement attendu qu'il me rejoigne aux caisses, je ne serais pas en train de me ridiculiser.

Après avoir compté mentalement jusqu'à soixante sans qu'il dise un mot, je décide de mettre fin à mon supplice. Moi qui voulais en apprendre davantage sur son passé, je suis gênée d'être le témoin de sa tristesse.

— Oublie, je… Je ne sais pas où j'avais la tête. Je me suis laissé emporter, je…

— Non.

— Non ? fais-je surprise par son ton catégorique.

— Tu as raison. C'est une très bonne idée. Ma mère disait qu'un jour ça pourrait devenir une tradition familiale. Colleen n'est pas ma fille, bien évidemment, dit-il en haussant les épaules, mais je crois que ça me ferait plaisir. On pourrait la choisir ensemble, et tu la mettrais au pied du sapin.

Comment ne pas être touchée par cet homme aux prises avec ses émotions ? Je savais qu'Adam fuyait quelque chose, mais je n'avais pas compris à quel point il souffrait encore de la mort de ses parents. Fait-il partie de ces personnes qui, après avoir perdu un proche, refusent de s'attacher par peur de souffrir ? Je cligne des yeux pour chasser mes larmes. Sa fragilité m'émeut, et sa solitude me serre le cœur.

— Et si tu restais avec nous pour Noël ?

Ma question est sortie de nulle part. Il se fige et devient livide. J'ai l'impression qu'il est à deux doigts de s'enfuir, je le soupçonne même d'y réfléchir très sérieusement, mais je ne regrette pas ma proposition. Je ne l'abandonne pas. À travers cette proposition, c'est mon cœur qui a parlé, alors je fais un pas vers lui, puis un autre. Il reste immobile, les bras le long du corps. Lorsque nos chaussures se touchent, je relève la tête et plonge mon regard dans le sien. Si les yeux sont le reflet de l'âme, une voie magique vers le cœur, je peux certifier que celle d'Adam est agitée et ne demande qu'à être apaisée. Je me mets sur la pointe des pieds et l'embrasse. Parfois, les gestes sont plus forts que les mots.

Chapitre 13

Mardi 15 décembre

Adam

Je n'ai pas fêté Noël depuis dix ans. De toute façon, je n'avais plus personne avec qui célébrer cette fête. Pendant toutes ces années, seuls Robert et Pearl ont essayé de rester en contact avec moi.

Lorsque Claire m'a invité, je dois avouer que j'ai bien failli la planter en plein milieu du magasin de jouets. Je venais de me confier à elle, j'étais à fleur de peau et j'avais le sentiment de lui avoir déjà beaucoup donné, pourtant elle en demandait plus. Mon mutisme aurait fait fuir n'importe quelle femme, mais pas elle. Au contraire, mon silence a même semblé l'attirer. Elle s'est approchée très lentement et a posé les lèvres sur les miennes. Le contact était différent, doux, délicat, chargé d'espoir et, malgré le lieu bondé, très intime. Je crois avoir résisté une demi-seconde, mais la détermination de Claire n'a pas faibli. Alors pour la première fois depuis longtemps, je me suis autorisé à laisser quelqu'un entrer dans mon cœur. Au début, ce n'était qu'une faible lueur, puis au fil de notre baiser elle s'est mise à grandir, chassant toutes les ombres qui l'emprisonnaient. J'ai passé le bras autour de sa taille et je me suis concentré sur la sensation de son corps lové contre le mien. Là, au milieu de ce magasin noir de monde, tout est soudain devenu si simple et si beau.

Nous sommes mardi, et la famille de Claire vient d'arriver de Londres pour fêter Noël tous ensemble. Son appartement étant trop petit pour accueillir tout le monde, ils vont séjourner chez Maggie. Sa propriété est très grande. Deux annexes jouxtent la demeure principale, offrant ainsi aux pensionnaires une intimité appréciée. Les Sullivan vont occuper la plus grande bâtisse, ce qui me permettra de rester un peu à l'écart. Je tiens à ma solitude. Est-ce que j'ai prévu de les éviter ? Un peu, je l'admets, même si j'ai soutenu le contraire à Claire. Je progresse chaque jour, mais je ne peux pas devenir aussi rapidement un mec ravi de passer toutes ses journées avec des inconnus alors qu'hier j'étais un type asocial.

Je reste en retrait afin de leur laisser un peu d'intimité. Ses parents, Rose et Mark, un couple de retraités dynamiques, ont l'air de gens charmants. Ils se prennent dans les bras et s'enlacent tout en s'exclamant. Apparemment, Colleen a beaucoup grandi depuis leur dernière visite.

— Et qui est cette personne ? demande soudain son père en me désignant.

— Voici Adam, il séjourne également chez Maggie depuis fin novembre. Il est venu changer d'air.

Claire ne s'éternise pas sur le lien qui nous unit car, tout comme moi, elle a sûrement encore du mal à le définir. Loin de s'en formaliser, son père me serre chaleureusement la main, et Rose me prend dans ses bras avec une grande spontanéité.

— Je suis heureuse de vous rencontrer.

Elle me lance un regard entendu qui signifie : « Les mamans savent tout, inutile de me cacher quoi que ce soit. » Je suis sûr que ma mère l'aurait appréciée. Alors que je lui souris, un peu gêné, et je remarque qu'Andie joue des sourcils et lève le pouce vers Claire. Si Josh semble réservé, la jolie brunette, elle, est tout son contraire.

— Chérie ! la réprimande son fiancé.

Loin d'être gênée, elle me gratifie d'un clin d'œil sous le regard dépité de Josh pendant que le reste de la troupe éclate de rire. Claire m'a expliqué que leur couple était unique et qu'ils passaient leur temps à se chamailler. On dirait bien qu'elle a raison ! En revanche, il ne fait aucun doute qu'ils sont tous les deux fous amoureux. Josh a beau être tendu, il couve Andie d'un regard plein d'amour.

— Tu n'en rates pas une.

— Laisse-la, Josh, la défend Rose.

— Maman, arrête de l'encourager dans cette voie ! Tu lui passes tout.

J'ai presque l'impression qu'il parle de Colleen. Je comprends pourquoi la petite et sa tante s'entendent si bien.

— Je t'aime aussi, chéri, lance Andie en lui tirant la langue.

Elle ignore son expression agacée et va se pelotonner contre lui pour se faire pardonner. Attendri, il la serre dans ses bras et lui embrasse le haut de la tête. *Qu'est-ce que je disais déjà ? Fous amoureux !* Puis, Josh se dégage doucement et me tend sa main.

— Josh, le frère de Claire, se présente-t-il.

— Adam.

Je ne pense pas me tromper en disant que sa poigne est légèrement trop ferme. J'imagine que c'est sa façon de me faire passer un message. Quelque chose comme : « Si tu fais souffrir ma sœur, tu auras affaire à moi. »

— Moi, c'est Andie ! Ravie de te rencontrer en chair et en os.

— Pareil, dis-je en souriant.

— Maintenant que les présentations sont faites, allez vous installer chez Maggie, dit Claire. Je vous rejoindrai ce soir. Emmenez Colleen avec vous, elle sera ravie de jouer dans le jardin.

À nouveau, j'assiste à une série d'embrassades, puis, une fois que toute la petite famille est sortie, tout redevient calme.

— Ils sont parfois épuisants, lâche Claire.

— Ils ont tous l'air très sympas.

— Même Josh ?

— Même Josh.

Elle s'approche et pose ses lèvres délicates sur les miennes. Je ferme les yeux, soupirant de contentement.

— Tu ne m'en veux pas de ne pas leur avoir dit pour nous deux ?

— Bien sûr que non ! Tu as bien fait. Je ne pense pas être prêt à subir leur interrogatoire !

Elle rit, mais alors qu'elle s'apprête à répondre, un client entre et met fin à notre discussion.

Le soir, je me laisse convaincre et accepte de dîner avec le clan Sullivan. Le repas est mouvementé et bruyant, pourtant je passe une excellente soirée. Je suis assis entre Claire et Andie. Cette dernière est extrêmement bavarde et très curieuse.

— Tu fais quoi comme boulot ?

— Je suis webdesigner.

— Ça consiste en quoi ?

— Pour faire court, je conçois le design graphique de sites Internet.

— Tu plaisantes ? dit-elle, tout excitée.

Je ne connais pas Andie depuis très longtemps, mais elle paraît toujours très enthousiaste.

— Pas du tout. C'est un métier plutôt cool, et j'ai la chance de travailler à mon compte.

— Moi aussi, répond-elle. Je suis personal shoppeuse !

Mon air perplexe la fait rire.

— C'est un vrai métier ça ? Tu veux dire que des gens te payent pour faire leurs achats ?

— Exactement. Mais revenons-en à toi ! Tu veux que je te dise ? Je trouve la coïncidence géniale.

— Andie, gronde Josh. Laisse-le tranquille.

Elle lui lance un regard noir, et soudain l'attention de toute la famille est dirigée vers nous.

— Je t'ai dit que je voulais me débrouiller.

— Le service informatique d'Optics pourrait réaliser ton site en un rien de temps, et tout ça gratuitement. Pourquoi tu t'obstines ?

— Josh, intervient Mark. C'est normal qu'Andie veuille rester indépendante.

— C'est n'importe quoi. Quel est l'intérêt de payer quand tu as la possibilité d'avoir le service gratuitement ?

Je suis leur échange, attentif. Chacun y va de son commentaire, et personne ne s'écoute. Même Claire, d'ordinaire si calme et pondérée, se met à crier pour se faire entendre. Je crois d'ailleurs qu'elle est du côté d'Andie. Alors que je suis en train de les observer, je reçois un coup de coude dans le bras.

— Est-ce qu'on peut en discuter après le repas ?

— De ?

— Mon site web. J'aimerais t'expliquer mes attentes et que tu me dises si c'est réalisable.

— Andie ! s'énerve Josh.

— Ne fais pas attention, me dit-elle. Il se la joue homme des cavernes.

Je lance un regard en biais à Josh, qui n'a pas l'air content du tout de la tournure de notre conversation.

— J'en fais mon affaire, me rassure-t-elle. Alors, oui ou non ? Tu crois que tu pourrais me caser dans ton emploi du temps ?

— Ça devrait être possible si tes demandes ne sont pas trop extravagantes.

— Aucun risque.

— Alors là, je demande à voir ! s'exclame Josh.

— Arrête, Josh ! À t'entendre on croirait que je suis folle.

— Si peu, chérie, si peu. Adam, je n'ai plus qu'une chose à te dire : bon courage !

Deux jours plus tard

Depuis ma conversation chez Hamleys avec Claire, penser à mes parents est devenu un peu moins éprouvant. La souffrance est toujours là, mais elle s'est atténuée. Je me demande si un jour elle disparaîtra complètement.

Hier soir, j'ai prévenu Maggie que je passerai Noël en leur compagnie. L'appartement de Claire étant trop petit, les festivités auront lieu chez la vieille dame, qui est aux anges. Elle n'a pas d'enfants, et sa famille réside dans le nord de l'Angleterre. Le séjour de la famille Sullivan est pour elle l'occasion d'avoir de la compagnie. Elle a accueilli la nouvelle avec une immense joie, et je dois bien admettre que lorsqu'elle m'a pris dans ses bras, j'ai senti mon cœur se gonfler de tendresse. Je n'ai même pas eu envie de m'enfuir en courant, preuve que je progresse.

Ce midi, nous sommes tous réunis dans la cuisine pour

décider de l'organisation. J'ai bien essayé de m'éclipser, mais Josh s'est posté devant la porte, rendant toute fuite impossible. Une façon de se venger ! Bon joueur, j'ai fait demi-tour et je me suis installé à table.

Le programme est rapidement établi, et chacun a une mission bien précise. L'événement est pris très au sérieux. Maggie et Rose se chargent de cuisiner. Au menu, les incontournables *pigs in a blanket* – de délicieuses petites saucisses enrobées de lard fumé –, une grosse dinde fourrée aux marrons, accompagnée de panais, de carottes, de choux de Bruxelles et de grosses pommes de terre cuites au four.

— Et le dessert ? dis-je, curieux.

— Il est déjà prêt, répond Claire. Le pudding a été préparé comme le veut la tradition le cinquième dimanche avant Noël pour que les fruits secs soient bien imprégnés d'alcool et de sucre.

— On est même allées chez papi et mamie pour touiller la pâte et faire un vœu.

— Mélanger, pas touiller, chérie, lui dit gentiment Claire.

Je souris. Ma mère était intraitable sur le sujet, elle aussi, et chaque année je me prêtais à la tradition.

— Est-ce qu'il y aura une pièce de six pence pour la prospérité ?

Ma question est suivie d'un silence, puis le visage de Rose s'illumine.

— La mère de Mark a beaucoup insisté pour que nous suivions à la lettre ses recommandations, donc oui, il y aura une pièce. Pour ma part, c'est mon premier pudding maison ! Vous êtes amateur de cette tradition[1] ?

— Ma mère l'était.

1. Traditionnellement une pièce en argent est ajoutée au pudding. Elle est présumée apporter la richesse pour l'année à venir.

Elle me presse le bras avec douceur. Claire a raison, évoquer ma mère ravive son souvenir. L'espace d'une seconde, c'est comme si elle était parmi nous. C'est un sentiment agréable et inattendu.

— Et pour les crackers, on en est où ? lance-t-elle ensuite pour changer de sujet.

— Nulle part, personne ne s'en est occupé, intervient Andie qui regarde sa liste.

— Adam pourrait s'en charger, propose Josh.

— Bonne idée, chéri. Vous pourrez y aller ensemble.

— Quoi ? s'exclame-t-il, pris à son propre piège.

Je ne me gêne pas pour éclater de rire, amusé qu'Andie ait vu clair dans son jeu. Elle m'adresse un clin d'œil de conspiratrice. Cette fille a un sacré caractère, même si elle est toujours de bonne humeur. Je suis sûr que son sourire solaire cache de profondes blessures. Un lien particulier se tisse souvent entre les personnes qui ont vécu des choses difficiles. C'est inexplicable, mais je le sens, nous sommes faits du même bois elle et moi.

Le supermarché se trouve à une demi-heure de route, et il est très bien approvisionné. Je prends ma mission très au sérieux, allant même jusqu'à m'attirer les moqueries de Josh lorsqu'il me voit hésiter entre deux modèles.

— Parce que tu crois qu'Andie ne te fera pas vivre un véritable enfer si on se plante ? expliqué-je pour me défendre.

Nous nous défions du regard dans le rayon pendant de longues secondes avant qu'il finisse par abdiquer.

— Ça me tue de l'admettre, mais tu as raison.

Nous optons finalement pour des lots de trois gros bonbons en papier rouge et blanc : un rayé, un avec des petits rennes et un à pois.

À notre retour, Andie se précipite à notre rencontre,

curieuse de voir ce que nous avons déniché. Nous attendons avec appréhension son verdict alors qu'elle fouille les sacs.

— Génial ! J'adore, ça ira super bien avec la décoration de table que j'ai prévue. Vous avez assuré les mecs !

Le lendemain après-midi, j'en viens presque à regretter d'avoir accepté d'aider Andie pour la création de son site Internet La Fée du shopping. C'est notre troisième réunion de travail et, comme d'habitude, la discussion dérive sur Claire.

Andie est curieuse de nature et ne possède aucun filtre. Bien souvent, elle parle, et je me contente de l'écouter. Mais je me rends bien compte que son bavardage n'a qu'un seul but : connaître mes intentions. Josh est la seule personne capable de tempérer ses ardeurs, malheureusement pour moi il joue avec Colleen, ce qui laisse le champ libre à Miss Pipelette. J'imagine qu'elle lui a interdit de nous déranger.

— Colleen m'a dit que tu avais réparé sa radio ?

— « Réparé » est un bien grand mot, j'ai juste mis des piles neuves. Et ce style d'animation, qu'est-ce que tu en dis ? Je pense que ça correspond bien au style moderne que tu veux donner à ton site.

— Oui, j'aime bien. Elle s'est extasiée sur ta pizza, en tout cas ! Il paraît que c'est la meilleure qu'elle a jamais mangée.

— Hum hum ! Pour la couleur, rose clair et vert d'eau, c'est bien ça ?

— Rose poudré, pas clair. Tu passes beaucoup de temps là-bas, on dirait ?

J'abandonne l'écran des yeux pour reporter mon attention sur elle.

— Qu'est-ce que tu veux savoir au juste, Andie ?

— À ton avis ? On s'inquiète pour Claire. Tu as débarqué dans sa vie comme ça, et…

— Et si vous la laissiez respirer deux secondes ?

— Comment ça ? dit-elle sur la défensive.

— Allons, Andie. Tu sais bien ce que je veux dire. Claire est assez grande pour savoir ce qu'elle fait. Laissez-la avancer et faire ses propres erreurs.

Pour échapper au lourd silence qui nous enveloppe, je consulte à nouveau mon écran, conscient que je viens d'avouer à demi-mot que je risque de devenir une erreur.

— Est-ce que tu es en train de me dire que tu vas merder, Adam ?

Je déglutis, le cœur battant, et décide d'être honnête.

— Je voudrais bien te répondre que non, malheureusement j'ai peur qu'il soit déjà trop tard.

Sa réponse fuse.

— Très bien. Alors, je t'engage fortement à redresser la barre avant que son frère te tombe dessus. Conseil d'amie.

Puis comme si de rien n'était, elle regarde à son tour l'écran et me fait part des améliorations qu'elle souhaite voir intégrées d'ici notre prochain point.

Chapitre 14

Samedi 19 décembre
Nativity play

Ce matin a lieu la *Nativity play* de l'école. Une grande première pour Colleen, qui est très fière d'être narratrice, même si elle était déçue de ne pas être déguisée. Pour la réconforter, sa tante lui a proposé de porter dans les cheveux un bandeau avec des feuilles de houx en tissu pailleté et des pompons rouges. Elle a été emballée par l'idée, Claire nettement moins !

— Tu es très jolie, dis-je à son oreille alors que nous prenons place devant la scène.

— Arrête de te moquer ! Je ne sais pas ce qui m'a pris d'accepter de porter une chose pareille. Fais-moi penser à être plus vigilante l'année prochaine. Je remplacerai les accessoires trop enfantins par des trucs plus discrets.

Mon cœur s'emballe. A-t-elle voulu sous-entendre que nous avons un futur ensemble ? Loin de m'angoisser, cette fois l'idée me réjouit. J'ai une folle envie de l'embrasser, mais je me retiens car la famille Sullivan est juste derrière nous.

Soudain, le silence est réclamé par la directrice, et Colleen apparaît sur la scène. Elle avance d'une démarche assurée et se positionne derrière un petit pupitre. Elle lève ensuite les yeux et nous adresse un signe de la main, ce qui déclenche l'hilarité de l'assemblée. Andie se lève pour la prendre en photo, mais alors que des murmures s'élèvent derrière nous, Josh lui tire le bras pour qu'elle s'assoie, ce qui évidemment n'est pas de son goût. Il la fait taire d'un baiser, lui murmure quelques mots à l'oreille, et elle retrouve aussitôt sa bonne humeur.

Colleen raconte l'histoire de la Nativité avec ses mots d'enfants, et les différentes scènes se succèdent. À tour de rôle, nous assistons à la farandole des moutons, à la danse des étoiles puis à la ronde des anges. Tous les gamins chantent faux, mais les parents les regardent, les yeux brillants d'amour, convaincus de leur talent. Peu à peu, je plonge dans mes propres souvenirs. Mon père filmant le spectacle avec sa caméra, ma mère qui applaudit, mes oreilles d'âne qui tombent, Stanilas, mon copain, en chef des bergers qui se met à chanter à tue-tête alors qu'il est censé être muet. C'est un flot d'images et de rires qui défilent.

— Tout va bien ?

Je cligne des yeux et secoue la tête. Il me faut quelques secondes pour revenir à la réalité. Claire me regarde avec inquiétude.

— Oui… oui, ça me rappelle juste des moments de mon enfance.

Elle glisse la main dans la mienne et entrelace nos doigts. Son pouce caresse l'intérieur de ma paume.

— Il faudra que tu me racontes ça ! Je propose qu'on échange un souvenir contre un autre. Moi j'étais une fan inconditionnelle des chorales, dit-elle en grimaçant, mais il m'a fallu plusieurs années pour comprendre que nous ne sommes pas tous faits pour chanter !

Il n'y a pas si longtemps, j'aurais paniqué à l'idée de lui

parler de mon enfance, de mes parents, de mon ancienne vie, mais maintenant je crois que ça me plaît.

Quelques heures plus tard, la nuit est tombée. Comme Colleen me l'a demandé il y a une semaine, nous passons la soirée tous les trois. Au programme : pizzas maison, crèmes glacées, bonbons et marathon Disney. Andie et Josh sont encore là, mais plus pour très longtemps.

Je suis dans la salle de bains en compagnie d'Andie et de Colleen. Elles viennent tout juste de m'appeler, l'air paniquées, et ont fermé la porte à double tour derrière moi.

— Lavé et repassé par Andie hier soir, lance la petite, toute fière.

— Qu'est-ce que c'est ?

Dubitatif, j'attrape, le paquet cadeau qu'elle me tend. La fillette, son sempiternel sourire en place, celui qu'elle emploie pour amadouer les adultes – j'ai fini par percer son secret – me regarde les bras croisés, dans une attitude assurée empruntée à sa tante. Cette dernière a bien trop d'influence sur elle. Telle tante, telle nièce ! Je commence à me dire que je suis peut-être tombé dans un guet-apens. Reste à savoir laquelle des deux est à l'origine de ce piège. L'adulte ou la gamine ? Le duo de choc, posté de façon astucieuse dans la salle de bains – Andie contre la porte rendant toute fuite impossible et Colleen assise sur le bord de la baignoire – est silencieux et attend patiemment ma réaction. Je baisse les yeux et fixe l'emballage plastifié vide avec l'énorme étiquette sur laquelle une famille est habillée de pyjamas identiques. « Taille L ».

— Et donc ? Pas d'araignée dans les parages, je suppose.

Andie glousse lorsque je mentionne l'excuse bidon qu'elles ont utilisée pour m'attirer dans leurs filets.

— Ce n'est pas bien de mentir, Colleen !

Le visage de la petite n'affiche pas la moindre culpabilité.

— Elle s'est enfuie, dit-elle en haussant les épaules.

— Bien sûr ! Et c'est elle qui a déposé ce truc ridicule par la même occasion ?

Son adorable petit rire emplit la pièce et a cet effet immédiat : il fait fondre mon cœur. Cette gamine est vraiment douée.

— Comme tu as accepté de venir passer la soirée chez nous, je me suis dit que ça serait trop cool qu'on ait le même pyjama.

Je plisse les yeux.

— Ta mère est au courant ?

Colleen et Andie échangent un regard rapide durant lequel elles décident, j'imagine, d'opter pour la vérité.

— Pas vraiment. On lui a donné le duo mère-fille. Elle ne sait pas que tu as le même. Elle pense juste qu'aujourd'hui nous avons deux accessoires, dit la petite en désignant son bandeau.

Je pose le sac dans le lavabo et me masse la nuque, hésitant.

— Franchement Colleen, ce n'est pas vraiment mon truc.

— Mais tu as dit oui quand je t'ai invité !

— Ton invitation ne parlait pas de pantalon de pyjama à carreaux rouges et noirs.

— Bien sûr que si, mon invitation était en forme de pyjama, et j'en ai dessiné trois petits en bas. C'était nous !

— J'ai l'impression de me faire avoir.

— Tu le trouves moche ?

Elle se lève d'un bond, les jambes écartées et les poings sur les hanches, me mettant au défi de critiquer sa tenue. Je gratifie Andie, qui ne peut s'empêcher de rire, d'un « Tu me revaudras ça » silencieux puis reporte mon attention sur la mini-Claire. Toujours dans la même posture, ses yeux sont brillants d'espièglerie et d'espoir. Je sens mon courage s'amenuiser.

— J'imagine que ça pourrait être pire. Tu aurais pu choisir un de ces pyjamas une pièce ridicules en pilou.

Mon aveu est accueilli par un « Yes ! » victorieux qui me fait comprendre toute l'étendue de sa force de persuasion.

— Je n'ai pas encore dit oui.

— Tout va bien là-dedans ?

Andie sursaute lorsque Josh frappe à la porte.

— Est-ce que je dois m'inquiéter que ma fiancée soit enfermée à double tour dans la salle de bains avec un autre mec ?

Andie se décale et entrouvre la porte.

— Parle moins fort, sinon Claire va débarquer.

— Qu'est-ce que vous manigancez ?

— Rien.

— Tu parles ! dis-je d'un ton ironique.

Alors que Josh réclame un baiser qu'Andie lui accorde sans se faire prier, il en profite pour pousser la porte et se faufiler à l'intérieur. *Malin !*

— Eh ! proteste-t-elle.

— Je joue selon tes règles, chérie. Alors ?

Voyant en Josh un allié, je lui tends le pyjama.

— Voilà ce qu'elles veulent me faire porter ce soir.

— Oh ! merde !

Sa réaction franche correspond tout à fait à mon état d'esprit.

— Josh ! crient en chœur les deux conspiratrices.

— Qui a eu cette idée foireuse ? demande-t-il.

— C'est une très bonne idée, réplique Andie.

Il la regarde d'un air suspicieux.

— Colleen m'en a parlé vendredi dernier, je suis juste passée chez Marks & Spencer pour les acheter.

— Merveilleux ! Vous êtes donc complices ?

— J'ai dit à Andie de choisir un pyjama avec du noir, car Adam aime le noir, se justifie la fillette.

— Et Adam est aussi fan de rennes ?

Les poings sur les hanches, Andie lance un regard agacé à son petit ami.

— C'est bon Josh. Il y a juste écrit « Merry Christmas » en blanc sur un fond gris. C'est très sobre.

— Avec des cornes de rennes dessinées au-dessus d'où pendent des boules rouges… Très sobre, en effet !

— Il n'y a même pas de strass ni de paillettes !

L'argument avancé est à mourir de rire. Enfin, si je n'étais pas la cible de cette manigance !

Soudain, nous entendons la voix de Claire au loin. Connaissant sa curiosité, je suis étonné qu'elle ne soit pas déjà venue voir ce que nous trafiquions. Et si elle était dans le coup ?

— On te laisse te changer, déclare Andie d'un ton sans appel.

— Quoi ? Mais qui a décrété que j'étais d'accord ?

Josh me presse l'épaule dans un geste compatissant typiquement masculin – ce qui est loin d'être le cas de ce pyjama – et grimace.

— Elles t'ont eu, mec ! Je suis passé par là aussi l'année dernière. Une sombre histoire de déguisement de Père Noël, chuchote-il pour éviter que Colleen l'entende. Je te raconterai.

Un dernier geste d'encouragement à mon intention, et il sort, entraînant avec lui sa nièce. Je soupire, vaincu. Andie s'apprête à refermer la porte derrière elle, mais se permet un dernier conseil.

— Surtout reste pieds nus, Claire va adorer.

— Hein ?

— Les femmes adorent les hommes pieds nus !

Elle me fait un clin d'œil appuyé et claque la porte. Mon regard passe du pyjama à mon reflet dans la glace plusieurs fois, me demandant comment j'ai pu en arriver là. Je ferme les yeux. Ah oui ! c'est vrai ! Je suis amoureux de Claire.

Chapitre 15

Lundi 21 décembre
Séance photo avec le père Noël

Claire

Noël est dans quatre jours. J'ai toujours aimé cette fête, mais elle a pris une tout autre dimension le jour où je suis devenue maman. Le bonheur qui brille dans les yeux de Colleen est le plus beau cadeau du monde. Rien ne peut l'égaler. Même l'année dernière, en plein divorce, sa joie a été un véritable baume au cœur et m'a évité de sombrer. Je n'oublierai jamais l'expression de son visage, ni l'adoration non feinte qui a illuminé son regard, au moment où elle a aperçu le Père Noël. C'était une idée d'Andie. Josh avait d'abord refusé, mais c'était compter sans la force de persuasion de sa femme. Une négociatrice hors pair ! Dommage qu'elle n'ait pas pu assister à la scène à cause de leur dispute. Elle nous a manqué, mais malgré son absence mon frère a tenu sa parole. Andie aurait aimé qu'il se prête à nouveau au jeu cette année, malheureusement c'est trop risqué. Colleen arrive à un âge où elle commence à se poser des questions parce que certains de ses camarades sont incapables de tenir leur langue. Ma fille est futée, vive d'esprit, et remarquerait sans nul doute l'absence de son oncle. Andie a proposé qu'Adam endosse ce rôle, mais il a décliné, mal à l'aise. Josh l'a même défendu, arguant qu'elle avait déjà largement abusé avec son histoire de pyjama. Personnellement, j'ai adoré ! Il était si sexy ! Je crois que mon frère apprécie secrètement Adam, même s'il reste un peu sur la réserve. En tous les cas, il ne m'a rien dit de négatif à son sujet, ce qui est plutôt bon signe.

Il est 15 heures lorsque tout le monde décide d'aller se promener. Le temps est magnifique : un grand ciel bleu et un froid sec. Andie insiste pour me tenir compagnie et m'aider à préparer une commande de trente sachets de sablés à la cannelle. À mon avis, elle a une idée derrière la tête ! Colleen, elle, est ravie de pouvoir courir au grand air. Elle m'embrasse, attrape les mains de son oncle et d'Adam et entraîne ses grands-parents et Maggie en chantant à tue-tête. Comme moi, je crains qu'elle n'ait aucun don pour le chant !

— N'oubliez pas de passer par la mairie. Il y a la photo de Noël à 17 heures.

Tous les enfants ont rendez-vous pour la traditionnelle photo avec le Père Noël. Colleen est surexcitée ! Je pense que ça sera la dernière année pour elle. Je repousse l'idée que bientôt elle ne croira plus à la magie de cette fête. Ma fille grandit beaucoup trop vite.

Andie écoute avec attention mes explications. Une fois que je suis sûre qu'elle a compris, je file à l'arrière dans la cuisine sortir du four une fournée de muffins abricot-pistache et profite de sa présence à la boutique pour préparer une pâte à brioche que je ferai cuire demain. À mon retour, je la surprends la bouche pleine.

— Alors, Adam ?

J'en étais sûre !

Je la rejoins autour de la petite table et constate qu'en une demi-heure elle n'a fait qu'un sachet. Si j'avais des doutes, je suis maintenant certaine qu'elle est restée pour une seule et unique raison : me cuisiner. Andie est la personne la plus curieuse que je connaisse. Je fais mine de ne pas comprendre

— Quoi, Adam ?

— Claire, tu vois très bien de quoi je parle !

Elle se met à jouer des sourcils d'un air suggestif.

— Il est sympa.

— Sympa ? Tu te fous de moi ? Sexy plutôt !

— Huumm…

— Tu as changé d'avis depuis hier soir ?

— De quoi tu parles ?

— Tu me fais marcher, c'est ça ?

Hier, notre fin de soirée a été arrosée. Après avoir dîné tous ensemble chez Maggie, et alors que mes parents et Colleen se sont couchés tôt, nous avons décidé d'ouvrir une bouteille de champagne pour fêter la fin de cette année mouvementée. Je me souviens que nous avons beaucoup ri et que mon frère m'a raccompagnée chez moi. Pour le reste, c'est un peu flou.

Andie agite son téléphone en riant.

— On dirait bien que le champagne t'a fait perdre la mémoire.

— Tu me fais peur. Est-ce que j'ai appelé Adam ?

— Tu as failli. Par chance, je tiens beaucoup mieux l'alcool que toi et je t'en ai empêchée !

— Merci, mon Dieu ! J'ai cru que je m'étais encore ridiculisée.

— Disons que tu devrais quand même vérifier les messages que tu as envoyés une fois rentrée chez toi, car si Adam a reçu le même que moi, il a dû être surpris.

Elle ne fait plus aucun effort pour contenir son hilarité.

Je sors le téléphone de la poche arrière de mon jean, le cœur battant. Qu'est-ce que j'ai fait ? Heureusement, je constate que le dernier message que nous avons échangé est daté d'hier à 18 heures. J'étais encore sobre !

— Alors ?

— Rien.

— Ton honneur est sauf.

— Je ne crois pas t'avoir envoyé de message.

— Si, sur WhatsApp.

— Dans la conversation avec mon frère ?

Ma question déclenche un nouveau fou rire.

— Évidemment, sinon ça n'aurait pas été drôle !

— Génial, dis-je, dépitée.

Lorsque je découvre ledit message, je sens mon visage s'enflammer.

— Andie, s'il te plaît, dis-moi que ce n'est pas moi qui ai écrit un truc pareil.

Je lui tends mon téléphone, les joues brûlantes.

— « Fuck Eve, mon Père Noël s'appelle Adam ! » Je confirme, tu es bien l'autrice de cette phrase d'anthologie.

— C'est pas vrai ! Qu'est-ce qui m'a pris de faire ça ?

— L'alcool désinhibe, c'est bien connu. Remarque, ce n'est pas pire que ma phrase sur le marteau de Thor. On est maintenant à égalité !

— Qu'a dit Josh ? Non, laisse tomber, je crois qu'en fait je ne veux pas savoir.

Andie m'observe, les yeux brillants d'espièglerie. Elle pioche un gâteau dans la corbeille et en croque un morceau.

— Tu es censée mettre les gâteaux dans le sachet, pas les manger, dis-je pour changer de sujet.

Elle se fige alors que l'étoile sucrée est déjà dans sa bouche puis tend la main vers moi pour me donner la moitié de son biscuit.

— Ils n'ont qu'à pas être aussi bons ! Si on se faisait un thé pour parler un peu de ce message ?

Je ris de bon cœur avant de reporter mon attention sur la table.

— Pourquoi n'y a-t-il qu'un seul sachet de prêt ? Ce n'est pourtant pas compliqué. Tu choisis huit gâteaux de formes différentes, tu les mets dans un petit sac, tu le fermes à l'aide d'un joli nœud en raphia puis tu ajoutes une branche de baies rouges. C'est très simple. Un jeu d'enfant.

— Est-ce que tu essayes de noyer le poisson ?

— Ça marche ?

— Pas du tout !

— Bon d'accord, tu as gagné ! Je l'aime bien, dis-je en souriant.

— Ça tombe bien, parce que lui aussi.

— Oui, je crois.

— Tu crois ? Arrête Claire, ça crève les yeux. Ce mec est dingue de toi. Même Josh s'en est aperçu, c'est pour dire.

Je joue avec la ficelle, réfléchissant à la tournure que je souhaite donner à la discussion. Andie et moi sommes proches, un avis extérieur me permettra d'y voir plus clair.

— Il a perdu ses parents quand il était jeune, fais-je sur le ton de la confidence.

— J'avais cru comprendre. Enfin, il a parlé de sa mère au passé.

J'acquiesce.

— Depuis, il refuse de s'attacher. Parfois, j'ai l'impression qu'il a peur de me laisser l'approcher. Il me repousse par réflexe, et après il vient me chercher en s'excusant. Son comportement est contradictoire. Il n'arrête pas de souffler le chaud et le froid.

Elle attrape un sac transparent et le remplit de biscuits. Je la fixe tandis qu'elle sélectionne les sablés. Andie est spontanée et impulsive, si elle prend son temps pour parler c'est qu'elle s'apprête à dire une vérité qui risque de ne pas me plaire.

— Je sais.

Sans rien ajouter, elle me prend la bobine de raphia des mains, en coupe un morceau et fait une jolie boucle.

— Il te l'a dit ?

Elle secoue la tête et attache une petite décoration sur le paquet, avant de le placer avec soin dans le panier posé sur la chaise.

— C'est un solitaire, Claire, ça se voit. Comme moi, enfin comme celle que j'étais avant de rencontrer ton frère. Il a vécu un traumatisme à la mort de ses parents, du coup, il se protège. Il fait tout pour faire taire ses émotions, mais les yeux ne trompent pas. Je suppose qu'il vit dans un monde dans lequel il associe l'amour à la souffrance, alors pour lui la solution est simple : ne pas aimer. Éviter tout attachement ou implication émotionnelle. Il ne construit rien, comme ça il ne perd rien. Tu comprends ?

— « Les yeux ne trompent pas » ?

— Une fois, Josh m'a dit : « Tu peux ériger autant de barrières que tu veux autour de ton cœur, l'enfermer à double tour, ton regard te trahira toujours. » Lorsqu'on fait taire son cœur, qu'on l'empêche de battre, il trouve un autre moyen de communiquer.

— Les yeux.

— Les yeux ne mentent jamais, Claire. Fais attention à toi, ma belle. La souffrance et la peur peuvent être dévastatrices, et malheureusement je les vois dans les siens.

— Je croyais que tu l'aimais bien.

Je décide de préparer à mon tour un petit sachet. J'ai besoin de m'occuper pour ne pas montrer à Andie à quel point sa mise en garde me blesse.

— Ah ! mais oui ! Je te confirme, je le trouve super ! Je préfère juste te mettre en garde. Avec ce genre de mecs, on n'est jamais sûres de rien.

— Génial ton optimisme.

Elle pose la main sur la mienne pour réclamer mon attention.

— Je suis passée par là, Claire. J'étais comme lui, je sais de quoi je parle. Je cherche juste à te prévenir. Pour l'instant, il essaye de concilier son besoin de solitude et sa peur de l'abandon avec son attirance pour toi. Est-ce que tu imagines que pour lui tu es l'équivalent de son pire cauchemar ?

— Pardon ?

Je me frotte le front, perdue. Même si c'est moi qui ai décidé d'aborder le sujet, je ne pensais pas que la conversation prendrait cette tournure si sérieuse. J'avais prévu de confier à Andie mes doutes, et aussi de lui raconter notre samedi soir parfait et de quelle façon Adam fait battre mon cœur rien qu'en me regardant. Mais elle continue sur sa lancée.

— Il associe l'amour à la douleur, à la perte. Il sait que tout peut s'arrêter du jour au lendemain. C'est différent de ce que j'ai vécu, mais le résultat est le même. Nous étions heureux, et un élément extérieur est venu détruire tout ce en quoi nous croyions. Dans son cas, à cause de la mort de ses parents, sa vie a volé en éclats sans possibilité de retour en arrière. Tu vois ? Même s'il a envie d'aller de l'avant et d'ouvrir son cœur, le souvenir de ce traumatisme l'en empêche.

— S'il acceptait de m'en parler, je pourrais peut-être l'aider. Ça va te sembler dingue, mais lui et moi, c'est comme une évidence. On ne se connaît pas depuis longtemps, trois semaines, quatre tout au plus, pourtant il a déjà beaucoup changé. Je crois qu'il commence à me faire confiance.

— C'est une bonne chose, dit-elle en hochant la tête.

— Depuis notre journée à Londres, il est différent.

Il s'ouvre chaque jour davantage. Alors oui, ce n'est pas l'homme le plus bavard du monde, mais je pense qu'il est sincère et surtout qu'il est sur la bonne voie.

— Vous devriez en parler.

— De quoi ?

— De vos sentiments, de l'avenir que vous envisagez pour votre relation. Il ne va pas rester éternellement ici, il va bien devoir retourner à sa vie. Poser des mots sur ce que vous vivez vous aidera.

— Je sais, tu as raison. C'est juste que c'est difficile. Et si on allait trop vite ? J'ai mis des mois avant de sortir avec Ben et…

— Tu avais vingt ans, Claire ! Tu es une adulte maintenant. Il n'y a pas de règles à respecter. L'amour ne se commande pas. Tu dis toi-même que vous deux, c'est une évidence.

— Oui mais tu sais bien que j'ai toujours été une personne raisonnable, réfléchie et prudente. Je ne peux pas m'engager aussi vite. Et puis il y a Colleen, les enfants ont besoin de stabilité.

— Arrête de te chercher des excuses, Claire. Si tu veux mon avis, vous êtes déjà impliqués tous les deux dans cette relation, vous refusez simplement de l'admettre. Et Colleen, elle, ne t'a pas attendue pour faire une place dans sa vie à Adam. Ils s'aiment beaucoup, ça saute aux yeux.

— Tu penses qu'il serait prêt à nous accepter toutes les deux ?

— Lui seul connaît la réponse à cette question.

La clochette de la porte d'entrée retentit alors que je médite les paroles de ma belle-sœur. Je me redresse vivement, plaque un sourire sur mes lèvres et accueille le client, un homme d'âge mûr.

— Bonjour, monsieur.

— Bonjour, dit-il d'un ton avenant.

Il balaye le magasin des yeux avec un vif intérêt. Il n'est pas du coin, car un, je ne l'ai jamais vu, et deux, avec son élégant manteau noir, il détonne complètement avec le style local. Peut-être qu'il s'est perdu.

— En quoi puis-je vous aider ?

C'est étrange, mais j'ai l'intime conviction qu'il n'est pas venu pour acheter un muffin ou des scones noisettes-cranberries. Il continue d'étudier la boutique, ses yeux examinant les moindres recoins.

— Je souhaiterais m'entretenir avec la gérante.

— C'est moi.

— Oh ! parfait ! Daniel Harris, se présente-t-il en me tendant la main.

— Claire Sullivan. Que puis-je faire pour vous, monsieur Harris ?

— Excusez ma venue, mais je voulais voir le bien de mes propres yeux.

Je le dévisage sans comprendre.

— C'est exactement le style de local que je cherche.

Andie me lance un regard perplexe auquel je réponds par un discret haussement d'épaules.

— Est-ce que ça vous ennuierait de me faire visiter ?

Je fronce les sourcils.

— Pardonnez-moi si je me montre impolie, mais je n'ai pas compris qui vous étiez.

Il acquiesce et sort une carte de visite de son portefeuille.

DANIEL HARRIS
DIRECTEUR GÉNÉRAL
DE HARRIS STANDING AND LUXURY

— Je pense qu'il y a un malentendu.

— Écoutez, je conviens que la situation est délicate, vous

avez certainement investi beaucoup de temps dans votre commerce, mais j'ai besoin de me projeter.

— De vous projeter ? Pardon, mais je ne comprends toujours pas l'objet de votre visite.

Il m'examine avec curiosité pendant de longues secondes.

— Rassurez-moi, vous êtes au courant que ce bien est à vendre ?

— Quoi ?

La voix d'Andie fait écho à la mienne. Je le regarde, sidérée.

— À vendre ? Déjà ? Mais c'est impossible.

Le silence s'éternise avant d'être rompu par la sonnerie du four.

— Je m'en occupe, déclare Andie en se précipitant vers l'arrière-boutique.

Je la remercie puis reporte mon attention sur mon visiteur. Je lui fais un signe tête, l'engageant à poursuive.

— Je suis très embarrassé de vous l'apprendre, commence-t-il, pourtant c'est le cas. Un des associés de mon beau-père m'a mis en contact avec votre propriétaire.

— Mon propriétaire ? C'est impossible, M. Brown est décédé il y a environ deux mois.

— C'est exact, mais son héritier testamentaire, M. Somerset, souhaite vendre rapidement.

Je me fige.

Adam ?

Je cligne des yeux, abasourdie. Adam ? *Mon* Adam ? Il y a forcément une erreur. Il connaîtrait M. Brown ? Pire, il ferait partie de sa famille ? C'est une mauvaise blague ?

— Enfin c'est ce que m'a dit le notaire qui s'occupe de la succession, Me Shirley. J'ai contacté son cabinet à plusieurs reprises afin d'organiser une visite avec mon entrepreneur pour estimer le coût des travaux, mais n'ayant eu aucun retour j'ai décidé de me rendre sur place moi-même. Vous comprenez, j'ai besoin d'avoir une idée plus précise des frais que je vais devoir engager.

— M. Somerset, vous dites ? Adam Somerset ?

Andie réapparaît au même moment et laisse échapper un cri de surprise qui déstabilise M. Harris.

— Vous vous sentez bien, mademoiselle ?

Alors que je pense qu'il s'adresse à ma belle-sœur, je me rends compte qu'il me dévisage, inquiet.

— Vous êtes livide. Je… je… franchement, je pensais que vous étiez au courant. Je suis très embarrassé.

Je suis dans un état second. Adam, l'homme charmant que je connais depuis presque un mois, est en fait mon… propriétaire ? Le type à qui j'ai ouvert mon cœur, confié mes peurs, livré mes espoirs n'est rien d'autre qu'un menteur ? Que fait-il vraiment à Hambleden ? Est-ce que pour lui tout ça n'était qu'un jeu tordu ? Est-ce qu'il s'est moqué de moi ? Des dizaines de questions se bousculent dans ma tête. Je me sens si stupide. Naïve. Pathétique. Qu'est ce qui m'a pris de faire confiance à un inconnu ?

Je ferme les yeux et déglutis. Ma tête tourne, j'ai besoin de m'asseoir.

— Manifestement, j'aurais dû m'assurer que vous étiez au courant de la mise en vente de votre commerce, reprend M. Harris.

On va me mettre dehors alors ? Colleen et moi allons nous retrouver à la rue ? J'inspire, essayant de calmer la crise de panique qui se profile.

— Mon bail ne se termine pas avant mi-août, dis-je dans un sursaut de combativité. Le… le notaire m'a dit qu'aucune décision ne serait prise avant le mois de février et que je serais prioritaire si le bien m'intéresse. Je suis dans mon droit… Me mettre dehors plus de six mois avant la fin de mon bail serait illégal.

Je suis consciente que je ne vais probablement pas pouvoir racheter la propriété. Le banquier a été franc : mes chances d'obtenir un prêt sont très minces si je n'ai pas d'apport. Sauf qu'il est hors de question que je demande de l'argent à ma famille. J'ai passé sous silence cet aspect de mon rendez-vous, espérant que l'ayant droit de M. Brown se manifeste via le notaire et accepte de garder la propriété en location. On dirait bien que je me suis plantée sur toute la ligne.

Mon rythme cardiaque s'emballe, et mes mains se mettent à trembler. Six mois après mon divorce, c'est retour à la case départ. Sentant mon malaise, le futur acquéreur commence à battre en retraite. Il s'excuse platement et ouvre la porte du magasin pour se retrouver face à Adam, tout sourire. Je l'observe, écœurée. Comment ai-je pu tomber amoureuse de cet homme ?

Adam

Je suis bousculé par un type qui sort précipitamment du magasin, tête baissée. Surpris, je me retourne et le vois déguerpir tel un lapin pris en chasse par une horde de loups affamés.

— Qu'est-ce qui se passe ? demandé-je en le désignant. Andie lui a envoyé une brioche au visage avec son franc-parler habituel ?

Ma blague est accueillie par un silence anormal. Claire, au milieu de la boutique, et Andie, légèrement en retrait derrière le comptoir, restent immobiles et me dévisagent avec des expressions étranges. On dirait qu'elles sont hypnotisées.

— Tout va bien ? dis-je en fronçant les sourcils.

Aucune des deux ne répond. Elles se contentent de me

fixer, l'air abasourdies. Je me frotte l'arrière de la nuque, un peu décontenancé par leur attitude.

— J'ai laissé Colleen avec tes parents et Josh à la mairie.

Toujours aucune réaction. Je poursuis :

— Ton frère a proposé qu'elle mange avec eux ce soir pour que nous ayons une soirée tranquille. Je trouve le plan sympa.

— Tu connais l'homme qui vient de sortir ?

La question de Claire posée sur un ton sec me prend au dépourvu. Je n'ai aucune idée de ce qui vient de se passer, mais si je suis bien certain d'une chose c'est qu'il y a un problème.

— Non… Je devrais ?

— Daniel Harris, énonce-t-elle.

Elle me regarde droit dans les yeux, et j'ai la nette impression qu'elle guette ma réaction. Je prends le temps de réfléchir, même si j'ai à peine aperçu le type, mais ce nom ne m'évoque strictement rien.

— Non, je ne vois pas.

— C'est marrant, pourtant lui, il te connaît.

— Je vais y aller, lance soudain Andie, mal à l'aise.

La réaction de Claire est immédiate : elle lève le doigt sans me quitter des yeux et lui ordonne de ne pas bouger.

— Non ! Tu restes.

Son ton sec et agressif me surprend. En temps normal, Andie réagirait, et pourtant, là, elle ne dit pas un mot. Visiblement, Claire est très énervée, et sa belle-sœur la soutient. J'ouvre la bouche pour demander une explication, mais Andie me fait un signe discret pour que je me taise. *Très bien.*

Claire relève le menton et croise les bras sur sa poitrine, les yeux flamboyant de colère.

— Je vais te mettre sur la voie, tu vas voir c'est très amusant.

J'en doute, mais je me garde bien de faire une remarque. Je n'ai pas une grande expérience des relations amoureuses, mais je me souviens très bien de mon enfance. Lorsque ma mère était fâchée contre mon père, il faisait profil bas.

— Me Shirley.

Je me fige. Je jette un rapide coup d'œil à travers la vitrine, paniqué. Évidemment le mec n'est plus là, le contraire aurait été étonnant vu la vitesse à laquelle il a détalé. Quel est le rapport entre lui et Bob ? Je déglutis avec difficulté, et reporte mon attention sur la femme qui, ce matin, m'embrassait avec passion pendant que Colleen se lavait les dents.

— Toujours pas ? s'agace-t-elle.

Je devrais calmer le jeu, essayer de m'expliquer, mais rien ne me vient. Son attitude me fait perdre tous mes moyens. Je n'aime pas cette version d'elle, amère et pleine de colère, qui ne ressemble en rien à la Claire douce et gentille que j'ai appris à connaître. Son agressivité me braque, et mes anciens automatismes refont surface. Le seul moyen que je trouve pour me défendre est de l'attaquer en retour.

— Si tu me disais ce que tu as sur le cœur, ça m'aiderait, car là je ne comprends pas un traître mot de ton interrogatoire.

Elle se crispe. Ses doigts malmènent les manches de son pull, comme si elle se retenait de me sauter à la gorge. Andie, dans le fond, garde le silence et m'observe avec une profonde tristesse. Quelque chose m'échappe. Tous les warnings se mettent à clignoter, mais je ne peux pas croire qu'elle ait découvert ma véritable identité. Pas comme ça.

— Me Shirley, ça te dit quelque chose ?

— Viens en au fait, s'il te plaît.

— Réponds à ma foutue question, Adam : oui ou non ?

— Andie, tu devrais nous laisser, dis-je la mâchoire serrée.

Cette fois, elle ne se fait pas prier et enfile sa veste à la va-vite. Elle passe devant Claire et lui presse le bras :

— Je t'appelle plus tard.

J'ai envie de hurler que c'est inutile, qu'il n'y aura rien à raconter, mais je m'abstiens. Claire hoche la tête, les yeux toujours rivés sur moi. J'essaye de faire bonne figure, de ne pas paniquer à l'idée de la perdre, mais je sens la situation m'échapper. Je croise le regard d'Andie, d'ordinaire plein de vie ; il est éteint, vide. Ses lèvres s'étirent dans un sourire timide qui n'atteint pas ses yeux. Elle se dépêche de sortir et part en direction de la mairie. La soirée ne prend pas du tout la tournure escomptée.

— Je t'écoute.

— Effectivement, je connais Me Shirley, mais…

— Depuis combien de temps ?

— Ça a vraiment une importance ?

Elle prend le temps de réfléchir.

— Non, j'imagine que tu le connaissais bien avant ta venue à Hambleden.

Une autre poignée de secondes s'écoule, pendant laquelle je suis incapable de parler, de peur d'envenimer une situation déjà critique.

— Mon Dieu ! je me sens tellement stupide. Donc tu es mon propriétaire ? Tu es venu t'assurer que je…

Elle s'arrête en plein milieu de sa phrase et fixe la rue, le regard dans le vague.

— Écoute, ça ne devait pas se passer comme ça, tenté-je.

— C'est ça ton explication ? dit-elle en redressant vivement la tête. « Ça ne devait pas se passer comme ça » ? C'était quoi le plan initial, alors ? Te taper ta locataire avant de la mettre à la porte et de retourner tranquillement à ta petite vie de célibataire ? C'était un genre de challenge excitant ? Un pari avec des potes ?

Les mots qu'elle emploie pour qualifier notre relation me font grimper dans les tours.

— Ne dis pas n'importe quoi !

— Pardon ? Qui es-tu Adam, au juste ? J'ai l'impression de ne pas te connaître ! crie-t-elle.

Je me pince l'arête du nez et inspire pour essayer de réguler mon rythme cardiaque.

— Claire, essaye une minute de voir la situation de mon point de vue.

— Donc tu as l'intention de vendre ? Le prix est-il négociable au moins ? Je demande au cas où, par miracle, la banque accepte de me suivre. Parce que, comme c'est l'heure des grandes confessions, il faut que je te dise que le banquier a été plutôt pessimiste en ce qui concerne ma demande de prêt.

— Quoi ? Mais pourquoi tu ne m'as rien dit ?

— Qu'est-ce que ça aurait changé ? Tu m'aurais fait une petite remise ?

Sa colère et sa déception sont légitimes, mais elle ne me laisse pas en placer une. Si seulement elle m'écoutait, je pourrais lui expliquer que mes intentions ont changé au fil des jours, que je suis tombé sous son charme et que j'ai essayé de lutter avant de finir par céder. Je voudrais qu'elle sache que j'avais prévu de lui dire la vérité, que je ne me servais pas d'elle.

— Je n'en reviens pas que tu m'aies menti.

— Je n'ai pas pris ma décision, je…

— Vraiment ? Parce que je t'assure que le type qui était là tout à l'heure a été catégorique. Le bien est en vente. Il paraît même que tu veux que ça aille vite.

Et là, je comprends. Cet homme doit être le contact dont Robert m'a parlé au début du mois. Il a mentionné qu'un acheteur était effectivement intéressé, mais j'ai spécifié que nous ne donnions pas suite. Je fais une autre tentative :

— Je ne voulais pas garder la propriété, mais Bob,

Me Shirley, m'a convaincu de venir jeter un coup d'œil. Je devais juste faire un aller-retour, et puis je vous ai rencontrées, toi et Colleen, et tout a changé.

Elle se met à rire. Je décide de me taire car, visiblement, mes explications n'arrangent rien. Mais Claire profite de mon silence pour reprendre :

— Ah ! donc c'est notre faute ? C'est ce que tu essayes de me dire ?

Je me passe la main dans les cheveux, à la recherche des bons mots. Je repense à ma conversation avec Robert, à sa suggestion de me confier, d'ouvrir mon cœur. J'inspire profondément, prêt à me dévoiler.

— Je suis amoureux de toi.

— Tes parents auraient honte de toi, dit-elle en même temps.

Quoi ?

Je me décompose. L'effet est immédiat. Les démons tapis dans l'ombre se précipitent pour enserrer mon cœur de leurs griffes acérées. Les mots ont été articulés distinctement dans le seul et unique but de me blesser. Comment ose-t-elle dire une telle chose ? Je la dévisage, assommé par la méchanceté de sa remarque. Elle ouvre la bouche sans rien dire, choquée par mon aveu. Le timing n'aura jamais été aussi mauvais.

— Qu'est-ce que tu viens de dire ? demande-t-elle d'une voix plus douce.

Elle se tient devant moi, les yeux brouillés de larmes. Claire n'est pas méchante, elle a seulement été aveuglée par sa colère. Je le sais, je me le répète, mais en vain. Je ne trouve pas la force d'excuser ses paroles. D'ailleurs, elle ne s'excuse pas.

Je recule.

D'un pas.

Puis de deux.

Pour elle, je me suis mis à nu et j'ai pris le risque de souffrir. Malheureusement, toutes les histoires d'amour n'ont pas le droit à leur happy end. Quelque part, la nôtre était sûrement vouée à l'échec.

Je pose la main sur la poignée et, sans un regard en arrière, je sors alors que je l'entends éclater en sanglots.

Chapitre 16

Mercredi 23 décembre
Atelier truffes

Claire

Adam n'a pas donné signe de vie depuis deux jours. Il n'a répondu à aucun de mes messages, et j'ai appris par Andie qu'il n'était pas non plus rentré chez Maggie. Inquiète, j'ai appelé cette dernière, mais elle n'a pas pu me rassurer. Adam lui a simplement dit de ne pas s'inquiéter, qu'il avait besoin de réfléchir, sans lui donner plus de précisions.

Ce matin, Colleen participe à l'atelier truffes au chocolat jusqu'à 13 heures. C'est une activité parents-enfants, mais je ne pouvais pas quitter le magasin, alors Andie a proposé de l'accompagner. Pendant que ma fille se préparait, j'ai assailli ma belle-sœur de questions. Où est Adam ? Que fait-il ? J'ai beau être en colère contre lui, je me sens coupable d'avoir été aussi odieuse. Qu'est-ce qui m'a pris de lui cracher cette remarque blessante au visage, pile au moment où il m'avouait être amoureux ? « Moi aussi », aurais-je dû hurler au lieu de rester sans voix. Je ne m'attendais pas à une telle déclaration. Adam est pudique et peu habitué aux grandes effusions, même si depuis notre excursion à Londres il s'ouvrait de plus en plus. Nous avons partagé des souvenirs d'enfance, évoqué la perte de ses parents et sa peur d'aimer. J'ai chéri toutes ces discussions, consciente qu'il ne se livre pas facilement et qu'il m'estimait donc digne de confiance. Malheureusement, je n'ai pas su être à la hauteur de sa confiance.

Lundi, après son départ, je me suis effondrée. J'ai fermé le magasin et j'ai pleuré toute la soirée, évitant les appels d'Andie. Elle a fini par abandonner, s'imaginant sûrement que nous étions en pleine réconciliation sur l'oreiller. C'était loin d'être le cas. J'ai sangloté une grande partie de la nuit, maudissant tour à tour son comportement malhonnête et ma méchanceté gratuite. Sa trahison inattendue a été si douloureuse que j'ai voulu lui faire mal en retour. La manière importait peu, seul le résultat comptait. Évidemment, c'était une erreur, et je n'y ai trouvé aucun réconfort. J'aimerais pouvoir m'excuser et lui donner une nouvelle chance de s'expliquer. Je me rends compte que je ne l'ai même pas écouté, je l'ai immédiatement jugé coupable sans entendre sa version des faits.

Je me laisse tomber sur le canapé, épuisée par mes deux nuits blanches. L'équilibre fragile durement acquis a volé en éclats. Adam est parti, la banque a refusé ma demande de prêt, et je risque de perdre mon travail et de devoir déménager. Colleen va encore souffrir de mes échecs et de mon incapacité à lui offrir la vie stable et calme qu'elle mérite.

Je joue avec mon téléphone et reste un long moment à regarder l'écran, hésitante. Qu'est-ce que je risque ? Au pire, il m'enverra balader.

Allez, Claire. Courage !

Mon cœur bat au rythme de la tonalité.

Une.

J'inspire.

Deux.

J'expire.

Trois.

Est-ce que je dois laisser un message s'il ne décroche pas ?

Quatre.

Si le répondeur se déclenche, je raccroche, ce sera un signe.

Cin…

— Allô ?

Je frôle la crise cardiaque en entendant cette voix grave répondre. Je ne peux plus reculer, alors je me lance.

— Maître Shirley ? Bonjour, Claire Sullivan à l'appareil. Je ne vous dérange pas ?

— Oh ! Madame Sullivan, pas le moins du monde. En quoi puis-je vous aider ?

— Je voulais vous informer que la banque a refusé de m'octroyer le financement qui m'aurait permis de racheter le bien à votre client.

Le banquier s'est montré désolé et m'a proposé de retenter ma chance dans un an. Je m'y attendais. Même si le dossier de Josh était très complet, cela n'a pas suffi. Une mère célibataire dans ma situation n'inspire pas confiance.

— Vous m'en voyez désolé. Leur réponse est-elle définitive ? Je sais d'expérience qu'un garant peut parfois changer la donne et faire pencher la balance.

Il a parfaitement raison. C'est justement le motif avancé par l'organisme bancaire. J'avais volontairement supprimé cet élément de la présentation de mon frère.

— Je ne veux pas de garant. J'aurais aimé m'en sortir seule pour une fois, fais-je amèrement.

— Je comprends. Vous savez, il n'y a pas de honte à mettre de côté sa fierté pour réaliser ses rêves. Cela ne vous rendra pas moins méritante.

Je soupire, acculée.

— Dites-moi ce que vous avez sur le cœur.

— Vous avez peut-être raison. C'est juste que parfois j'ai le sentiment de tout rater. Je… je…

Ma voix se casse, et je sens les larmes me monter aux yeux.

— Écoutez, je vais appeler mon client. Je ne vous cache pas que toute cette histoire est un peu confuse pour lui. Il a appr…

— Je connais l'identité de votre client.

Ma révélation est suivie d'un blanc, mais très vite Me Shirley se reprend.

— Très bien. Je suis content qu'il ait fini par vous le dire.

Si seulement…

— Il ne m'a rien dit. Je l'ai découvert moi-même, après la visite d'un acheteur potentiel.

— Un acheteur potentiel ? Mais le bien n'est même pas à vendre pour le moment.

Je ferme les yeux, dépitée. C'est ce que je redoutais. J'ai laissé ma rage prendre le dessus sans laisser Adam s'expliquer. La colère n'est jamais une bonne conseillère.

— Daniel Harris, dis-je pour le renseigner.

— Oh ! je comprends mieux. Effectivement, j'ai été en contact avec ce monsieur il y a quelques semaines, mais à la demande d'Adam j'ai appelé son assistante pour l'informer que nous ne souhaitions pas donner suite et que je reviendrais vers lui en temps voulu si le bien était remis en vente. Que voulait-il au juste ?

— Se projeter, je crois. Évaluer les travaux qu'il aurait à faire.

— Son assistante n'a pas dû lui transmettre mon message. Ne vous inquiétez pas, je m'en occupe. C'est très étrange qu'Adam ne m'en ait pas parlé. Il doit être furieux que vous ayez appris la nouvelle de cette façon.

— Il a disparu.

— Disparu ? Que voulez-vous dire ?

Je tente de contenir mes larmes. Je me sens bête de craquer ainsi, mais je ne peux pas cacher mes émotions.

— Nous nous sommes disputés. Tout est ma faute.

— Allons bon ! Ne soyez pas trop dure envers vous-même. Dans une dispute, les torts sont très souvent partagés. Évidemment, si un jour vous deviez rapporter ces propos à ma femme pour une quelconque raison, je nierais les avoir tenus !

Je souris malgré la peine qui me brise le cœur.

— J'étais en colère.

— Et vous aviez tout à fait le droit de l'être.

— J'ai évoqué ses parents en disant qu'ils auraient eu honte de lui.

— C'est blessant, mais pas tout à fait faux. Sa mère ne l'aurait jamais laissé faire une chose pareille, c'était une femme droite avec de belles valeurs, et c'est justement parce qu'il en a conscience qu'il s'est vexé.

Je grimace.

— Je lui ai fait de la peine.

— C'était le but, j'imagine. Vous vouliez le pousser dans ses derniers retranchements. Vous l'avez forcé à regarder les choses en face et à affronter la situation. Adam est un grand garçon, il saura faire la part des choses. Il aurait dû vous dire la vérité depuis bien longtemps. Il ne l'a pas fait, à lui de l'assumer.

— Je voudrais pouvoir en parler avec lui, mais il est injoignable. Peut-être savez-vous où je peux le trouver.

— Malheureusement, je n'en sais pas plus que vous. Écoutez, laissez-lui un peu de temps. Il a sans doute besoin d'encaisser et d'accepter son erreur. Je ne devrais peut-être pas vous le dire, mais il vous apprécie beaucoup.

— C'est réciproque.

— Je ne sais pas si vous en avez conscience, mais depuis votre rencontre il a énormément changé. Grâce à vous il est en train d'avancer, et dans la bonne direction. Surtout ne le laissez pas vous évincer de sa vie, car c'est ce qu'il va essayer de faire en premier lieu. Fuir est son seul mode opératoire. Vous allez devoir vous battre, Claire. Vous permettez que je vous appelle Claire ?

— Oui, bien sûr.

— Dans ce cas, appelez-moi Robert. Je vais régler cette histoire avec Daniel Harris. Pour le reste, je suis sûr que tout va s'arranger. N'hésitez pas à me rappeler. Je me tiens à votre disposition si vous avez besoin de moi.

Nous échangeons encore quelques mots puis nous raccrochons. Est-ce que je me sens mieux ? « Bof ! » serait la réponse la plus proche de mon état d'esprit. Disons que mon cœur est un peu plus léger, mais je suis loin de voler sur un petit nuage.

Adam réapparaît en fin de journée. Après un coup de fil expéditif d'Andie pour me prévenir qu'il était en train de ranger ses affaires, je ferme le magasin sans tarder et fonce chez Maggie. J'entre dans la cuisine en trombe.

— Maman !

Colleen, qui a passé l'après-midi à faire des sablés avec Maggie et Andie, se précipite vers moi et m'enserre la taille.

— Je veux pas qu'Adam s'en aille.

— Moi non plus, chérie.

Andie me lance un regard désolé.

— Où sont les parents ? demandé-je.

— Partis se promener à Chalfont St Peter, répond Maggie, assise sur le banc.

Tant mieux. Deux personnes de moins qui assisteront à ma débâcle.

Andie sirote un thé, et Josh est appuyé contre le mur, le visage neutre. Il m'observe avec intérêt, sûrement pour essayer de deviner ce qui se passe dans ma tête. Pas grand-chose, à vrai dire. Ma conversation avec Robert a été intéressante, mais n'a pas suffi à me rassurer. Revoir Adam me fait toujours peur. Je dois à tout prix trouver un moyen de le retenir pour que nous puissions discuter. Alors que j'échafaude un plan, il entre dans la pièce. Andie et Maggie se lèvent aussitôt, et Josh abandonne son mur pour les rejoindre. Colleen se place devant eux pendant que je reste légèrement en retrait. Jamais la cuisine de Maggie ne m'a paru si inhospitalière.

Adam pose son sac par terre sans manifester le moindre signe à mon égard alors que je suis certaine qu'il m'a vue. Il s'accroupit face à Colleen, lui tend son poing qu'elle s'empresse de frapper avec joie, puis il ouvre son sac et sort un paquet cadeau. Mon cœur se serre lorsque je comprends qu'il s'agit de la moto que nous avons achetée chez Hamleys. Elle aurait dû l'avoir le jour de Noël.

— Tiens, ma grande. Un petit cadeau en souvenir de notre rencontre.

Elle se jette dessus et ne se fait pas prier pour l'ouvrir.

— Je l'adore, Adam, elle est trop belle ! s'écrie-t-elle en découvrant le modèle miniature.

— C'est une Suzuki 750 GT de 1973. Un modèle ancien, mais très célèbre.

Elle lui saute au cou pour lui faire un câlin et colle un gros bisou sonore sur sa joue. Puis elle se dégage et le regarde avec malice, le visage illuminé par un large sourire.

— Moi aussi, j'ai un cadeau pour toi ! On l'a choisi avec maman.

Oh non, pas ça ! J'avais complètement oublié. Super timing.

Elle court vers son sac à dos Avengers, l'ouvre et farfouille quelques secondes dans son petit bazar. Elle a insisté pour lui offrir elle-même. Je n'ai pas le cœur de faire la moindre remarque et je me mets à espérer que ce présent pourrait jouer en ma faveur. Avec un peu de chance, cette attention lui montrera qu'il compte pour nous. Pour moi. Que mes mots ont dépassé ma pensée.

Colleen revient à la hâte et lui tend l'emballage personnalisé. Andie a dégoté un papier cadeau à colorier. Elle déniche toujours des choses improbables !

— C'est pour le jour de Noël. Tu pourras quand même les mettre pour penser à nous. Ça fera comme si on était ensemble.

Il fronce les sourcils, intrigué par son étrange explication, et ouvre délicatement le papier.

— C'est toi qui as colorié les dessins ?

Elle hoche la tête, toute fière.

— Oui, et là c'est nous, regarde ! Toi, maman et moi. Y a même Doc, et papa sur son vélo. Allez, ouvre ! dit-elle en tapant des mains.

Il s'exécute sans tarder, et une paire de chaussettes vert et rouge avec des motifs sucres d'orge apparaît.

Mon cœur tambourine dans ma poitrine, et mes mains deviennent moites tellement j'ai peur de sa réaction. Personne n'ose dire un mot. Je sens Andie et mon frère jeter des regards dans ma direction. Ils étaient avec moi quand nous les avons achetées. Trois paires pour être exacte. Une paire rouge avec un renne pour Colleen, une blanche pour moi, avec un très mignon bonhomme de neige, et celle-ci.

— Elles sont très belles, merci beaucoup, Colleen.

— Tu les porteras ? Nous on les mettra par-dessus notre legging noir pour que tout le monde les voie. C'est notre dernier accessoire, celui du 25.

La joie de Colleen est contagieuse, et tout le monde sourit. Sauf moi. Je devrais intervenir, dire quelque chose, mais au lieu de ça je reste silencieuse.

— Bien sûr ! Comme ça je penserai à toi.

« À *toi.* » Pas à nous.

Je malmène mes doigts tout en essayant de ne pas interpréter sa réponse. C'est simplement une façon de parler.

— Il faut que j'y aille.

Il se lève et prend ma fille dans ses bras. Elle se pend à son cou en riant alors qu'il lui caresse le dos. Il lui dit qu'il a été heureux de la rencontrer, qu'elle une petite fille géniale avant de la reposer doucement au sol. Il enlace ensuite Maggie avec tendresse. Celle-ci se laisse aller, sans cacher ses larmes, et lui fait promettre de revenir la voir. Puis il s'approche de Josh, avec qui il échange une poignée de main virile, et il gratifie Andie d'une rapide accolade en faisant une remarque amusante à propos de leur collaboration professionnelle.

C'est à mon tour.

Je m'avance vers lui, mais il se détourne sans un regard et se dirige vers la porte. Son rejet est si brutal que je me sens vaciller. Mon cœur explose en mille morceaux. Colleen, n'ayant pas conscience de la situation, lui emboîte le pas en sautillant.

— Maman, on peut l'accompagner dehors ?

Pétrifiée de honte, je trouve la force de répondre sans pleurer. Un véritable exploit.

— Vas-y, chérie.

Je me force à sourire pour faire bonne figure, en me répétant les mots de Robert. « Surtout ne le laissez pas vous évincer de sa vie, car c'est ce qu'il va essayer de faire en premier lieu. Fuir est son seul mode opératoire. »

Très embarrassées, Andie et Maggie ne disent pas un mot. L'humiliation est telle qu'il n'y a rien à ajouter. À travers mes larmes, il me semble apercevoir Josh leur fait signe de sortir. Puis il m'attire contre lui, et je m'effondre.

Chapitre 17

Londres, samedi 26 décembre

Adam

Sur la table basse, mon portable annonce l'arrivée d'un mail. Rien de surprenant un jour de Boxing Day[1]. Généralement, les enseignes rivalisent d'originalité pour appâter de potentiels nouveaux clients. C'est à celle qui proposera la promotion la plus avantageuse pour les convaincre de dépenser leur fric. Le lendemain de Noël, c'est d'ailleurs un peu surprenant.

Habillé de ma plus belle tenue – jogging, T-shirt –, je suis avachi sur le canapé depuis des heures, occupé à ruminer. Je pourrais me bouger, aller courir par exemple ou avancer sur un de mes projets en cours, mais la flemme a élu domicile dans cet appartement. Elle et mon humeur massacrante. Les jambes étendues devant moi, je fixe un long moment les chaussettes offertes par Colleen. Comme promis, je les ai portées hier, même si je n'ai pas eu besoin de ces bouts de tissus bariolés pour penser aux

1. Jour férié anglais célébré le 26 décembre.

deux femmes qui ont bousculé ma vie. Avant elles, tout était fade, sans saveur. Terne. Ennuyeux.

Je ferme les yeux et soupire. J'ai eu beau me refaire le film des centaines de fois, la conclusion est toujours la même : j'ai merdé. Claire a raison, mes parents auraient eu honte de mon attitude. L'honnêteté et la confiance ont toujours été des valeurs essentielles pour eux. Il m'aurait suffi de l'admettre, mais sur le moment j'ai été incapable de faire la part des choses, trop blessé par sa remarque. Fuir Hambleden a ensuite été ma seule issue. Cette histoire avait déjà trop duré, j'avais besoin de reprendre le cours de ma vie. Seul.

Il ne m'a pas fallu longtemps pour réaliser mon erreur. Mon appartement est trop silencieux. Les rires, les cris, les discussions animées et les couchers interminables me manquent. Les miettes sur le canapé et les traces de dentifrice autour du lavabo. Les histoires avant de dormir et les négociations pour manger des légumes. Je regrette même les caprices de Colleen ! Mais si je veux être honnête, c'est surtout Claire qui manque à ma vie. Nos longues discussions, nos caresses, nos regards, nos silences et tous les petits instants volés qui ont contribué à me faire tomber amoureux d'elle. J'aurais dû l'appeler, m'excuser, la supplier de me pardonner. Mais je n'ai pas trouvé le courage de le faire et j'ai imaginé que le temps serait mon allié, que je finirais par l'oublier. Elle est entrée si vite dans ma vie qu'en sortir n'aurait pas dû être si compliqué.

Un nouveau signal sonore retentit, et mon regard dérive sur l'écran. Je suis surpris de voir le nom de Robert apparaître. Ce n'est pas son genre d'envoyer un mail, surtout un jour férié. Nous communiquons essentiellement par téléphone. À l'ancienne.

Le 26 décembre, 8 h 27
De : r.shirley@gmail.com
À : Somersetadam@gmail.com

Bonjour, Adam,

Mme Sullivan m'a informé qu'elle n'avait pas obtenu son prêt. Tu me feras part des suites à donner à cette affaire ?

Bien à toi,

Robert.

NB : Pearl est fâchée que tu ne sois pas venu nous rendre visite hier. Ton excuse a intérêt à être convaincante !

Quoi ?

Je me redresse et relis plusieurs fois le message. Même si ce n'est pas surprenant, j'espérais que la banque lui laisse une chance. Sans attendre, j'appelle Robert pour avoir plus de détails, mais je tombe sur son répondeur. *Merde ! Pourquoi Claire n'a-t-elle pas eu son prêt ? Josh lui avait pourtant constitué un dossier en béton. Tu parles !* J'abandonne le canapé et fais les cent pas dans le salon avec le sentiment d'être un lion en cage.

9 h 17 : Je tente de rappeler Robert. Rien.

9 h 58 : Nouvel échec.

10 h 22 : Je suis à deux doigts de balancer mon téléphone contre le mur.

Que fait Bob, sérieux ? Il lâche une bombe pour ensuite être injoignable. Je pourrais appeler chez lui, mais c'est risqué. Pearl le tuerait si elle apprenait qu'il a osé travailler un jour férié, d'autant plus que je n'ai aucune excuse valable pour avoir séché notre traditionnel café de Noël.

Je sors de ma poche l'écrin en velours noir et joue machinalement avec. Alors que je l'ouvre pour la vingtième fois – le geste a quelque chose d'apaisant –, je contemple le bijou.

Une fine chaîne avec deux médailles en pendentif, une en nacre et une en or, où j'ai fait graver un C au recto et un A au verso. Je l'ai acheté dans une petite bijouterie près de Hambleden avec Andie. Lorsque je lui ai soumis mon idée, elle a tout de suite proposé de m'aider. Je n'ai même pas eu besoin de lui avouer mon incompétence en matière de cadeaux. Cette femme me comprend, comme si elle était directement reliée à mon cerveau. Elle a promis de garder le secret, malgré son excitation.

10 h 35 : Nouveau coup d'épée dans l'eau. Robert va m'entendre !

Il m'ignore volontairement, c'est une certitude. Je sais très bien ce qu'il cherche à faire. Reste à savoir si je vais craquer ou non. Je me redresse et appuie les coudes sur mes genoux en fixant mon téléphone. Si Bob ne répond pas, je dois appeler la personne concernée : Claire.

Je prends mon courage à deux mains et lance l'appel. Elle ne décroche pas non plus. *Ce n'est pas possible, ils se sont donné le mot !*

Je passe la journée à essayer de les joindre à tour de rôle, mais aucun des deux ne daigne donner signe de vie. Au bord de la crise de nerfs, je décide de jouer ma dernière carte et appelle Andie. Avec un peu de chance, elle pourra m'en dire plus.

— Allô ?

Miracle !

— Salut, Andie, je cherche à joindre Claire, mais je n'arrête pas de tomber sur sa messagerie.

— Ah oui ! c'est normal. Elle ne veut plus te parler.

Évidemment. Je m'en doutais, mais l'entendre à voix haute me blesse. J'avais oublié qu'Andie n'avait aucun filtre.

— Est-ce qu'elle va bien ?

— À ton avis ?

— OK, question bête.

— Tout comme ton attitude, assène-t-elle.

Je grimace. La discussion ne s'annonce pas aussi facile que je l'espérais. J'ai comme l'impression qu'Andie ne va pas me ménager. Le but n'est pas de me faire une nouvelle ennemie, alors j'essaye de faire amende honorable.

— C'est mérité, dis-je en soupirant.

— Bien sûr que c'est mérité ! Écoute, Adam, je ne vais pas y aller par quatre chemins. Tu as merdé, et pas qu'un peu, alors un conseil : règle tes problèmes une bonne fois pour toutes, nous on s'occupe de Claire. Mais, je te préviens, ne traîne pas, Josh s'est déjà mis en tête de lui présenter un pote à lui.

— Tu plaisantes ?

— Pas le moins du monde, et comme tu l'as remise en selle, je pense qu'elle va vite accepter sa proposition. En plus, c'est un bon parti, et j'avoue qu'il est plutôt pas mal. Quoiqu'un peu trop du style de son ex, si tu veux mon avis.

Pardon ?

— Remise en selle ?

— Je parle de sexe !

— Merci, j'avais compris !

— Tu me rassures. Si ça peut te convaincre de te bouger les fesses, tant mieux. Sinon on se voit lundi à 11 heures pour le site web. J'ai trouvé pas mal d'idées sympas et je voudrais savoir ce que tu en penses. Envoie-moi ton adresse, je préfère qu'on fasse ça chez toi, sinon on aura Josh dans les pattes.

Puis, sans rien ajouter, elle raccroche. *Génial, ma tension est encore plus élevée qu'avant ce coup de fil !*

Lundi matin, Andie sonne à 11 heures précises. J'inspire profondément et ouvre la porte.

— Bonjour, Adam.

— Josh ?

Minute ! Qu'est-ce que le frère de Claire vient faire ici ?

— Je peux entrer ?

— Ça dépend, dis-je méfiant. Tu es venu me casser la gueule ?

— J'aurais bien aimé, mais Andie se réserve ce privilège si je ne mène pas à bien ma mission.

Le ton est poli, mais sans équivoque.

— Donc tu es là pour m'éviter un œil au beurre noir ?

— On va dire ça.

Je me décale sur le côté pour le laisser entrer.

— Je t'en prie.

Je jette un coup d'œil dans le couloir, m'attendant presque à voir sa fiancée arriver en courant, mais il est désert. Josh et moi nous entendons bien, mais après Claire il est la dernière personne que je m'attendais à voir débarquer.

— Tu es vraiment venu tout seul ?

— Oui.

La première minute est très gênante. Je me suis comporté comme le dernier des enfoirés avec sa sœur, alors j'imagine que la discussion ne s'annonce pas des plus courtoises. Je crois que je préférerais la version « coup de poing ».

— Je… Tu veux boire quelque chose ?

— Pourquoi pas ?

Il observe mon salon, surpris. Je peux comprendre, car des dizaines de cartons sont entassés et jonchent le sol, dans un affreux foutoir.

— Tu déménages ?

Je me frotte la nuque, embarrassé.

— Non, je règle mes problèmes. Enfin, j'essaye.

Il me fixe un long moment, sûrement pour jauger ma sincérité. Après ma courte discussion avec Andie, il ne m'a pas fallu longtemps pour comprendre ce qu'elle sous-entendait. Je devais commencer par me confronter à mon passé pour pouvoir envisager un futur serein, et pour ça il me fallait replonger dans mes souvenirs, et apprendre à accepter les émotions qu'ils me procurent. Un appel plus tard à un garde-meuble de la banlieue de Londres, et mon salon prenait des allures d'entrepôt. J'en ai ouvert quelques-uns, mais pour le moment ça ne m'a pas beaucoup aidé.

— C'est une bonne chose, conclut-il, même si j'ai toujours envie de te casser la gueule.

Je grimace. C'est mérité.

— À propos de ça. Je… Écoute, je suis désolé pour ta sœur.

— Et Colleen.

Je hoche la tête.

— Et Colleen, bien sûr. C'est compliqué pour moi.

— Ouais, il paraît. Andie prend ta défense, ce qui m'a surpris dans un premier temps.

— Je croyais qu'elle voulait me taper.

— Andie est complexe. Elle dit que tu lui ressembles, enfin en partie.

Je ne sais pas trop ce que ça veut dire, mais ça semble suffire à le dissuader d'être violent. Il ouvre un carton et jette un coup d'œil curieux à l'intérieur. Maintenant qu'il est là, autant essayer de faire la conversation.

— Pour le moment, j'essaye de trier tous ces vieux trucs et surtout de décider ce que je veux en faire.

— T'es déjà allé à New York ?

Il sort une statuette de King Kong accroché au sommet de l'Empire State Building et la regarde, admiratif. Il a l'air d'être un peu plus détendu. C'est plutôt bon signe, enfin je l'espère.

— J'adore cette ville ! reprend-il. Je compte y emmener Andie l'année prochaine.

Je souris.

— J'y suis déjà allé, oui. Ma mère avait la trouille de l'avion, mais elle avait dit que pour mes dix ans elle ferait un effort. Nous y sommes restés une semaine, c'était génial.

— À mon avis, ces M&M's sont périmés !

Il me lance une pomme transparente en plastique, remplie de bonbons avec écrit « I ♥ NY ». Heureusement, j'ai des bons réflexes et je l'attrape au vol avec ma main droite. Un peu plus et je la prenais en pleine figure ! Finalement, Josh n'est peut-être pas si détendu.

— Andie aussi a grandi seule.

Il ne dit rien de plus et se contente de me fixer. Ce type est vraiment imprévisible.

— Elle s'en est sortie, ajoute-t-il. Il n'y a aucune raison que tu n'y arrives pas.

Un regard peut être plus efficace que de longues discussions, et un silence plus éloquent que des mots. Au bout d'un long moment, Josh me gratifie d'un signe de tête, comme s'il me pardonnait mes erreurs, et se remet à fouiller dans le carton. Je reste un instant immobile, sans savoir comment réagir, puis je m'approche, curieux de voir ce qu'il contient d'autre.

J'extirpe une balle de base-ball des Yankees, des étoiles plein les yeux. Mon père m'avait emmené voir un match pendant que ma mère profitait du spa de notre hôtel.

— Donc c'est Andie qui t'envoie ?

— Je cite : « Apparemment, se comporter comme un connard est un réflexe typiquement masculin, donc merci de lui montrer le bon chemin. » Il ne faut pas se fier à son petit sourire angélique, Andie ferait plier le plus dur d'entre nous.

— Désolé, mec.

— T'inquiète, dit-il en s'asseyant sur l'accoudoir du canapé. Je suis passé par là, moi aussi.

— Comment ça ?

— Moi aussi j'ai failli tout faire foirer entre Andie et moi. Si tu nous faisais un café ?

Son ton devient plus avenant, et ses lèvres s'étirent même en un sourire timide. Je vais dans la cuisine et nous prépare deux expressos.

Cinq minutes plus tard, je suis de retour.

— Alors comme ça tu veux présenter quelqu'un à Claire ?

Ses yeux s'arrondissent comme des soucoupes.

— Ah bon ? Première nouvelle !

— Andie, disons-nous en même temps.

Il secoue la tête puis boit une gorgée, amusé par la supercherie de sa petite amie.

— Elle a joué la carte de la jalousie. Bien vu ! Et alors ça a marché ?

— Évidemment. Rien que de l'imaginer parler à un autre mec me fout la rage.

Cette fois, il laisse échapper un rire spontané et sincère. Ma colère semble l'amuser.

— Tant mieux ! Ça veut dire que tout n'est pas perdu.

Soudain, il redevient sérieux et me dévisage, me mettant sans doute au défi de le contredire.

Il faut que j'apprenne à exprimer mes sentiments, sinon je vais finir par tout perdre. Par *la* perdre. Et ça, c'est inconcevable. Paniqué à l'idée de me dévoiler, je sens mon cœur s'emballer. Mais Claire en vaut la peine. Vraiment.

— Je suis amoureux d'elle, Josh. Je crois que je vais avoir besoin d'aide, car tout seul je ne vais pas m'en sortir. Je ne sais pas comment réparer les dégâts que j'ai causés, ni même si c'est réparable.

— Ça tombe bien, je suis là pour ça !

Chapitre 18

Londres, jeudi 31 décembre

Claire

— Dépêche-toi, Claire, on va être en retard ! On doit partir dans dix minutes max.

La voix de ma belle-sœur résonne derrière la porte de la chambre d'amis de leur appartement de Londres. Le corps et les cheveux enroulés dans des serviettes, je suis assise sur le lit depuis une demi-heure, à côté d'une jolie robe portefeuille à paillettes vert foncé. En fonction de la lumière, les strass changent de couleur pour osciller dans des tons violets électriques. Elle est sublime. Je la fixe pendant une poignée de secondes. Son seul défaut est d'être un peu trop courte. Je n'ai pas l'habitude de montrer autant mes jambes. Mais au même titre que pour cette soirée, je me suis laissé convaincre par Andie. Dans le magasin, cette tenue me semblait parfaite, seulement maintenant je la trouve tape-à-l'œil, surtout pour une soirée avec des inconnus.

Je soupire et me laisse tomber sur le matelas. Mes cheveux s'échappent de leur carcan pour former une corolle humide autour de ma tête. Je ne vais finalement pas avoir le temps de les lisser. Tant pis, de toute façon, je les préfère au naturel. Je fixe le plafond un long moment à la recherche d'une excuse pour me défiler. Je n'ai plus envie d'y aller. Passer la soirée avec des inconnus est toujours gênant, et puis je n'ai pas le cœur à faire la fête. Le programme n'a certes rien d'extravagant : un repas en petit comité dans un appartement de Londres, mais me retrouver seule au moment du décompte, sans personne à embrasser à minuit, me serre le cœur à l'avance.

J'aurais dû dire non.

Seulement Andie en avait décidé autrement. Colleen venait de partir chez son père, alors mon unique excuse valable était tombée à l'eau, et mon refus a été catégoriquement rejeté. Même Josh a insisté, persuadé que je passerais un bon moment. J'ai donc fini par céder, plus pour leur faire plaisir que par conviction. Je n'aime pas que ma famille s'inquiète pour moi.

Noël a été un calvaire. La joie de Colleen n'a pas suffi à atténuer la douleur qui me vrillait le cœur. Même ma séparation avec Ben n'a pas été aussi éprouvante. Mon histoire avec Adam a peut-être été courte, mais elle a été intense. Forte. Vraie. Et la rupture, elle, s'avère brutale, violente, difficile. Mais pour ma fille et ma famille, je me suis efforcée de faire bonne figure.

La dinde était excellente, et les paquets ont été déballés en un temps record sous une myriade d'exclamations et de « Merci, Père Noël ». En apparence, tout était parfait. En apparence seulement, car l'absence d'Adam s'est douloureusement fait sentir. Suis-je trop naïve d'avoir imaginé qu'il reviendrait s'excuser ? Pourquoi n'ai-je pas eu le droit comme Andie à mon conte de fées ? Tout l'après-midi, j'ai surveillé l'allée à l'affût d'un bruit de moto. Quelle idiote ! Andie et Josh m'ont pressé plusieurs fois le bras en signe de soutien. C'était gentil, mais inutile. Je me suis même sentie ridicule qu'ils aient compris mon manège.

Le soir, alors que mon père chargeait la montagne de cadeaux de Colleen dans le coffre de ma voiture, ma mère m'a prise dans ses bras. Soudain, j'ai eu le sentiment de redevenir une petite fille. J'ai fermé les yeux très fort pour tenter d'enrayer le flot de larmes qui montait, mais ses paroles ont eu raison de ma retenue :

— Chérie, aimer quelqu'un c'est accepter la vulnérabilité et les erreurs de l'autre pour mieux pouvoir avancer ensemble. Il n'y a pas de modèle, ni d'histoire parfaite, il n'y a que des hommes et des femmes avec leurs vécus, leurs failles, leurs doutes et leurs peurs. Le cœur est sauvage et indomptable. Il a besoin de se sentir en confiance pour battre pleinement, et parfois il lui faut un peu de temps pour le comprendre. Accroche-toi, Claire, si c'est le bon, il reviendra.

Et s'il ne revenait pas ?

— Claiiire, on t'attend !

La voix hystérique d'Andie me ramène au présent. Cette fois, je saute du lit et enfile à la va-vite mes sous-vêtements et des bas en soie. Une autre de ses lubies !

— Je peux entrer ? Tu es présentable ?

Je n'ai pas le temps de répondre que la porte s'ouvre déjà. Heureusement, je suis en train de nouer le nœud de ma robe.

— Une paire d'escarpins, et je suis prête !

Elle plisse les yeux, l'air perplexe. J'essaye d'ignorer son regard inquisiteur en m'activant, mais Andie n'est pas du style à abandonner.

— Pourquoi tu n'es pas maquillée ?

Je laisse échapper un soupir de dépit.

— Quel est l'intérêt ? dis-je.

— Tu pourrais rencontrer quelqu'un !

Je lève les yeux au ciel.

— On ne sait jamais, insiste-elle.

C'est à mon tour de la dévisager. Elle reste impassible, mais je ne suis pas dupe. Elle me cache quelque chose. J'espère qu'il ne s'agit pas d'un plan arrangé avec un des potes de Josh. Je ne suis pas d'humeur à me faire draguer.

— Je sens que tu ne me dis pas tout…

Elle hausse les épaules. Si je ne la connaissais pas si bien, je pourrais presque penser qu'elle est sincère, mais c'est Andie, la reine des entourloupes. Je ne me démonte pas, bien décidée à savoir où je mets les pieds.

— Crache le morceau, Andie.

Elle relève le menton en signe de défi.

— Maquille-toi, et je verrai ce que je peux te dire.

— Tu me fais du chantage ?

— Prends-le comme tu veux.

Je soupire, agacée de m'être laissé entraîner dans ce piège foireux.

— Génial ! Absolument génial !

Pour toute réponse, elle me gratifie d'un petit sourire victorieux.

— Très bien ! répliqué-je en croisant les bras. Juste du mascara dans ce cas-là.

Josh choisit ce moment pour apparaître, son manteau sur le dos.

— On y va ?

Andie et moi ne bougeons pas, trop occupées à nous défier du regard.

— Tout va bien ? demande-t-il, surpris par l'ambiance légèrement tendue.

Je détourne mon attention de la traîtresse.

— Parfaitement ! J'allais juste me mettre une touche de mascara.

— Et de rouge à lèvres ! crie Andie alors que j'entre dans

la salle de bains attenante. Le rose de Dior, celui que je t'ai offert à Noël, sera parfait.

Je devrais ignorer son conseil, mais elle a raison, cette couleur est absolument fabuleuse !

Le trajet pour rejoindre l'appartement de leurs amis se fait dans le silence. Je regarde par la vitre les rues de la ville défiler, regrettant d'avoir cédé. Me morfondre toute seule chez moi devant une comédie romantique avec un pot de glace au chocolat était un bien meilleur programme.

Et si, pour une fois, je suivais mes envies ?

— J'ai changé d'avis.

— Quoi ? répondent-ils à l'unisson.

— Je n'ai pas envie de voir du monde ni de rencontrer quelqu'un. C'est gentil de vous inquiéter pour moi, mais c'est inutile. J'ai déjà survécu à un divorce, ce n'est pas une petite rupture qui va me miner le moral.

Voilà, c'est dit ! Ma voix n'a pas tremblé, j'ai été claire et concise, digne d'une actrice oscarisée. Pour un peu, je me serais presque convaincue moi-même. Andie et Josh échangent un rapide regard, puis mon frère se tourne vers moi pendant qu'Andie s'engage dans Durham Street.

— Excuse-moi de te dire ça, mais on n'a pas prévu de te faire rencontrer quelqu'un.

Sa réponse me surprend. Est-ce que je peux faire confiance à mon frère ? C'est vrai que ce n'est pas son style de jouer les entremetteurs, mais Andie a très bien pu l'influencer. Elle arrive toujours à ses fins, et même si mon frère se persuade qu'il est le maillon fort de leur couple, tout le monde sait très bien que c'est loin d'être le cas.

— Votre soirée, ce n'est pas un truc arrangé pour me faire oublier Adam et aller de l'avant ? Pourtant Andie a dit que…

— Pas exactement.

— Il n'y aura pas de mecs célibataires alors ?

— Si, un, mais il est à fond sur son ex, donc…

— OK, OK j'ai compris.

Je réfléchis, puis reviens à la charge, intriguée.

— Dans ce cas, pourquoi Andie a insisté pour que je porte cette robe et que je me maquille ?

— Tu n'allais pas commencer la nouvelle année en jogging ! Et puis, on ne sait jamais. Il peut toujours y avoir un invité surprise. Pas vrai, Josh ? Ça y est, on est arrivés.

Elle s'arrête en double file devant un petit immeuble. Je ne suis jamais venue de ce côté de la ville, le quartier a l'air plutôt animé.

— On est où, au fait ?

— Camberwell.

Évidemment.

Pourquoi tout me ramène à Adam ? Je me mets à observer frénétiquement la rue. Et s'il n'habitait pas très loin ? Peut-être que je pourrais m'échapper de la soirée pour le retrouver. Je pourrais appeler Robert pour avoir son adresse exacte.

— C'est toujours galère pour se garer ici. Descends, on te rejoint.

Pardon ?

— Quoi ? Toute seule ?

— Je préfère que ton frère reste avec moi, si jamais je suis garée trop loin.

— Mais ça ne me dérange pas de marcher, dis-je, peu encline à arriver toute seule chez des inconnus.

— Non, vas-y s'il te plaît. On a déjà la réputation d'être toujours en retard, et ce soir on était censés être à l'heure. C'était une sorte de pari.

— « Une sorte de pari » ? Et vous avez parié quoi au juste ?

— Je sais même plus. Tu t'en souviens, toi, Josh ?

Mon frère balbutie un truc incompréhensible. Qu'est-ce qu'ils me font, les deux ?

— Il était question que tu ailles courir un dimanche matin, il me semble, déclare-t-il.

— Mais tu déteste courir, dis-je, suspicieuse.

— Oui, justement, lâche-t-elle. Donc descends vite et dis-leur que ça fait vingt minutes qu'on cherche une place. Invente une histoire d'embouteillages, et le tour sera joué. Il en va de ma survie, il est hors de question que je commence l'année par un footing.

— Bon, d'accord.

J'ouvre ma portière, incertaine. Pour une grande timide comme moi, me pointer à une soirée où je n'étais initialement pas invitée est un sacré défi.

— C'est à quel étage ?

— Au quatrième, appartement B. Le code de la porte c'est 507C8.

Je répète le code pour m'en souvenir et sors de la voiture. Andie verrouille les portières et ouvre la vitre passager.

— Vous êtes sûrs ? tenté-je une dernière fois. C'est pas trop mon truc de débarquer chez des inconnus.

— On ne sera pas longs. 507C8, appart 4B. Tout le monde est très sympa, tu verras.

Elle me fait un clin d'œil complice et se réinsère dans la circulation. Je regarde la voiture s'éloigner sans trop savoir quoi penser de leur attitude étrange, mais surtout avec l'impression de m'être fait avoir !

Adam

Porte ouverte ? fermée ?
Assis ? debout ?
Musique d'ambiance ?
Lumière tamisée ? Bougies ?

Qui aurait cru que ce serait si compliqué ? Andie m'a pourtant assuré que je saurais comment m'y prendre le moment venu. Je suis au regret de constater que ce n'est absolument pas le cas. Pire, je suis stressé comme jamais. J'ai le sentiment d'être un adolescent qui s'apprête à se prendre son premier râteau ! *Oh ! Qu'est-ce que je vais faire si elle refuse de me pardonner ?*

Stop !

Je ferme les yeux, inspire profondément et bloque le flot de pensées qui menace de me rendre dingue. On dirait une cocote-minute sous pression. Je dois garder espoir.

Andie et Josh ont l'air de penser que j'ai une chance. J'espère seulement qu'ils ont raison. C'est agréable d'être soutenu, entouré et conseillé par des personnes de mon âge pour la première fois depuis très longtemps. Je n'ai rien contre Robert, mais je ne suis pas certain qu'écrire un poème et acheter un bouquet de fleurs soit la meilleure stratégie.

— Bon, t'as des idées ? m'a demandé Josh lors de sa visite surprise.

— Des chocolats ?

Sa réponse a fusé :

— Mec, tu tiens à tes couilles ? Parce que moi, oui, et autant te dire que cette idée sera loin de satisfaire Andie.

— Ça tombe bien, car ce n'est pas ta femme que je cherche à récupérer.

Il m'a fusillé du regard. *Note pour plus tard : Josh est jaloux.*

— Ouais, peut-être, mais c'est elle qui va valider notre plan et, surtout, c'est elle qui trouvera un moyen de piéger Claire.

— « Piéger » ?

— Oui, tu sais : inventer une histoire bidon pour la convaincre de venir.

— On ne peut pas tout simplement lui dire que je veux lui parler ?

Il est parti d'un grand éclat de rire avant de plisser les yeux, face à mon regard interloqué.

— Tu étais sérieux ?

— Ouais.

— Bon sang ! il y a du boulot, j'ai bien fait de venir.

Bien sûr, il s'est senti obligé de raconter à Andie cet épisode, ce qui m'a valu une claque derrière la tête dès le lendemain. A priori, les idées de Robert ne sont plus du tout à la page.

Elle arrive. Tu n'as plus qu'à assurer.

C'est parti. Le grand saut dans le vide sans filet de sécurité, c'est maintenant !

Malgré le message d'Andie, je sursaute lorsque Claire frappe à la porte deux minutes plus tard. Cette fois, je ne peux plus reculer. Je me lève d'un bon et reste quelques instants, immobile, à fixer l'entrée en m'encourageant silencieusement. Un second coup retentit, plus assuré, presque impatient. La main sur la poignée, j'inspire profondément puis expire avant d'ouvrir la porte.

Le sourire de Claire s'efface à la seconde où elle m'aperçoit. Mais elle ne fait pas demi-tour, ce qui est plutôt bon signe.

— Salut, dis-je, avec le faible espoir de la convaincre de rester.

— Je vais les tuer !

Je grimace. Andie m'avait prévenu que les premières minutes seraient difficiles, mais que je ne devais pas me laisser décourager.

— Il n'y a pas vraiment de soirée, je suppose.

— Techniquement si, mais tu es la seule invitée.

— Génial ! Je vais appeler un taxi.

Elle sort son téléphone et pianote à toute vitesse.

— Quoi ?

— Écoute, Adam. On n'est plus des enfants. Je n'ai pas besoin d'intermédiaire, je suis une grande fille et j'ai bien compris que tu…

Je ne la laisse pas finir sa phrase, pressé de m'expliquer.

— Je suis désolé.

Claire est la première femme dont je suis tombé amoureux. Il m'a juste fallu un peu de temps pour l'admettre, et surtout, l'accepter.

— Désolé ?

— Pour tout.

— Excuse-moi, mais ça ne suffit pas.

— Je…

— Tu ne m'as même pas dit au revoir le jour de ton départ. Tu es parti sans un mot, tu m'as ignorée comme si j'étais une moins-que-rien. Tu imagines ce que j'ai pu ressentir à ce moment-là ? Et ensuite, tu n'as donné aucun signe de vie. Rien. Pas même un texto. Alors, oui, je vais appeler un taxi, car non, je ne compte pas rester chez toi ce soir, même si Josh et Andie t'ont persuadé du contraire.

Sa voix dure trahit sa colère latente, mais je reste concentré sur mon objectif : me faire pardonner. Andie m'a précisé que j'allais certainement passer un sale quart d'heure et que le mieux était de ne pas la ramener pour éviter d'envenimer la situation.

Je me décale pour l'inviter à entrer.

— Et si tu attendais ton taxi à l'intérieur ? Il fait froid et…

Un signal sonore retentit et attire son attention. J'en profite pour la détailler en toute discrétion. Son long manteau noir ouvert couvre une robe portefeuille joliment décolletée et fermée par un nœud. Et si je tirais dessus ? Je rêve de glisser le nez le long de sa gorge délicate et de humer le doux parfum de fleurs de sa peau. Alors qu'elle bouge, sa tenue change de couleur pour prendre une teinte lumineuse qui fait ressortir sa chevelure blonde. Mes yeux caressent ensuite sans retenue le galbe de ses jambes mis en valeur par des escarpins noirs à talons avec une lanière fine au niveau des chevilles. Je déglutis. Très sexy. Je crois qu'elle est en train de me parler. J'essaye de me concentrer pour l'écouter, mais je suis trop hypnotisé par ses lèvres sublimes qui me paraissent encore plus pulpeuses que d'habitude. Est-ce que c'est dû à son rouge à lèvres ? A-t-il un goût particulier ?

Je serre les poings. Ses baisers me manquent atrocement, mais lui sauter dessus n'est sans doute pas l'idée du siècle.

— Adam ?

Je cligne des yeux. Claire me dévisage avec curiosité. *Merde, je crois que j'étais parti un peu loin !* J'essaye de reprendre une certaine contenance.

— Tu disais ?

Elle masque son sourire, mais pas assez vite pour qu'il m'échappe.

— Andie pense que je devrais écouter ce que tu as à me dire avant de partir.

J'arque un sourcil et opte pour l'humour, espérant ne pas ruiner mes chances.

— Je croyais que tu voulais la tuer ?

— Elle est plutôt de bon conseil en général, mais si tu préfères je peux partir. Je te rappelle que c'était ma première option.

— Non, je t'en prie, entre.

Je m'efface pour lui laisser la voie libre. Elle avance et s'arrête sur le seuil du salon.

— Tu veux enlever ton manteau ?

Ses yeux papillonnent à droite et à gauche. Elle observe

la pièce avec un vif intérêt et remarque, je l'espère, tous les petits détails que j'ai disposés pour la faire craquer et lui montrer que je suis prêt à la – à *les* – laisser entrer dans ma vie.

— C'est toi qui as mis toutes ces bougies ? demande-t-elle en me tendant son manteau.

J'essaye de contenir mon excitation. Le salon est illuminé d'une lumière douce, et les ombres des flammes dansent sur les murs, créant une atmosphère intime et sensuelle.

— Oui. Il y en a une pour chaque jour que nous avons passé ensemble.

Je sens mes joues s'échauffer. Cette idée me paraissait romantique, mais énoncée à voix haute, je la trouve maintenant ringarde.

— C'est ton idée ou celle d'Andie ?

— La mienne.

Et celle de mon ami Google. Je me frotte l'arrière du crâne pour camoufler ma gêne. Lui avouer que j'ai fait des recherches sur Internet me ferait sûrement passer pour un mec désespéré. Chose que je suis, mais j'ai ma fierté.

— Je peux les éteindre si tu trouves ça nul. J'ai pensé que…

— Non, c'est très bien. J'adore les bougies.

Elle s'approche de la table basse, sur laquelle j'en ai disposé cinq de tailles différentes, et se penche pour sentir leur parfum.

Mon Dieu, cette robe est beaucoup trop courte ! Je m'efforce de regarder le mur en face pour ne pas être pris en flagrant délit de matage.

— J'ai du champagne au frais.

— Tu as quelque chose à fêter ?

— La nouvelle année ?

Elle me lance un regard indéchiffrable.

— Adam, j'étais sérieuse. Je ne vais pas rester. Alors si tu as quelque chose à me dire, vas-y.

Elle m'observe, impassible. Je sais que c'est une façade, qu'elle s'efforce de se protéger, mais j'aimerais qu'elle me laisse une chance.

— Je… je me suis comporté comme un abruti. Je sais que j'ai tout foutu en l'air.

— Tu ne m'as laissé aucune chance de m'excuser. Au fond, c'est peut-être mieux ainsi. Nous deux, ça n'aurait mené nulle part. Nous ne voulons pas la même chose.

— Bien sûr que si.

— Tu as trop de choses à régler, Adam. Dès que les choses deviennent sérieuses, tu te renfermes, tu refuses de partager tes émotions. C'est drôle car tu fuis ton passé, mais tu es incapable d'aller de l'avant. Tu es coincé entre les deux.

— Dans le présent, dis-je la gorge nouée alors que la conversation dévie dangereusement.

Mais elle m'ignore et continue.

— Tu t'es empêtré dans un mensonge alors qu'il t'aurait suffi de me dire que tu étais mon nouveau propriétaire dès le premier jour.

— Je n'ai pas réussi, chuchoté-je sans oser la regarder.

— Qu'est-ce que ça aurait changé ? Rien, je t'assure, et ça nous aurait évité de souffrir. Tu m'aurais expliqué que tu souhaitais vendre ou, du moins, que tu l'envisageais, je t'aurais écouté, sûrement maudit intérieurement, et c'est tout. Je ne t'aurais pas invité à entrer dans ma vie, je ne t'aurais pas ouvert mon cœur et je serais encore moins tombée amoureuse de toi. Ton problème aurait été réglé, et tu serais retourné à ta vie sans attache.

J'essaye de lui donner mon point de vue.

— Tout n'a pas été une erreur. J'ai aimé chacun de nos moments. J'ai eu peur, Claire, rien de plus.

— Oui, Adam, c'est bien ça le problème. Tu as peur de vivre, d'aimer, d'avancer. Qu'est-ce qui se passera la prochaine fois ? Tu prendras un billet d'avion pour partir à l'autre bout du monde ?

— Je ne ferais jamais un truc pareil.

— Comment peux-tu en être si sûr ?

— Je le sais, c'est tout. Il faut que tu me croies.

Elle me considère longuement avant de rompre le contact visuel en secouant la tête, l'air attristée.

— Je ne peux pas prendre ce risque, je suis désolée. Je dois penser à Colleen avant tout. Je ne veux pas avoir à la consoler la prochaine fois que tu nous abandonneras sous prétexte que tu auras réalisé que tu peux nous perdre.

Elle me regarde droit dans les yeux et ajoute :

— Ou que nous pouvons mourir.

Je ferme les yeux. Claire vient de mettre le doigt sur ma pire crainte.

— Parce que c'est ça le véritable problème, n'est-ce pas ? La mort de tes parents t'a brisé, et depuis tu préfères t'empêcher de vivre plutôt que de risquer de perdre à nouveau un être cher. C'est triste, Adam. Je n'ai pas eu la chance de connaître tes parents, mais je suis certaine qu'ils n'auraient pas voulu ça pour toi. Le jour où je mourrai, j'espère que Colleen continuera à vivre malgré tout.

— Toi et Colleen, vous avez mis des couleurs dans ma vie, dis-je tout bas.

— Pourtant tu nous as chassées au premier obstacle. J'avais le droit d'être en colère contre toi. Tu m'as menti pendant des semaines !

— Tout le reste était vrai, Claire. Je n'ai pas menti sur mes sentiments. À tes yeux, c'est peut-être une erreur, mais je crois qu'au fond, moi, je chéris cette erreur, car c'est grâce à elle que j'ai pu faire ta connaissance, que… je suis tombé amoureux de toi.

Mon cœur bat à tout rompre.

— Et pour ce qui est du magasin, ne t'inquiète pas, j'ai décidé de ne pas vendre. J'ai prévenu Robert que le bail sera renouvelé au mois d'août si tu le souhaites. Bien sûr, il se chargera de toutes les démarches.

Son téléphone émet un signal sonore. Je ne cherche pas à cacher ma déception.

— Ton taxi, j'imagine.

Je me dirige vers l'entrée.

— Qu'est-ce que tu as dit ?

— Je garde la propriété de Hambleden, tu n'es pas obligée de partir.

— Non pas ça. L'autre truc.

Je me retourne et la regarde sans comprendre.

— Redis-le s'il te plaît, insiste-t-elle.

— C'était une erreur stup…

— Non !

Claire fait un pas vers moi, les yeux brillants, sans chercher à se dérober. Ses prunelles étincellent d'un feu nouveau, comme si elles avaient retrouvé leur éclat.

— Je veux l'entendre à nouveau, m'encourage-t-elle.

Contrairement à la première fois où je lui ai avoué mes sentiments, je n'ai plus aucun doute. Pas la moindre peur. Je suis bel et bien fou amoureux de cette femme, et ce depuis notre rencontre. Je m'autorise enfin à agir et réduis la faible distance qui nous sépare. Claire est la femme de ma vie. C'est une certitude et, à voir son expression béate, je crois que c'est réciproque. Alors je pose les mains sur ses hanches d'un geste assuré et l'attire contre moi, le regard rivé au sien.

— Je t'aime, Claire Sullivan.

Claire

— Je t'aime, Claire Sullivan. Je… t'aime… Claire… Sullivan.

Adam s'amuse à répéter ces mots plusieurs fois avant de m'embrasser. Je crois qu'il aime autant que moi la tonalité de cet aveu libérateur. Son baiser n'est pas timide, il est plein d'assurance et de promesses. Un parfait mélange de sensualité et de douceur. Dans ma tête, un feu d'artifice de bonheur éclate. Moi aussi, j'ai le droit à mon happy end !

Enfin.

Enfin, Adam s'est ouvert.

Enfin, il a accepté de laisser parler son cœur et m'a laissée l'approcher.

Bien sûr, je ne lui avouerai jamais qu'à la seconde où il a ouvert la porte j'ai été conquise. Et qu'il n'a jamais été question de commander un taxi. Ma mère m'avait prévenue : « Si c'est le bon, il reviendra. » Alors, oui, il a tout gâché en me cachant la vérité, en me rejetant et en fuyant, mais malgré son passé il a su trouver le courage de revenir. Et même si la mort et l'incertitude du futur lui font toujours peur, il a su tenir tête à ses démons. Malgré tout, je tenais à lui faire comprendre à quel point il m'a fait souffrir. Il n'a pas cherché à fuir la conversation et a su encaisser mes paroles avec le courage et la détermination d'un homme amoureux. Certes, la discussion n'est pas terminée, mais sa sincérité m'a touchée, et je veux lui laisser le temps de se confier, de trouver les mots pour exprimer ses sentiments, ses peurs et ses envies.

— C'est ton taxi ? murmure-t-il entre deux baisers alors que mon téléphone émet plusieurs signaux sonores.

— Je vais l'annuler.

Sans surprise, le message provient d'Andie qui trouve

très amusant de me parler avec des gifs. Je me dépêche de répondre à ma belle-sœur.

> Je n'ai pas encore décidé si je dois vous en vouloir de m'avoir fait un coup pareil !

J'en profite pour me débarrasser de mes escarpins, pressée de soulager mes pauvres pieds. Être sexy n'est pas une partie de plaisir.

— Eh ! Je les aimais bien, moi, tes chaussures, dit Adam.

Je lui fais un clin d'œil complice.

— Je pourrai les remettre le moment venu, si tu es gentil.

En réponse à mon message, je reçois un selfie d'Andie et Josh tirant la langue. J'essaye de garder mon sérieux alors que je sens le regard d'Adam braqué sur moi.

— Embrasse-les pour moi.

— Hein ?

— Andie et Josh. Dis-leur que je leur en dois une.

Je ne cherche pas à mentir et choisis de rire.

— Démasquée !

Je pose mon téléphone sur la table basse et m'approche d'Adam. Il me prend dans ses bras et recule légèrement la tête, les yeux brillants d'espièglerie.

— C'était facile, tu n'es pas une très bonne menteuse. Je parierais même que tu n'as pas vraiment commandé un taxi.

— Mystère ! Et si tu nous servais une coupe de champagne au lieu de dire des bêtises ?

— Pourquoi ? Tu as quelque chose à fêter ? demande-t-il en reprenant ma question.

— La nouvelle année ?

— Mauvaise réponse, murmure-t-il. Tu peux mieux faire… nettement mieux !

Je fais mine de réfléchir.

— Tu es une affreuse comédienne, ajoute-t-il sans se départir de sa bonne humeur.

Je me mets sur la pointe des pieds et viens me pendre à son cou afin de picorer ses lèvres. Je ne me lasse pas de leur douceur.

— Je suis heureuse, Adam… Heureuse que tu sois revenu.

— Techniquement, c'est toi qui es venue jusqu'à moi !

— Très drôle, dis-je en lui mordant la lèvre. Tu as très bien compris ce que je voulais dire.

Il acquiesce et me vole un baiser en riant.

— Et si je te faisais visiter ?

Son appartement est un spacieux deux-pièces, décoré – sans surprise – de façon minimaliste. Il est composé d'une cuisine en inox et en faïence blanche ouverte sur un salon meublé d'un large canapé marron, d'un fauteuil club et d'une imposante bibliothèque. Les deux espaces sont séparés par une grande table haute en bois et en métal avec quatre tabourets. Une plante verte trône dans un coin de la pièce près d'une fenêtre, et sur les murs sont encadrées quelques affiches aux couleurs sombres. Je poursuis mon observation, et plusieurs détails attirent mon attention.

— Tu as un chat ?

— Non, c'est pour Doc, au cas où il déciderait de venir passer quelques jours à Londres.

— Et ça ? Collection personnelle ?

— Oh non ! juste quelques DVD Disney. Les classiques, ceux qu'il faut absolument avoir chez soi.

— Laisse-moi deviner, *Les 101 Dalmatiens* ?

— Entre autres. Il y a aussi *La Petite Sirène*, *Mulan* et *La Reine des neiges*.

— Je vois. Tu as les mêmes goûts que Colleen, dit-elle avec un petit sourire. Et ce truc, c'est quoi ?

Je m'approche avec curiosité de ce qui ressemble à une

tente. La toile épaisse gris souris, décorée de guirlandes aux petits pompons multicolores, occupe un coin de la pièce.

— Ouvre-la, je t'en prie.

Je ne me fais pas prier et soulève la porte en tissu. Je découvre un matelas recouvert d'une couette douillette aux étoiles roses, grises et or. Une adorable peluche licorne est posée à côté d'un oreiller avec une jolie veilleuse arc-en-ciel. Je cligne des yeux, abasourdie.

— C'est un range-pyjama, me renseigne-t-il.

Je me détourne du tipi aménagé, le cœur battant. Adam semble intimidé, presque gêné.

— Comme je n'ai qu'une chambre, j'ai pensé que si un jour toi et Colleen vous aviez envie de venir passer le week-end chez moi, cette tente serait une alternative sympa.

La main sur les lèvres, je reste silencieuse, émue par cette adorable attention.

— Évidemment, ce n'est pas vraiment une chambre, mais enfant je me souviens que j'adorais camper alors j'ai pensé que ça lui plairait. Mais vous pourrez aussi prendre ma chambre bien sûr, et je dormirai sur le canapé.

— Tu... Tu... Tu lui as créé un petit espace rien que pour elle ?

— Ce n'est pas très grand, mais c'est un vrai matelas. Le vendeur m'a assuré qu'il était très confortable.

— Tu lui as même acheté une couette, une peluche et une veilleuse ?

Il s'accroupit et se penche pour attraper une trousse transparente.

— Il y a aussi une brosse à dents électrique Captain America, un gobelet et un dentifrice à la fraise. J'en ai cherché une Hulk, mais...

— Une Hulk ?

Il se frotte l'arrière du crâne, l'air embarrassé.

— Oui, elle aurait sûrement préféré, comme c'est son héros favori, mais…

Je ne lui laisse pas le temps de finir sa phrase et lui saute dessus pour l'embrasser. Il pousse un cri de surprise, et nous nous effondrons sur le matelas. Je capture ses lèvres et l'embrasse sans retenue. Lorsque nous peinons à reprendre notre souffle, je trace un chemin de baisers sur sa mâchoire avant de nicher le nez dans son cou. Je respire son parfum à pleins poumons, folle de joie. Nous laissons flotter un silence agréable. Ses doigts courent sur le tissu de ma robe alors que je souris béatement. Les contes de fées existent donc vraiment ! Andie n'a pas menti.

Nous devons renvoyer une drôle d'image pour des adultes, avec nos jambes qui dépassent de la tente. Sans abandonner son torse, je me redresse légèrement pour observer l'intérieur. Le plafond est recouvert d'étoiles et de moutons fluorescents. Mon Dieu ! Il a pensé à tout.

— On les a collés avec Andie. J'espère qu'ils tiendront.

Je ne réponds rien et fonds à nouveau sur ses lèvres pour masquer l'émotion qui déferle en moi. Après mon divorce, j'ai souvent fait part à Andie de mon inquiétude à propos des hommes. Je n'avais pas peur de retomber amoureuse comme ma famille le craignait, mais j'étais terrorisée à l'idée que mon nouveau compagnon n'accepte pas ma fille. Colleen sera toujours ma priorité quoi qu'il arrive. Alors quel soulagement, quel bonheur de savoir qu'Adam nous aime ! Il est prêt à nous faire une place dans sa vie, à toutes les deux.

— Elle va adorer, dis-je la voix tremblante, touchée par sa gentillesse.

— Oh non ! ne pleure pas. J'ai fait tout ça pour que vous soyez heureuses, pas pour te rendre triste.

— Je le suis, ce sont des larmes de joie.

Il chasse les larmes de mes joues avec ses pouces, puis il attire mon visage vers le sien et murmure :

— Je t'aime, Claire. Je suis tellement désolé pour tout. Je sais que j'ai été lâche et je le regrette sincèrement. Je suis prêt à faire tout ce qu'il faudra pour que tu m'accordes à nouveau ta confiance. J'ai vraiment besoin de vous dans ma vie. Cette semaine a été atroce.

— Nous aussi, nous avons besoin de toi, Adam. Mais tu vas devoir accepter ton passé si tu veux avoir une chance de construire un futur heureux.

Je m'écarte et m'installe en tailleur face à lui.

— C'est vraiment très important.

Il accueille ma remarque en silence en jouant avec mes doigts. Je le laisse prendre son temps. Je ne veux pas être intrusive, ni le presser, mais il ne pourra pas être heureux tant qu'il n'aura pas fait ce travail. L'accident de ses parents a changé à jamais le cours de sa vie, pourtant l'homme qu'il est aujourd'hui ne doit pas se résumer à ce drame, et il ne doit pas oublier les moments de bonheur de son enfance.

Soudain, il se lève sans un mot. Il revient quelques instants plus tard, un coffre de rangement en bois vieilli dans les bras. Alors qu'il le pose sur la table basse, je le rejoins, intéressée. Adam ne parle pas beaucoup, et je soupçonne qu'il soit un homme d'action.

— Tu m'expliques ? demandé-je.

Il hoche la tête, et nous nous asseyons. Puis il ouvre avec précaution cette malle aux trésors et la fait glisser vers moi.

— C'est pour toi.

— Pour moi ?

À l'intérieur se trouvent des paquets numérotés emballés dans du papier kraft.

— Il y en a dix-neuf, enfin vingt pour être exact. Tu as raison, Claire, toutes ces années, j'ai fui mon passé à cause de la mort de mes parents. Cet accident m'a tout pris, il a détruit ma vie, et j'ai fait l'erreur de croire que si j'oubliais mon enfance et que je fermais mon cœur à tout jamais, je me sentirais mieux. Et puis, je t'ai rencontrée, et les souvenirs sont remontés naturellement à la surface, moins douloureux que je l'aurais imaginé. Ces moments de bonheur ont ravivé la mémoire de mes parents, comme si tout à coup ils étaient de nouveau à mes côtés. Pas physiquement bien sûr, mais leur esprit. Cette sensation était tellement étrange que j'ai eu peur. Peur que ces souvenirs me ramènent inévitablement vers le pire d'entre eux, peur de devoir revivre cet enfer, alors j'ai préféré fuir Hambleden. C'était lâche, mais j'étais incapable d'affronter mes démons. Jusqu'à ce que je trouve le courage de le faire… pour toi.

Il cligne des yeux, alors je pose la main sur la sienne pour le rassurer. Il plonge son regard dans le mien, et j'y lis un amour sincère. Je chuchote :

— Je suis là, Adam. Je t'aime.

Il sourit tendrement.

— Moi aussi.

Il fouille dans la boîte et me tend l'emballage n° 1.

— Alors voilà, cette boîte, c'est ma vie. Mon enfance et mon adolescence. Un souvenir par année. Vingt objets pour que tu apprennes à me connaître et que tu saches qui je suis, parce que je suis fou de toi, Claire.

Il m'embrasse alors que je sens les larmes rouler sur mes joues.

— Je veux partager tout ça avec toi, comme ça si un jour je me perds, que mes démons me rattrapent, tu seras là pour me sauver et me rappeler les bons moments. Tu es d'accord ?

Mes joues sont inondées de larmes. Les mots restent coincés dans ma gorge à cause de l'émotion qui me submerge. J'essaye d'arrêter de pleurer mais c'est peine perdue, alors je caresse ses joues rappeuses et fonds sur ses lèvres dans l'espoir qu'il comprenne que je suis fière de lui.

L'heure suivante, nous passons en revue le contenu de cette boîte. J'y découvre le traditionnel bracelet de naissance, une médaille de judo, le modèle miniature de sa moto préférée, une bande dessinée dédicacée, des cartes Pokémon – prétendument hyper rares – et même un autographe de David Beckham.

— Une place de concert pour Pearl Jam ? lui demandé-je.

— Un concert mythique.

Il se met à fredonner une chanson, en battant la mesure sur la table. Je suis heureuse de le voir sourire. Cette plongée dans son passé ne se révèle pas aussi difficile qu'il le pensait. Alors, oui, sa voix devient parfois tremblante, mais c'est normal, le passé est un cocktail de joie, de nostalgie et de tristesse. On y repense en souriant avant de réaliser le cœur serré qu'il est révolu et que ces moments ne reviendront plus. Le temps ne se rattrape pas, il s'écoule et s'envole pour se perdre à jamais. C'est pour cette raison qu'il est primordial d'en profiter.

Curieuse, je fixe le dernier paquet sans oser l'ouvrir. Ses parents sont morts l'année de ses dix-neuf ans, il devrait donc en toute logique porter le n° 20. Or, il est inscrit 30.

— Pourquoi trente ?

Il le prend et me l'offre avec un grand sourire.

— Entre 2009 et aujourd'hui, il n'y a rien qui mérite d'être dans ma boîte à souvenirs parce que je n'ai rien construit. C'est triste de se dire que j'ai gâché plus de dix ans de ma vie.

Je lui presse le bras tendrement pour le rassurer.

— Adam... Tu étais simplement en pause.

Son visage s'illumine.

— C'est vrai, on peut voir les choses comme ça. J'ai fait une longue pause.

— Maintenant, tu vas pouvoir te créer des nouveaux souvenirs et continuer à remplir ta boîte.

Il me vole un baiser et me donne le dernier paquet.

— Voilà donc un souvenir de mes trente ans.

— Oh ! Adam, dis-je la voix tremblante.

Je déchire le papier comme une gamine impatiente et découvre la photo de nous trois, prise dans ma cuisine le soir de la maison en pain d'épice. Je l'adore ! Cette photo est géniale et est la preuve que je n'ai pas rêvé tous ces instants magiques. Sur le papier glacé, Adam grimace sous l'assaut de Colleen qui lui embrasse la joue d'autorité, et moi, j'ai une trace de glaçage sur le front, mais je souris à pleines dents, heureuse. Et amoureuse.

— Le premier souvenir de ma nouvelle vie, dit-il fièrement. Le premier d'une longue série avec toi et Colleen, j'espère !

Sans crier gare, il me soulève et me pose sur ses genoux. Ses mains glissent sur mes cuisses de bas en haut, et il me dévisage avec espièglerie.

— Il reste une chose à déballer, je crois.

Je plisse les yeux, incertaine. Derrière moi, les souvenirs jonchent la table, et la boîte est vide.

— Ah bon ?

Ses doigts jouent maintenant avec le nœud de ma robe.

— Seulement, cette fois, c'est à moi que revient ce plaisir.

D'un geste assuré, il tire sur le nœud, et ma robe s'ouvre. Il étudie avec un grand sérieux la lingerie noire en dentelle qu'Andie m'a convaincue d'acheter chez La Perla. Je comprends mieux son insistance dans la boutique !

— C'est donc ça que ce trésor recelait ?

Il plaque les mains dans mon dos pour me rapprocher de lui, puis fait courir les lèvres sur le galbe de ma poitrine.

— Tu crois que dans ma boîte, je pourrai mettre ce string comme souvenir de mes trente et un ans ?

— Si tu es prêt à expliquer à Colleen pourquoi la culotte de sa maman se trouve dans cette boîte, ne te gêne pas !

Il se fige, le visage entre mes seins, et j'éclate de rire. Quelque part sur la table basse, la sonnerie réservée à mon ex-mari retentit, étouffée par l'album 2008 de vignettes de foot – album complet, il semble que ce soit très important !

— Tiens, quand on parle du loup !

Je saute des genoux d'Adam, rattache ma robe à la va-vite et plaque un sourire innocent sur mon visage. Dans mon dos, Adam bougonne :

— Cette gamine doit avoir un sixième sens, ce n'est pas possible !

— C'est ça d'être parent, Adam. Bienvenue dans ma vie !

— Avec grand plaisir.

Il m'attrape par la taille pour me faire rasseoir sur ses genoux, et nous acceptons ensemble l'appel vidéo.

Épilogue

Hambleden,
Un an plus tard, mercredi 1er décembre

Nous sommes tous réunis sur la place de la Mairie pour l'ouverture de la première case du calendrier de l'Avent. Pour l'occasion, j'ai l'impression que tout le village s'est déplacé. Même mes parents, Josh et Andie ont voulu assister à cette joyeuse tradition. Il faut dire qu'Andie a converti ma mère aux plaisirs des fêtes.

Cette année, Noël se déroulera à Londres dans la maison de mon enfance, et nous en profiterons pour séjourner chez Adam. Colleen est très excitée à l'idée de camper dans le salon !

— Ça va ? Tu ne veux pas t'asseoir ? me demande Adam.

— Non, merci. Je ne suis pas en sucre, tu sais !

Il hausse les épaules.

— Le médecin a dit…

— Que tout allait bien.

— Que tu devais te ménager. Tu as travaillé toute la journée.

— Comme toi.

— Je ne suis pas enceinte, moi ! dit-il en levant les yeux au ciel.

Et voilà, c'est reparti !

— C'est vrai, dis-je en riant. Mais je me sens très bien, je t'assure. Je n'ai plus de nausées et je suis beaucoup moins fatiguée. Le quatrième mois est un des meilleurs, du moins c'est ce que dit mon livre.

— Si je ne m'abuse, il est aussi question de libido exacerbée.

J'acquiesce en souriant.

— Tu es bien renseigné, dis-moi !

— Je m'intéresse à tous les paramètres.

— Je vois ça.

— Et alors, c'est vrai ?

— Quoi ?

Il baisse le ton pour éviter que ma famille nous entende.

— Tu ne pourras pas t'empêcher de me sauter dessus ?

J'arbore une expression neutre pour masquer mon envie d'éclater de rire. Puis je lui fais signe de s'approcher et lui murmure à l'oreille :

— Tu verras bien cette nuit si je te réveille !

Je conclus en lui mordillant le lobe de l'oreille, juste pour le plaisir de lui faire perdre ses moyens.

— Claire…

— Adam…

Il attire mon dos contre son torse et pose la main sur mon ventre. Il le caresse doucement en venant nicher le nez dans mon cou.

— J'aimerais bien le sentir.

— « Le » ?

— C'est un garçon, je le sens.

— Si tu le dis !

— Évidemment, tu m'imagines avec trois femmes à la maison ? Merci, mais non merci ! Je tiens à ma santé mentale.

Cette grossesse était loin d'être prévue, mais la vie apporte bien souvent son lot de surprises. Au début, Adam a un peu paniqué, et ses angoisses ont refait surface. Seulement cette fois, il a décidé de les affronter et a pris rendez-vous avec un psychologue. Être accompagné par un professionnel l'a beaucoup aidé. Après quelques semaines de thérapie, il est déjà plus apaisé et plus calme. Il n'évoque jamais le contenu de ses séances, mais cela ne me dérange pas, car je sais que si un jour il en ressent le besoin, il m'en parlera. Notre relation est basée sur la confiance, l'amour et le respect.

Alors oui, ce bébé n'aurait pas dû arriver si tôt, mais nous nous en sommes remis au destin puisque finalement c'est grâce à lui que nous nous sommes rencontrés. Colleen est folle de joie à l'idée de devenir grande sœur ! Elle m'a avoué qu'elle préférerait avoir un petit frère, car elle veut rester la seule princesse d'Adam. Tous les deux ont une relation privilégiée. Adam a su trouver sa place sans prendre celle de Ben et, même s'il ne l'apprécie pas spécialement, il ne s'est jamais permis la moindre remarque le concernant.

Stuart attire soudain notre attention.

— Bonsoir à tous, je vois que vous êtes très nombreux à vous être déplacés pour ce premier jour. Vu les circonstances, j'imagine que c'est normal.

Dans la foule, des murmures se font entendre, et les gens acquiescent en souriant. À côté de moi, Colleen sautille, surexcitée. Rien de surprenant, elle a toujours adoré ce moment. N'oublions pas que c'est comme ça que Doc nous a rejoints. Secrètement, elle espère gagner un petit chien depuis qu'elle a surpris une conversation entre Lenny et Maggie. De mon côté, je suis moins enthousiaste et je croise les doigts pour qu'une autre famille remporte le gros lot. Un chiot et un bébé la même année, ça risque de faire un peu beaucoup !

Stuart rappelle brièvement le principe des paniers quotidiens offert par des commerçants et la Mairie pendant qu'Emily, tout sourire, tient dans les mains une boîte en carton aux couleurs de Noël contenant les noms des villageois. Elle choisit un papier au hasard et le tend à notre maire. Autour de moi, tout le monde retient son souffle. Andie, elle, ne tient plus en place, ce qui est amusant, car elle n'a aucune chance de gagner sauf si elle a soudoyé Maggie pour glisser son nom dans la boîte. Elle en serait bien capable !

— Ce soir, le ou la gagnante est…

Il marque volontairement une pause.

— Claire Sullivan !

Quoi ? Deux années de suite ? Quelle chance ! Enfin, sauf si le cadeau est vivant.

— Tu viens nous rejoindre, Claire ?

Colleen exulte. Adam me fait un clin d'œil, me vole un baiser puis se dirige vers Stuart.

Mais qu'est-ce qu'il fait ? C'est moi qu'on a appelée !

— Vas-y ! me souffle Andie.

Ma mère m'encourage également, les yeux brillants, et mon père me sourit tendrement en me faisant signe de me dépêcher. Même Josh se joint à ce drôle de cirque. Soudain, j'ai le sentiment d'être au centre de l'attention. Tous les regards sont rivés sur moi.

— Pour ce tout premier lot un peu particulier, Adam s'est porté volontaire pour une remise en main propre ! Je pense que c'est le moment de l'encourager.

La foule se met alors à applaudir comme si nous étions un soir de finale de coupe du monde.

Quelque chose m'échappe. Habituellement, les cadeaux sont remis par les élus de la Mairie.

— Claire ! Tu comptes te joindre à nous ?

— Allez, maman !

Colleen me pousse les fesses et déclenche ainsi l'hilarité des habitants.

— Chérie ? lance l'homme qui fait battre mon cœur.

Je reporte mon attention sur Adam qui me tend la main. En un an, il est devenu mon pilier, l'homme que j'aime le plus au monde, la personne sur qui je peux compter et à qui je peux tout dire. Ses yeux brillent de bonheur et d'excitation. On dirait un petit garçon qui a hâte de dévoiler sa surprise. Je m'approche en riant, déconcertée par cette joyeuse mise en scène.

— Qu'est-ce qui se passe ?

— Tu vas voir ! dit-il en m'embrassant sur la joue.

Stuart lui remet les clés du casier n° 1. J'ai le sentiment qu'il met une éternité à l'ouvrir. Je me penche pour tenter d'apercevoir le lot, mais sa large carrure m'empêche de distinguer quoi que ce soit. Lorsque enfin il se retourne, ma bouche s'arrondit, et j'étouffe un cri de surprise. Dans ses mains se trouve un petit écrin qu'il ouvre sous mes yeux embués de larmes.

— Tu n'es pas censée pleurer !

— Ce sont des larmes de joie, tu sais bien.

— Mais je n'ai encore rien dit.

Derrière nous Colleen s'impatiente et le fait savoir.

— Allez, Adam, demande-lui !

Évidemment tout le monde éclate de rire devant le franc-parler de ma fille. Malgré l'euphorie générale, Adam et moi nous dévisageons intensément, puis il me pose enfin la fameuse question, celle que je n'avais jamais imaginé qu'il me poserait, et bien sûr je crie un énorme : « Oui ! »

Les 24 activités de Noël de Hambleden

Décoration du village et du sapin de Noël
Concours de bonshommes de neige
Lettre au père Noël
Course de luges
Atelier sablés
Fabrication de guirlandes
Après-midi chants de Noël
Concours de dessins
Coloriage géant *Le Monde du père Noël*
Atelier pain d'épice
Soirée des lanternes
Jeu de l'oie géant spécial Noël
Atelier brownies de Noël
Préparation des cartes de vœux
Confection de couronnes de bonbons
Pique-nique de Noël
Après-midi contes et légendes de Noël
Fabrication de sucettes bonhomme de neige en chamallow
Nativity play
Sortie patinoire
Séance photo avec le père Noël
Soirée dessins animés de Noël
Atelier truffes
Chasse au trésor

Les 25 accessoires de Claire et Colleen

Pull « All I want for Xmas »

Pull col V gris avec un verre à pied rempli de paillettes rouges et orné d'un bonnet de Père Noël

Collier guirlande clignotante

Serre-tête renne avec un nœud rouge

Boucles d'oreille sucre d'orge

Barrette Père Noël à paillettes

Sweat sapin de Noël

Lunettes fantaisies lutin

Bonnet de Père Noël

Collant rayé rouge et vert

Écharpe en jacquard rouge et blanc

Bague bonnet de Père Noël en strass rouge et argent

Sautoir avec breloques cadeaux

Cravate rennes

Boucles d'oreilles boules de Noël

Robe pull de Noël avec flocons rouges et blancs

Broche sapin de Noël

Leggin blanc motif flocons et rennes rouges

Bandeau décoré de feuilles de houx en tissu pailleté et de pompons rouges

Collier boules de Noël

Chouchou à carreaux
Pendentif Noël en pâte fimo
Foulard vert aux imprimés sucre d'orge
Lunettes fantaisies sapin
Chaussettes hautes de Noël

Les 20 souvenirs d'Adam

1990 : Bracelet de naissance
1991 : Empreinte de main
1992 : Première photo d'identité
1993 : Dernière tétine
1994 : Collier de pâtes pour la fête des Mères
1995 : Dessin pour papa et maman
1996 : Médaille de judo
1997 : Photo d'anniversaire avec les copains (thème pirates)
1998 : Boîte à dents
1999 : Cartes Pokémon
2000 : Statuette de l'Empire State Building
2001 : Photo de famille à Noël
2002 : Moto de collection préférée
2003 : BD préférée dédicacée
2004 : Album Panini complet
2005 : Autographe de David Beckham
2006 : Porte-clés moto
2007 : Casquette Suprême
2008 : Billet du concert de Pearl Jam
2020 : Cadre photo avec Claire, Colleen et Doc

Vous avez aimé
*F*** Eve, mon père Noël s'appelle Adam* ?
Découvrez les autres comédies romantiques
de Caro M. Leene disponibles en poche !

Tournez vite la page pour découvrir un extrait
de *Cher père Noël, je voudrais un mec !*

Harper
Collins
POCHE

Prologue

Cher père Noël,

Cette année, je vais faire simple. J'avais pensé t'écrire une longue lettre argumentée, mais une liste factuelle me paraît tout aussi efficace. N'y vois aucune attaque personnelle, mais j'ai une quantité de travail monumentale à cause de monsieur Je-tire-la-gueule et j'aimerais autant éviter de me faire virer. Je suis déjà sur la sellette à propos d'une sombre histoire de fichier écrasé ! Je n'ai donc malheureusement pas de temps à perdre car il risque, à tout moment, de me sauter dessus (et pas au sens où tu l'entends, même si l'idée ne me dérange pas, il est assez sexy dans son genre). Allons donc droit au but ! Voici ma liste de souhaits :

– Rencontrer un mec qui remplirait les cinq critères fondamentaux à savoir : canon, gentil, attentionné, généreux (sexuellement parlant j'entends) et FIDÈLE. J'insiste volontairement sur ce dernier point car, comme tu le sais (ne fais pas l'innocent, tu me surveilles toute l'année), David, ce sale enfoiré, n'a pas vraiment respecté cette règle.

– Épiler les couilles de David à la cire brûlante pendant son sommeil (par représailles, au regard du critère fondamental n° 1 bafoué durant nos quatre ans de relation).

– Quelques abonnements dans des grandes enseignes de luxe. Je ne suis pas gourmande mais au moins deux. Night of Pleasure et Tiffany par exemple. Je pourrais t'expliquer pourquoi, mais je ne suis pas certaine que ton esprit soit suffisamment ouvert. De toute façon, ton boulot est de réaliser mes souhaits, pas de les juger !

– Une inscription à la salle de sport avec option coach sexy (si tu n'es pas capable d'accéder à ma première requête). J'ai besoin d'entretenir mon corps si je veux convaincre mon hypothétique mec de rester.

– Une carte de membre chez Leslie Lux, le spa le plus en vue de Manhattan, pour avoir une peau soyeuse toute l'année et être parée à affronter n'importe quelle situation (cf. souhait n° 1).

– Un abonnement illimité à AddictLoveFlix car j'adore les comédies romantiques. C'est très salvateur dans certaines circonstances. Je recommande d'ailleurs cette thérapie douce à base d'acteurs niais à toutes les femmes trahies.

– Une jolie boule à neige pour parfaire ma collection. Merci de ne faire aucun commentaire sur cette obsession honteuse.

– Quelques sextoys si tu sèches sur le souhait n° 1. Rien de très original, les basiques, dirons-nous, mais glamours et féminins.

– Un cours de cuisine pour apprendre à faire de magnifiques et succulents cup cakes, tu sais ceux avec un glaçage tellement réussi que tu hésites à les manger. Enfin, presque !

– Je serais tentée d'ajouter une jolie montre Cluse pour arriver à l'heure au bureau. Sauf que ce cadeau servirait plus à monsieur Je-n'accepte-aucun-retard et je le soupçonne d'adorer râler. Et puis, après Noël, il aura sûrement retrouvé son assistante chérie, celle dont il me rebat les oreilles en permanence (« Kathleen est teeeeellement plus professionnelle… », tu parles !) et il se sera débarrassé de moi.

– En dernier recours, mais vraiment si tu sèches : une carte cadeau de 50 dollars chez Topshop suffira. Je sais que la crise ne t'a pas épargné. J'y trouverai mon bonheur, les sous-vêtements sont plutôt jolis, et si mon nouveau mec veut les déchirer, cela ne coûtera pas trop cher de les remplacer.

– Bien sûr, je rajoute la paix dans le monde, l'éradication des maladies et des épidémies, plus d'amour et de tolérance (même si nous savons tous les deux que c'est plutôt du ressort de Dieu !) Abstiens-toi d'ailleurs de tout commentaire, je ne compte pas me lancer dans un débat théologique maintenant car monsieur Je-ne-sais-pas-sourire ne devrait pas tarder à me convoquer dans son bureau afin de vérifier son planning. Planning dont je ne peux plus entendre parler, soit dit en passant, car je l'ai déjà actualisé cinq fois depuis ce matin. Ah oui, et évite les plantes, je n'ai pas la main verte et m'en offrir serait les vouer à une mort certaine. J'ai déjà bien assez de choses sur la conscience !

Pour conclure, si tu devais retenir une seule chose de ma liste car je sais que tu es toi aussi débordé en cette période de Noël, bien que nous ne soyons QUE le 28 novembre, je te propose de ne retenir que mon souhait n°1 : le mec. J'avoue avoir longuement hésité avec « épiler les couilles de David à la cire brûlante pendant son sommeil », mais comme j'ai réussi à canaliser ma colère et que je suis désormais une femme mûre, je suis d'accord pour qu'on le laisse s'en sortir.

Bien à toi,

Aly, jeune femme sage.

N.B. : Je précise « sage » car l'année prochaine j'aimerais bien signer « Aly – mauvaise fille » si comme je l'espère, tu me dégotes un mec canon !

N.B. 2 : Comme je suis très altruiste, peux-tu également enlever le balai dans le cul de mon boss ?

Chapitre 1

Non. Non. Non. NON. NOOOON !

Bordel de merde. Et encore, je suis polie !

Le sang quitte mon visage, mon rythme cardiaque s'emballe et je tremble comme une feuille. Je crois que même mon estomac est descendu d'un étage.

Je fixe mon écran, le cœur au bord des lèvres, à la limite du malaise. Ma lettre de Noël, enfin mon mail, est parti. Envolé. Disparu. Rien de surprenant : j'ai appuyé sur le bouton « envoyer ». Sauf que ce message aurait dû être adressé à Maureen, ma meilleure amie, et non à Evan Sanders, alias Monsieur Je-ne-peux-pas-blairer-mon-assistante-remplaçante et accessoirement P-DG de Sanders & Son Construction, mon patron.

Tout va bien.

Rien. De. Grave.

Ferme les yeux, inspire et expire calmement.

Comme si respirer allait m'aider à sauver la situation !

J'ose un regard en biais vers le bureau de mon patron. Vide. Au moins, j'ai encore une chance infime de m'en sortir. Je fais rouler ma chaise vers la droite et l'aperçois de dos dans la salle de réunion, en pleine discussion avec Jones, son directeur financier. D'après son planning, il en a encore pour vingt minutes, ce qui me laisse le temps d'agir. Positivons. Il me suffit simplement de rappeler mon mail.

Sauf que, pour une obscure raison, la manipulation échoue. Visiblement ce n'est pas ma journée.

Pendant un court instant, je me demande si cet enfoiré de David, mon ex, ne m'a pas maraboutée. J'avoue y être allée un peu fort avec ma dernière crasse. Mais je jure que, s'il a un rôle dans toute cette histoire, il va s'en mordre les doigts. Et Maureen ne pourra pas lui trouver d'excuse. « Tu t'es assez vengée, Aly, je pense qu'il a bien saisi », m'a-t-elle répondu lorsque je lui ai avoué avoir inscrit David sur un site de rencontres pour seniors (entendez personnes de plus de soixante-dix ans), en publiant une petite annonce salace, mais ô combien explicite. Quel coup de maître !

Seulement, dans l'immédiat, incriminer David ne m'avance à rien. Je me redresse et regarde par-dessus mon écran : Sanders est toujours à quelques mètres de moi, en train d'ennuyer ce pauvre Larry Jones. Finalement, ma bonne étoile ne m'a peut-être pas abandonnée. Je balaie l'open space des yeux et échafaude un plan :

1. *Me faufiler dans son bureau ni vu ni connu.*

2. *Supprimer le message directement sur son ordinateur.*

Simple et efficace.

Alors que je déclare l'opération « sauver les fesses d'Aly » lancée, mon téléphone et mon boss se manifestent au même moment. « Maudite » est le seul mot qui me vient à l'esprit. Immobile, toujours assise, je dévisage M. Sanders comme une biche prise en pleins phares pendant que mon téléphone sonne sans relâche. Il affiche un air curieux face à mon inertie.

— Vous ne comptez pas répondre à votre téléphone ? demande-t-il de sa voix rauque et glaciale, celle qu'il emploie lorsque je l'exaspère et qui le rend incroyablement sexy.

Il ajoute même un petit froncement de sourcils qui le fait passer directement dans la catégorie *hot*. J'en baverais presque. J'ai oublié de préciser que mon patron est canon : grand, brun aux yeux verts, sex appeal indécent et charisme de dingue.

STOP ! Ce n'est certainement pas le moment de fantasmer sur lui.

— Si, si, bien sûr, dis-je en attrapant le combiné.

— Vous me rassurez, l'espace d'un instant j'ai cru que j'allais devoir faire votre travail, ajoute-t-il, narquois.

Je le dévisage d'un œil torve en entendant sa remarque et lève les yeux au ciel. Au moins son commentaire a le mérite de faire chuter ma libido. Comment peut-on être aussi beau et aussi con à la fois ?

— Bureau de M. Sanders, bonjour, que puis-je faire pour vous ?

Je débite ma phrase d'accueil sans omettre le moindre mot, cette situation nous ayant déjà valu un profond désaccord. Car malgré son esprit innovant dans le monde du bâtiment, cet homme est totalement réfractaire au moindre changement lorsqu'il s'agit de ses petites habitudes. Selon lui, je ne suis pas là pour réfléchir mais pour suivre à la lettre le cahier des charges de Kathleen, sa parfaite assistante, actuellement en arrêt maladie.

Les yeux de mon patron sont braqués sur moi, mais je reste impassible, cherchant à me fondre dans le rôle de l'employée modèle et ce, malgré la voix suraiguë de ma meilleure amie qui déverse un tas d'insanités sur lui à l'autre bout du fil. Il ne manquait plus qu'elle !

Maureen.

Je vais me la faire ! Toute cette histoire de mail est de sa faute. Faire une liste au Père Noël était sa fichue idée.

Elle est en dernière année de psy et je suis, depuis le

début de ses études, son cobaye favori. Elle adore tester ses théories loufoques sur moi et, depuis la fin de ma relation avec David, je suis devenue un cas clinique. La dernière en date : la thérapie par les mots. Résultat : ma vie a basculé de catastrophique à cauchemardesque.

— Ne quittez pas, je vous prie, dis-je avec ma voix la plus professionnelle. Je vous reprends dans un instant.

J'essaie de rester neutre lorsque je m'adresse à mon patron qui n'a pas bougé.

— Vous aviez besoin de quelque chose ?

Il me dévisage comme s'il savait que cet appel n'a rien à voir avec le boulot, puis après de longues secondes il parle enfin.

— Oui, effectivement. Appelez Betty Fride et reportez ma réunion, je n'ai pas fini avec Larry. Assurez-vous aussi que je puisse la rencontrer cette semaine et si besoin annulez mon déjeuner de jeudi avec Susan.

— Bien, monsieur.

— Et apportez-nous deux cafés noirs.

— Oui, monsieur.

S'il vous plaît ? Merci ?

Je me mords la langue pour ne pas lui faire observer son manque total de correction. Ce n'est pas le moment de me faire remarquer. Mais alors qu'il tourne les talons, il lâche un faible « merci » entre ses dents. J'imagine qu'une politesse sur deux n'est pas si mal.

Le téléphone toujours à la main, je me relâche dans le fond de mon siège en soufflant, épuisée. Cette journée va-t-elle finir un jour ?

— Maureen ?

— Ah, enfin ! Il n'a vraiment pas l'air commode ton patron, glousse-t-elle.

— C'est l'euphémisme du siècle ! Il y a des jours plus

difficiles que d'autres, mais heureusement la plupart du temps il m'ignore.

Je change de sujet.

— Tu voulais un truc ?

— Tu m'as oubliée ?

— Oh mon Dieu, non, je ne t'ai pas oubliée ! À cause de tes conneries, je risque même de perdre mon boulot.

— Qu'est-ce que tu racontes ? demande-t-elle, intriguée.

— Ton idée de lettre, bordel ! Je l'ai écrite et…

— Merveilleux, ça va te faire un…

— Attends, tu n'as pas entendu le meilleur. Je lui ai envoyée à lui.

Je ne suis pas certaine qu'elle ait compris, alors je répète.

— À LUI.

— À lui qui ?

Je tape mon front contre le bureau, dépitée.

— À Sanders, bon sang !

— Quoiiiii ?

Sa voix est tellement aiguë que j'éloigne le téléphone de mon oreille.

— Merci, tu viens de me percer le tympan.

— Qu'est-ce qui s'est passé ? Explique-moi tout.

— Oh ! Maureen. J'en sais rien, je faisais plusieurs trucs à la fois et, au lieu de mettre ton adresse mail en destinaire, j'ai mis la sienne par automatisme.

— Intéressant !

— Ne commence pas ! Ne va pas chercher une signification cachée là où il n'y en a pas, sinon je raccroche.

— Si tu l'dis.

— Bien sûr que je le dis. Il m'exaspère tellement qu'il me rend folle. C'est aussi simple que ça. Alors garde ton analyse, contente-toi d'être attentive et surtout aide-moi à trouver une solution, sinon je vais me faire virer.

— Respire, Aly, je pense que ton boss, tout aussi désagréable qu'il est, peut comprendre que tu as fait une erreur. Ça arrive à tout le monde.

Je baisse la voix.

— Tu ne comprends pas. Je parle de lui dans cette fichue lettre. Qu'est-ce qui m'a pris de t'écouter ?

— Parce que tu savais au fond de toi que j'avais raison, qu'il était important d'écrire ce que tu ressentais. C'est ton premier Noël sans David, c'est comme les étapes d'un deuil, tu risques de mal vivre ce genre d'événements si tu n'extériorises pas tes émotions. Et puis, ça va peut-être te faire gagner des points, qui sait ? Il va découvrir un autre aspect de ta personnalité. Je pense que tous les deux vous n'êtes pas partis du bon pied et, avec un peu de chance, ça va remettre votre relation sur de bons rails.

— De bons rails ? Tu crois vraiment qu'apprendre que je l'appelle monsieur Je-tire-la-gueule ou que je parle du balai qu'il a dans le cul va me faire gagner des points ? Sérieusement, Maureen ?

Elle explose de rire.

— C'est pas vrai ! Est-ce que je peux avoir un exemplaire de ce mail pour savoir exactement de quoi il retourne ?

En guise de réponse, je grogne et mets fin à la discussion non sans lui avoir promis de la rappeler, mais surtout de lui envoyer la fameuse lettre.

Mettez des paillettes dans votre Noël
avec notre sélection de romances parfaites
pour la fin d'année !

HarperCollins POCHE

Composé et édité par HarperCollins France.

Achevé d'imprimer en septembre 2021.

FIRMIN-DIDOT

à Mesnil-sur-l'Estrée (Eure)

Dépôt légal : octobre 2021.

Pour limiter l'empreinte environnementale de ses livres, HarperCollins France s'engage à n'utiliser que du papier fabriqué à partir de bois provenant de forêts gérées durablement et de manière responsable.

Imprimé en France